AF176393

Die Autorin

Marion Birkenbeil wurde in Wuppertal, Deutschland geboren und lebt seit vielen Jahren mit ihrem Mann an der Sonnenscheinküste in Queensland, Australien. Hauptberuflich war sie erst Gärtnerin und später Landschaftsarchitektin.

Marions erster Roman war ursprünglich nur als ein Weihnachtsgeschenk für ihre Mutter gedacht und wurde 2013 veröffentlicht.
Inzwischen hat sie mehrere Bücher geschrieben, unter anderem einen Kriminalroman namens „Der Mann mit den gelben Turnschuhen", den sie zudem als englische, leicht geänderte Version mit dem Titel 'The man with the yellow sneakers' herausgegeben hat.

Marion hat auch das Buch „BH über dem Pulli" selbstständig übersetzt und mit dem Titel: 'Bra over Jumper – My Mum has Alzheimer's' veröffentlicht.

Weitere Informationen können Sie auf der folgenden Webseite finden:

https://marionbirkenbeil.com

Das Buch

Michael ist 47 Jahre alt und lebt an der Sonnenscheinküste in Queensland, einer wunderschönen Gegend Australiens. Doch sein Leben ist nicht immer heiter. Nach fünfzehn Jahren Ehe will sich seine Frau Tina von ihm trennen und in ihrem Haus bleiben. Zum Glück kann er ein winziges Haus nicht allzu weit von seiner Arbeitsstelle mieten und seine geliebte Hündin Nellie behalten. Schon bald verstärken sich jedoch die Sorgen um seine Mutter, die allein in Brisbane lebt. Sie leidet an Alzheimer, und eines Tages steckt sie aus Versehen fast die Küche in Brand und bringt ihn damit völlig aus der Fassung. Was soll er bloß tun? Er und sein Bruder müssen unbedingt eine schnelle Lösung finden!

Gerade als Michael glaubt, alles unter Kontrolle zu haben, geschieht in der Nähe ein mysteriöser Mord. Jemand findet eine halbnackte, leblose Frau in einem Park in Coolum Beach. Wer hat sie getötet, und warum? Michael ist entsetzt, da Tina in diesem normalerweise so friedlichen Küstenort wohnt. Es stellt sich heraus, dass die ermordete Frau eine Krankenschwester namens Maureen war. Aber viele Monate vergehen, und die Fragen nach dem Täter und dessen Motiv bleiben unbeantwortet. Maureens Schwester und ihre Eltern sind untröstlich.

Auch Michael und Tina können den grausamen Mord nicht vergessen, und Tina ist ängstlicher als je zuvor. Und dann verschwindet ein sympathischer junger Mann spurlos.

Inzwischen erkennt Michaels Mutter ihre eigenen Söhne nicht mehr ...

Webseiten: https://marionbirkenbeil.com
http://m-birkenbeil-autorin.jimdo.com

© 2023 Herstellung und Verlag:
BoD - Books on Demand, Norderstedt

© 2023 Buchidee: Marion Birkenbeil

© 2023 Titelfoto: Marion Birkenbeil

© 2023 Buchsatz und Umschlaggestaltung: Marion Birkenbeil

BH über dem Pulli / Marion Birkenbeil – 2. Auflage Mai 2024

(Erstausgabe: August 2023)

ISBN: 9783753402956

Bibliografische Information der Deutschen Nationalbibliothek:
Die Deutsche Nationalbibliothek verzeichnet diese Publikation in der Deutschen Nationalbibliografie; detaillierte bibliografische Daten sind im Internet über http://dnb.d-nb.de abrufbar.

Marion Birkenbeil

BH über dem Pulli

Meine Mutter hat Alzheimer

(Ein australischer Kriminalroman von der Sonnenscheinküste)

Die Geschichte enthält wahre Ortsnamen wie zum Beispiel Brisbane, Coolum Beach, Marcoola, Noosa und Pacific Paradise, doch die gesamte Handlung, alle Personen, Hunde und Altersheime sind frei erfunden. Einige Organisationen, die in diesem Roman erwähnt werden, sind zwar real, werden jedoch fiktiv und ohne die Absicht verwendet, tatsächliches Verhalten zu beschreiben. Der Roman spielt im Jahr 2017 in Queensland, Australien.

1

Der Himmel war grau verhangen, und kein Lüftchen bewegte die Grashalme vor Nellies Nase. Sie döste vor sich hin und wurde mit einem Schlag hellwach, als eine Fliege lautstark um sie herum brummte. Nellie schnappte nach dem nervenden Vieh, verfehlte es jedoch um Haaresbreite. Die 11-jährige Border-Collie-Hündin seufzte und nickte wieder ein.

„Meine treue Nellie, ich hab dich so lieb!", flüsterte ich und betrachtete ihr schmales, hübsches Gesicht mit der weißen Schnauze und den bereits leicht ergrauten Augenbrauen. Ihr braun-weißes langes Fell war nach unserem gemeinsamen Spaziergang wieder einmal voller Unkrautsamen und müsste dringend gebürstet werden, und in ihrem buschigen Schwanz hatte sich ein Stöckchen verfangen. Leise, um Nellie nicht zu wecken, faltete ich die Zeitung zusammen, stand von meinem bequemen Gartenstuhl auf und ging ins Haus, um etwas zu trinken. Das schwüle Wetter in Australien machte mir immer noch zu schaffen, obwohl ich – gemeinsam mit meinen Eltern und meinem Bruder Patrick – schon vor vierzig Jahren aus Irland ausgewandert war.

Mein Haar war rötlich-braun und ähnelte Nellies Haarfarbe, war jedoch kurz geschnitten und leichter zu bändigen. Allerdings stand es vom vielen Haareraufen oft zu Berge, denn mein Leben verlief in der letzten Zeit nicht so rosig. Auch letzte Nacht hatte ich wieder mal kaum ein Auge zugetan. Neben so manchem anderen Kummer machte ich mir seit dem Tod meines Vaters große Sorgen um meine 82-jährige Mutter. Eddie, mein Papa, war vor einem Jahr gestorben, endlich erlöst von einer unheilbaren Krankheit, die ihn monatelang ans Bett gefesselt hatte. Marie, meine Mutter, hatte ihn liebevoll betreut, obwohl sie nicht gerade die geduldigste Person war und am liebsten im Garten herumwühlte. Ab und zu war eine Pflegekraft zu Hilfe gekommen, und Patrick und ich waren froh und dankbar, dass unserem Vater ein Altersheim erspart blieb und er zum Schluss friedlich in seinen eigenen vier Wänden starb, mit Mama an seiner Seite. Doch wir alle vermissten meinen Papa schmerzlich.

Während ich nun einen Orangensaft in dem winzigen Holzhaus trank, in dem ich seit einigen Monaten zur Miete wohnte, schweiften meine Gedanken in die Vergangenheit ...

Direkt nach Papas Beerdigung drehte meine Mutter sich suchend um und fragte: „Wo ist denn eigentlich Eddie?"

Ein älterer Trauergast schnappte hörbar nach Luft, und Patrick und ich sahen unsere Mama bestürzt an. Ihre Augen waren verweint, wirkten jedoch eigentümlich leer. Noch bevor wir etwas entgegnen konnten, veränderte sich ihr Ausdruck. Sie runzelte die Stirn und sagte beschämt: „Oh, ich muss mich wohl daran gewöhnen, dass Eddie nicht mehr bei mir ist."

Patrick nahm unsere Mutter liebevoll in den Arm, während ich erneut losschluchzte und verzweifelt nach einem frischen Tempo suchte. Wie konnte ein einziger Mann nur so viel Rotz und Wasser heulen? Doch auch mein zwei Jahre älterer Bruder hatte bei der Andacht wie ein kleines Kind geschluchzt ...

Zum wiederholten Mal fragte ich mich nun, ob jener Tag damals bereits der Beginn von Mamas Demenz gewesen war. Können Schock und Trauer Alzheimer auslösen?

Jedenfalls ging es nach Papas Beerdigung mit meiner Mutter bergab. Trotz ihres hohen Alters war sie zunächst noch erstaunlich aktiv. Sie machte regelmäßig Yoga und ging schwimmen, arbeitete unermüdlich im Garten und traf sich häufig mit verschiedenen Freundinnen. Patrick und ich hatten daher eigentlich erwartet, dass sie auch ohne unseren Vater gut zurechtkommen würde. Doch sie wurde immer vergesslicher und schien oft deprimiert und in sich gekehrt zu sein. Sie hasste die Leere und Stille, wenn sie alleine zu Hause war. Und bei jeder Heimkehr erwartete sie, ihren Mann wie gewohnt auf der Couch im Wohnzimmer zu sehen. Aber niemand war da – es herrschte Schweigen …

Ein schrilles Bellen riss mich aus der Grübelei, und ich zuckte zusammen und vergoss einen Teil meines frisch gepressten Orangensafts über mein frisch gewaschenes weißes T-Shirt. Mist!

„Nellie, stopp!", rief ich. „Was ist los, Mädchen?"

Ihr Gebell steigerte sich zu einem freudigen Geheul, und kurz darauf vernahm ich eine vertraut klingende Stimme. Es war Tina, meine Exfrau. Nun ja, genau genommen, waren wir zwar noch verheiratet, doch wir hatten uns vor etwa fünf Monaten getrennt – nach circa fünfzehn Jahren Ehe und zu vielen frustrierenden Streitereien. Sie behielt unser schönes Haus am Meer, ich behielt unseren Hund und zog in ein schäbiges Häuschen im Hinterland der Sonnenscheinküste. Die Miete für meine winzige Bretterbude war unglaublich hoch. Einfach Wucher! Aber wenigstens hatte ich dort meine Ruhe. Nellie bellte zum Glück meist nur, wenn jemand zu Besuch kam, und hörte normalerweise schnell wieder damit auf.

Wie immer war sie auch diesmal völlig begeistert, Tina zu sehen, ich dagegen eher unangenehm berührt.

„Hi, Tina!", krächzte ich. „Was für eine Überraschung! Warte, ich zieh mir schnell 'ne Hose an!"

Wegen der Hitze hatte ich nur eine Unterbuxe an. Schließlich hatte ich keinen Gast erwartet.

„Mach dir nur keine Umstände, ich habe dich doch schon öfter nackt gesehen!" Tina schmunzelte und gab mir einen flüchtigen Kuss auf die Wange, und ein Duft nach Shampoo umwehte mich für einen Moment. Nellie drängte sich beglückt an ihre Beine, und Tina streichelte sie zärtlich. Ich eilte ins Schlafzimmer, um mein T-Shirt zu wechseln und in meine bequemen Lieblings-Shorts zu schlüpfen, die ich am Abend zuvor achtlos auf den Boden geworfen hatte. Meine Unordentlichkeit war einer der vielen Gründe für unsere Auseinandersetzungen gewesen. Was ich als gemütlich empfand, bedeutete leider unakzeptables Chaos für Tina.

„Was gibt's Neues?", fragte ich. „Möchtest du 'nen Kaffee?"

„Ja, gern!" Tina richtete sich aus ihrer gebeugten Stellung auf und strich sich die wuscheligen schwarzen Locken aus dem Gesicht. Nellie legte sich auf den Rücken, wälzte sich von einer Seite zur anderen und strampelte mit den Beinen herum, wobei sie fröhlich grunzende Töne von sich gab.

„Nellie scheint glücklich zu sein!", sagte Tina und lächelte. Doch dann schaute sie mich ernst und eindringlich an. „Aber du musst dich um deine Mutter kümmern! So kann es nicht weitergehen!"

„Warum? Was ist passiert?", fragte ich erschrocken.

„Sie ist gestern im Badezimmer ausgerutscht und gestürzt. Ihre Nachbarin rief mich heute Morgen ganz aufgeregt an und sagte, Marie hätte ein blaues Auge."

„O nein!", rief ich. „Hoffentlich hat sie sich nichts gebrochen! Aber warum hat Linda mich gar nicht verständigt?"

Meine Mutter wohnte schon seit vielen Jahren in Brisbane, und zwar in einer Mietwohnung im oberen Stock eines zweigeschossigen Hauses. Im Erdgeschoss wohnten Linda und Ken mit ihren beiden Töchtern. Linda war sehr nett, doch Ken war ein Macho, den ich nicht besonders leiden konnte.

Meine Eltern hatten sich allerdings prima mit dem Ehepaar verstanden. Sie hatten den Garten in zwei Bereiche abgetrennt, aber oft gemeinsam auf einer großen Terrasse gegrillt, getrunken und gesungen. Mein Vater hatte eine samtige, wunderbar klingende Stimme gehabt. Und die anderen? Na ja, sie hatten ihren Spaß gehabt, auch wenn sie eher laut als schön geträllert hatten.

„Tja, du hast anscheinend wieder mal vergessen, dein Handy einzuschalten", meinte Tina nun schnippisch. „Doch Linda hat auch Patrick Bescheid gesagt, und er ist schon auf dem Weg zu eurer Mama."

Wo war mein verflixtes Smartphone? Nochmals rannte ich ins Schlafzimmer, dann wieder zurück ins Wohnzimmer, kramte hektisch zwischen ungelesenen Zeitungen und Büchern auf dem Tisch herum, dann in den Ritzen meines alten Sessels, ohne es zu finden. Wieder einmal raufte ich mir die Haare. Während Nellie mich aufmerksam bei meiner hektischen Suche beobachtete, sah Tina mich mit diesem leicht verächtlichen Gesichtsausdruck an, den ich absolut hasste. Schließlich fand ich das Handy im Badezimmer – natürlich ohne Saft. Sobald ich es anmachte und auflud, klingelte es auch schon.

„Es ist Patrick!", sagte ich zu Tina, die inzwischen selbst damit begonnen hatte, einen Kaffee für uns zuzubereiten.

Mein Bruder plapperte direkt wild drauflos: „Hi, Michael! Ich bin bei Mama. Sie ist gestern hingefallen und sieht schlimm aus, ihr Gesicht schillert in allen Farben, und sie hat eine üble Schramme."

Dann fuhr er im Flüsterton fort: „Ich glaube, wir können sie nicht mehr lange allein lassen! Weißt du, was sie gerade gemacht hat? Sie wollte Wasser für ihren Muckefuck kochen. Doch statt den elektrischen Wasserkessel normal zu benutzen, hat sie versucht, ihn auf der Gasflamme zu erhitzen, stell dir das mal vor! Es stank schon ganz grässlich, als ich ankam, so wie verbranntes Gummi. Und sie sieht elend aus, sie hat in den letzten Tagen sicher wieder viel zu wenig getrunken, und das bei der enormen Hitze."

„Ach du je!", sagte ich verzagt.

Unsere Mutter trank so gut wie nie Wasser, sondern immer nur Kaffee oder Muckefuck und ab und zu mal einen kleinen Likör oder ein Glas Wein mit den Nachbarn. Wenn man sie zum Trinken ermutigen wollte, entgegnete sie dauernd: „Wasser ist zum Waschen da!"

Und nun hätte sie beinahe die Bude in Brand gesetzt! Wie sollte es bloß weitergehen? Wieder einmal verspürte ich ein merkwürdiges, unangenehmes Flattern im Bauch. Wenigstens war Mama nicht ganz allein und hatte die Nachbarn im Haus, und Patrick und ich besuchten sie jeweils abwechselnd am Wochenende. Patrick und seine Freundin Sarah wohnten leider auch nicht direkt in der Nähe, sondern an der Gold Coast. Tina rief meine Mutter gelegentlich an und hatte sie auch nach unserer Trennung ein paarmal besucht, doch die beiden hatten nicht gerade das beste Verhältnis. Meine Mutter mochte Sarah lieber, die sanftmütiger und stiller als Tina war und ihr nicht so oft widersprach.

Tina reichte mir jetzt netterweise eine riesige Tasse Milchkaffee.

Mein Bruder quatschte immer noch weiter. „Letztens musste Linda wegen Mama die Polizei rufen!"

„Was?" Beinahe hätte ich vor lauter Schreck auch den Kaffee verschüttet.

„Ja, Mama kam vom Einkaufen zurück und fand ihren Wohnungsschlüssel nicht. Draußen vor der Tür geriet sie in schiere Panik, und zum Schluss hat sie laut herumgeschrien und sich mit einer anderen Nachbarin gestritten. Linda wusste gar nicht, was sie tun sollte, und rief dann in ihrer Verzweiflung die Polizei an. Als diese anrückte, stellte sich heraus, dass Mama den

Schlüssel an einem Schnürsenkel um den Hals hängen hatte – unter ihrer Bluse!"

Patrick kicherte kurz. „Aber jetzt kümmere ich mich erst mal um Mama! Ich erzähle dir dann ein andermal mehr, tschüss!"

Und schon hatte er aufgelegt.

Ich fühlte mich entsetzlich hilflos, ausgelaugt und müde, doch plötzlich war ich dankbar, dass Tina da war. Ich berichtete ihr die Neuigkeiten, und mit Nellie zu unseren Füßen, tranken wir unseren Kaffee im Garten und berieten, wie wir meiner Mutter helfen könnten.

2

Der alte Mann war braun gebrannt, hager und rüstig. Er hatte sich ein Handtuch über die Schulter geworfen und schritt flott voran. Wie jeden Morgen, wollte er auch heute schwimmen gehen, obwohl sich bedrohliche Wolken am Himmel ballten und ein Gewitter angesagt war. Er war 85 Jahre alt und hatte es sich schon vor langer Zeit zum Ziel gemacht, seinen Körper und Geist in Schwung zu halten und möglichst gesund zu leben. Es war nicht immer leicht und erforderte harte Disziplin.

In seinem Tempo brauchte er normalerweise eine halbe Stunde von seiner Wohnung zum Strand. Unterwegs aß er eine Banane und hoffte, dass er nicht wieder den ungehorsamen riesigen Köter treffen würde, der schon zweimal an ihm hochgesprungen war, um ein Bananenstückchen zu erbeuten, und erst im letzten Moment von seinem Besitzer – einem schmächtigen Bübchen – zurückgezogen worden war. Er hatte kleine, wuschelige Hunde gern, doch nicht solche großen Monster mit ihren nassen, langen Zungen.

Seine Frau mochte Pudel und Schnauzer am liebsten und war insgesamt sehr tierlieb. Aber sie wurde allmählich immer verschrobener, war arg vergesslich und stellte ihm oft mehrmals hintereinander dieselben Fragen. Außerdem war sie schwerhörig geworden und verstand seine Antworten eh nicht. Sie sollte unbedingt mal zum Ohrenarzt gehen. Vielleicht würde ein Hörgerät helfen? Er seufzte und schoss eine zerquetschte Coladose vom Bürgersteig in die Gosse.

* * *

Nachdem Tina an diesem Samstag wieder nach Hause gegangen war, fühlte ich mich einsam und verloren, und Nellie lief rastlos im Garten herum. Sie litt ebenfalls sichtlich unter unserer Trennung und verstand es wohl kaum, warum ihr Frauchen und Herrchen sich zerstritten hatten. Verstand ich es? In gewisser Weise liebte ich Tina immer noch. Sie war klug und amüsant, hatte eine gute Figur, natürlich gewellte lange Haare, einen hübschen Busen und wunderschöne braune Augen, die besonders warm schimmerten, wenn sie gut gelaunt oder animiert war. Und sie war tierlieb, was für mich besonders wichtig war.

Ich glaube, ich habe meine Naturliebe von meiner Mutter geerbt. Sie war mir früher als eine dominante und strenge Person erschienen und hatte auch Papa gern herumkommandiert, hatte jedoch ein weiches Herz für Tiere. Ob ich ihr einen kleinen Hund zur Gesellschaft schenken sollte? Ach nee, dafür war sie nun bereits zu alt und verwirrt. Vermutlich würde sie ihn mindestens fünfmal am Tag füttern und vergessen, ihm Wasser zu geben. Oder sie würde ihm ungesundes Zeug zum Fressen geben. Sie konnte ja kaum noch richtig für sich selbst sorgen! Vor Kurzem hatte ich meine Mutter dabei erwischt, Vanillepudding mit einer bereits etwas gelblich verfärbten, unansehnlichen Sahne zum Frühstück zu essen, und ich hatte den Eindruck, dass sie sich kaum noch was Ordentliches zum Mittagessen kochte.

Wie sollte es weitergehen?

Mein Job in der Bücherei machte es mir unmöglich, mich vollzeitig um sie zu kümmern, und meine derzeitige Wohnung war viel zu winzig für eine zweite Person. Tina hätte zwar Platz in in ihrem großen Haus, war aber gewiss nicht dazu bereit, ihre Schwiegermutter zu pflegen. Außerdem hatte auch sie einen Beruf, den sie nicht an den Nagel hängen wollte. Patrick und Sarah waren ebenfalls beide berufstätig und hatten zudem drei Kinder im Alter von 15 bis 21 Jahren, die bisher alle noch bei ihnen im Haus lebten. Sollten wir nach einer Betreuerin für unsere Mutter suchen? Doch Mamas Wohnung hatte nur ein einziges Schlafzimmer und war insgesamt kaum für alte oder behinderte Menschen geeignet. Zum Duschen musste sie zum Beispiel mühselig in eine Badewanne steigen. Und eine Altenpflegerin brauchte auch ihre Freizeit und könnte nicht immerzu bei ihr zu Hause hocken. Deswegen müsste man also mehrere Personen für eine Pflege rund um die Uhr anstellen.

Was sollten wir tun?

Wieder einmal trat ich auf der Stelle und raufte mir die Haare; diese Grübelei war wirklich zum Verrücktwerden. Vermutlich sollten wir Mama bald in ein Altersheim verfrachten – so schwer es uns auch fiel. Allein bei dem Gedanken wurde es mir regelrecht schlecht. Doch andere Verwandte, Freunde und auch Linda und Ken hatten schon lange dazu gedrängt. Und was blieb uns übrig? Ich beschloss, nach einem anständigen Seniorenheim zu suchen, das ihr gefallen würde. Außerdem plante ich, einen Teil meines bereits genehmigten Urlaubs für einen Aufenthalt in Brisbane zu nutzen und mich in der Zeit um Mama zu kümmern.

Patrick freute sich über diese Ideen, als ich ihm davon erzählte. Er berichtete mir nun, dass er Linda einen Zweitschlüssel gegeben hatte, so dass sie und Ken im Notfall nach unserer Mutter schauen oder ihr die Tür aufschließen könnten. Obwohl ich Ken ja etwas arrogant fand, musste ich zugeben, dass er und seine Frau vertrauenswürdige und hilfsbereite Menschen waren.

Sie hatten meinen Eltern auch schon oft beim Einkaufen geholfen, nachdem wir Papas Flitzer verkauft hatten. Mama hatte nie einen Führerschein gehabt und war früher dauernd mit dem Fahrrad durch die Gegend gefahren, ohne irgendwelche Verkehrsregeln zu beachten, und es war erstaunlich, dass sie niemals einen Unfall gehabt hatte. Doch inzwischen hatte sie das Radeln aufgegeben, da ihre Knie zu sehr schmerzten und ihr Orientierungssinn arg nachließ. Auch das Treppensteigen fiel ihr immer schwerer.

Ich seufzte und stand auf, um meine Hündin wieder ins Haus zu lassen. Mit ihren 11 Jahren war sie auch nicht mehr die Jüngste und wirkte manchmal etwas steif, wenn sie sich nach einem Nickerchen erhob. Vor Kurzem hatte sie sogar ein bisschen gehumpelt, sich aber wieder gut erholt. Nellie brachte mir jetzt einen winzigen Zweig aus dem Garten und schaute mich erwartungsvoll an. Trotz ihres hohen Alters wollte sie immer noch dauernd Bälle oder Stöckchen jeder Größe fangen und wiederbringen. Ich musste immer aufpassen, dass sie es nicht übertrieb, da sie sonst bis zur totalen Erschöpfung herumsauste.

3

In den Wochen nach Tinas unerwartetem Besuch verbrachte ich viele Stunden damit, Nachforschungen über Altersheime in Mamas Umgebung zu betreiben, ohne jedoch zu einer Entscheidung zu kommen. Und dann kam mir plötzlich eine Eingebung. Es wäre doch viel besser, wenn meine Mutter in meiner Nähe wäre! Sie lebte zwar schon lange in Brisbane, hatte aber sowieso immer größere Schwierigkeiten, Leute zu erkennen, und einige Freundinnen hatten sich bereits von ihr distanziert. Vermutlich fanden sie es zu mühsam, mit ihr zu kommunizieren, da ihr aufgrund der Demenz leider oft die Worte fehlten. Zudem hätte meine Mutter es vor Kurzem beinahe nicht geschafft, nach Hause zu finden, weil sie sich hoffnungslos verirrt hatte. Irgendwann würde sie sich gar nicht mehr orientieren können. Warum also sollte sie in Brisbane bleiben?

Eine Untersuchung bei einer Neurologin und verschiedene medizinische Tests von Fachärzten hatten inzwischen bestätigt, dass sie an Alzheimer erkrankt war. Viele Gehirnzellen waren bereits abgestorben, und es sah nicht gut aus. Leider gibt es bisher keine Heilung für diese elende Krankheit. Allerdings wurde meiner Mutter eine Medizin verschrieben, um die Symptome zu lindern, und sie sollte mehr Wasser trinken. Tja, das müsste man ihr mit einer wahren Engelsgeduld einflößen! Selbst wenn ich Obstsaft ins Wasser mischte, schrie sie nur: „Igitt!" und nippte wie ein Vögelchen am Glas. Tee mochte sie auch nicht.

Nachdenklich schaute ich aus dem Fenster, das unbedingt mal wieder geputzt werden müsste. Mein Häuschen war zwar winzig und hatte nur ein schmales Schlafzimmer (mit Zugang zu Dusche und Toilette) und eine recht primitive Kochnische im Wohnzimmer, doch ich liebte den Garten. Er war etwas verwildert und hatte viele dichte Sträucher und ein paar alte Obstbäume sowie einen kleinen Teich, in dem Nellie sich manchmal abkühlte und die Frösche bei Regenwetter laut quakten. In einem Flaschenbürstenbaum tummelten sich oft Vögel aller Art. Manche naschten an den roten Blüten, andere stimmten einen ohrenbetäubenden Gesang an. Ursprünglich hatte dieses Haus nur als Ferienhäuschen dienen sollen, und die Besitzer, ein älteres Ehepaar, wohnten direkt nebenan in einem alten Queensländer, einem großen, weiß gestrichenen Holzhaus mit einer Veranda auf drei Seiten. Sie waren nett, und ich hatte Glück gehabt, überhaupt so schnell etwas zur Miete zu finden, da Wohnungen an der Sonnenscheinküste und in der näheren Umgebung sehr begehrt waren. Und meine geliebte Hündin durfte mit einziehen!

An diesem Morgen war ich schon früh aufgestanden, und erst jetzt brachen die ersten Sonnenstrahlen durch die Wolken. Nellie schubste mich ungeduldig mit ihrem Kopf an, um mich an unseren Spaziergang zu erinnern. Ich hatte ihr versprochen, vor der Reise zu meiner Mutter einen Abstecher ans Meer zu machen. Also machten wir nun eine lange Wanderung am Strand in Coolum Beach und fuhren danach mit meinem alten Toyota weiter gen Brisbane. Der Verkehr war ziemlich rege und wurde dichter, sobald wir näher an die Millionenstadt kamen. Stoßdämpfer an Stoßdämpfer – Anhalten, Anfahren, Anhalten – einfach nervtötend! Wie viele Einwohner hatte Brisbane inzwischen? 2,3 Millionen oder noch mehr? Jedenfalls kam mir die Stadt, in der ich meine Jugend verbracht und die ich damals geliebt hatte, heute wie ein emsiges Ameisennest vor.

Patrick und ich hatten beide schon lange einen Schlüssel zu Mamas Wohnung, doch ich klingelte zweimal kurz hintereinander, bevor ich mit all meinem Gepäck und einer Einkaufstasche voller Lebensmittel die Treppe zu ihr hochstieg. Mama öffnete ihre Eingangstür, und Nellie begrüßte sie sofort herzlich, mit wildem Schwanzwedeln und lustig klingenden, aufgeregten Tönen. Ich jedoch starrte Mama betroffen an, und ihr Anblick verschlug mir die Sprache. Sie trug einen weinroten, selbstgestrickten Pulli und darüber einen beige-getönten BH!

Sie streichelte Nellie, sah mich kritisch an und sagte ganz reserviert und höflich: „Guten Tag!", und ich merkte, dass sie mich gar nicht erkannte. Ich schluckte beklommen und wusste nicht, ob ich sie umarmen sollte oder nicht. Schließlich wollte ich sie nicht erschrecken.

„Hallo, Mama!", gab ich leise von mir.

Ihre graugrünen Augen wirkten eigentümlich leer und traurig, in weite Ferne entrückt, so ähnlich wie damals bei Papas Beerdigung, doch dann kehrten sie wieder in die Gegenwart zurück. Sie lächelte erfreut, nahm mich in den Arm und sagte liebevoll: „Hallo, Kleiner!"

Dabei reichte sie mir kaum bis zur Brust.

„Hast du schon gefrühstückt?", fragte ich sie. „Ich habe frisches Brot und deine Lieblingsmarmelade mitgebracht."

Wie dünn sie geworden war! Sie zog dauernd ihre Shorts hoch, die ihr zu weit geworden waren. Ich grinste etwas verlegen. „Mama, du hast deinen BH falsch angezogen, er muss eigentlich unter den Pulli! Und überhaupt, ist der nicht viel zu warm? Zieh dir doch lieber ein T-Shirt an!"

Ohne eine Antwort abzuwarten, ging ich in ihr Schlafzimmer. Puh, es stank! Ich riss das Fenster auf und nahm ein helles, luftiges T-Shirt aus ihrem Schrank. „Wie wäre es damit?"

Mein Blick fiel auf ihre Schuhe, die neben dem ungemachten Bett standen. Irgendetwas Weißes war darin, und nun kam Nellie angesprungen und schnüffelte interessiert daran herum.

„Pfui!", ermahnte ich sie und zog eine schmutzige Unterhose aus dem Schuh, die meine Mutter da anscheinend hineingestopft hatte. Kein Wunder, dass das Zimmer so furchtbar nach Kot roch! Ich half Mama beim Umziehen, wobei ich mich nicht sehr geschickt anstellte und unbeholfen mit dem BH herumhantierte. Wir mussten beide gackern.

Danach setzten wir uns in ihre gemütliche Küche. Ich machte uns etwas zu essen und backte später einen Kuchen, während sie in ihrem Kleiderschrank herumkroste und dann im Wohnzimmer Staub putzte. Im Gegensatz zu anderen alten Menschen hielt sie nie einen Mittagsschlaf und war immer noch arbeitswütig wie eh und je. Anschließend gingen wir in ihren Garten, wo sie mir voller Stolz ihre Blumen, Kräuter und Gemüsepflanzen zeigte. Der Gedanke, sie von ihrem geliebten Stückchen Erde, ihrer Heimat für so viele Jahre, wegzureißen, brach mir fast das Herz. Und doch konnte sie nicht mehr lange hier wohnen bleiben! Eine Weile jäteten wir in friedlicher Eintracht Unkraut, während Nellie schlummerte. Ich hatte sie mit einer langen Leine an einen Baum gebunden, um sie davon abzuhalten, uns dauernd Stöckchen zum Spielen zu bringen und die Blumenbeete zu zertrampeln. Nach einem Schwätzchen mit Linda, der Nachbarin, kehrten wir in Mamas Wohnung zurück.

„Und nun haben wir uns nach der Arbeit ein Stück Kuchen verdient!", sagte ich zu meiner Mutter und fing an, meinen selbstgebackenen Apfelkuchen anzuschneiden.

Da sah sie mich entsetzt an.

„Das ... das dürfen wir doch nicht!", stammelte sie. „Wir müssen erst den netten Mann fragen, der ihn gebacken hat!"

„Aber ich habe ihn doch vorhin gemacht!", entgegnete ich und runzelte die Stirn.

Erst nach einiger Verwirrung auf beiden Seiten und weiteren Protesten von meiner Mutter begriff ich, dass sie mich momentan wieder als ihren Sohn ansah, den fleißigen Bäcker vom Morgen jedoch als einen Fremden (obwohl ich selbst ja dieser Bäcker gewesen war!). Immerhin konnte ich sie endlich zum Kuchenessen bewegen und war froh über ihren offensichtlichen Genuss. Sie hatte schon immer gern Süßigkeiten gegessen und früher Unmengen an köstlichen Kuchen gebacken. Danach spielten wir zwei Runden Mensch-Ärgere-Dich-Nicht, die sie gewann, worüber sie sich wie eine Schneekönigin freute.

Abends schauten wir uns erst ein Quiz und dann einen romantischen Film an. Dabei fiel mir auf, dass sie es gar nicht mehr schaffte, den Fernseher anzumachen, geschweige denn, ein bestimmtes Programm auszuwählen. Mehrmals versuchte ich geduldig, ihr die Fernbedienung zu erklären, doch es war sinnlos. Verflixte Demenz!

4

Am nächsten Morgen wachte ich wie gerädert auf. Meine Mutter stand direkt neben dem Sofa, auf dem ich übernachtet hatte, und schaute mich aufmerksam an – fast so, als ob sie ergründen wollte, wer denn da nun auf ihrer Couch schlief. Ein Blick auf die Wanduhr verriet mir, dass es erst 6 Uhr war. Sogar Nellie schlief noch selig – zu einem niedlichen Fellbündel auf dem Teppich unter dem Wohnzimmertisch zusammengerollt.

„Guten Morgen, Mama, du bist aber früh wach!" Ich gähnte, und mein Kopf schmerzte. Ich hatte nicht sehr gut geschlafen und wieder viel zu viel gegrübelt.

„Guten Morgen!", grinste sie mich verschmitzt an.

Sie war noch im Nachthemd, und ihre grauen Löckchen waren zerzaust. Ich stand schnell auf und streckte mich.

„Ich mache uns Frühstück, okay? Und danach können wir ein bisschen mit Nellie spazierengehen."

Nellie wachte auf und spitzte die Ohren, und meine Mutter streichelte sie zärtlich. Sie wirkte zufrieden, doch als ich aus dem Bad kam, fand ich sie weinend im Schlafzimmer vor.

„Was ist denn los?", fragte ich besorgt.

„Ich will nach Hause!"

„Aber du bist ja zu Hause! Du wohnst doch schon hier, seitdem ich damals von dir und Papa weggezogen bin."

Sie wirkte nervös und öffnete ihren Kleiderschrank, aus dem sie wahllos verschiedene Hosen, Blusen und T-Shirts herauszog und auf ihr Bett legte.

„Komisch, dass meine Sachen im Schrank sind, obwohl ich doch gar nicht hier wohne!", meinte sie mit zittriger Stimme. Kurz danach sagte sie resolut: „Und nun gehe ich nach Hause zu Mutti und Vati!"

Erst jetzt kapierte ich, dass sie nach Glenbeigh in Irland wollte, in ihre alte Heimat, in der auch Patrick und ich geboren waren. Sollte ich ihr erklären, dass sie schon seit circa vierzig Jahren in Australien wohnte und ihre Eltern gar nicht mehr lebten?

Als sie nach ihren Schuhen griff, sagte ich rasch: „Ja, aber erst trinken wir gemütlich einen Kaffee."

Zum Glück ließ sie sich ganz friedlich in die Küche führen, weigerte sich jedoch, mehr als drei Schlückchen Wasser zu trinken. Immerhin trank sie eine Tasse Kaffee, also wenigstens etwas Flüssigkeit! Nach dem Essen räumte ich ihre Klamotten wieder in den Schrank und machte ihr Bett. Dabei entdeckte ich noch eine schmutzige, zusammengeknüllte Unterbuxe in einer Ritze am Fußende.

Bevor wir die Wohnung verließen, kämmte Mama sich sorgfältig die Haare. Wir machten einen schönen Spaziergang, bei dem meine Mutter so manchen blühenden Baum und Busch bewunderte und Nellie unzählige Sträucher ausgiebig beschnüffelte. Ich mochte diesen Stadtteil, der noch seinen ursprünglichen Charakter bewahrt hatte, und die vielen alten, zum Teil weit ausladenden Bäume, die uns Schatten spendeten. Es war bereits recht warm, aber etwas windig, und hin und wieder umwehten uns wunderbare Düfte von den Blüten der Ivory Curls und Frangipanis. Mama schritt flott voran, und oft fuchtelte sie wild mit ihrem Stock herum, um mich auf etwas aufmerksam zu machen, wie zum Beispiel eine spezielle Blüte, ein rostiges Blechdach, eine bunte Fensterscheibe mit Bleiverglasung, ein schäbiges Haus, das unbedingt einen Anstrich bräuchte, oder ein hübsches, mit Ornamenten verziertes Balkongeländer. Sie hatte schon immer einen besonderen Blick für Kleinigkeiten gehabt, an denen sie sich erfreuen konnte. Die Hitze machte ihr zum Glück nicht zu schaffen.

Unterwegs rief eine alte Frau freundlich: „Hallo, Marie!", aber meine Mutter hatte keine Ahnung, wer sie war.

Nach unserer Rückkehr bereitete ich das Mittagessen vor, und Mama nahm eine kleine Gießkanne und goss eifrig ihre Zimmerpflanzen. Leider tat sie das anscheinend zu oft, denn einige Untersetzer liefen bereits fast über, und auch ein Topf mit künstlichen Blumen wurde eifrig begossen.

Am Nachmittag saßen wir bei Kaffee und Kuchen im Wohnzimmer, als sie mich interessiert fragte:

„Leben deine Eltern noch? Und wo wohnst du eigentlich?"

Einen Augenblick war ich sprachlos, und ich schluckte beklommen. Nun wusste sie also tatsächlich nicht mehr, wer ich war!

„Mama! Ich bin doch Michael, dein Sohn!"

„Was? Das kann doch nicht sein!" Mama blickte mich fassungslos an.

„Doch, guck mal hier!"

Ich stand auf und zeigte ihr die gerahmten Familienfotos an der Wand, auf denen auch Patrick und ich abgebildet waren. Sie inspizierte abwechselnd die Fotos und mich, immer noch ungläubig. Ihr schmales Gesicht wirkte hilflos und ängstlich, und ich hatte Mühe, meine Fassung zu bewahren und nicht wie ein kleines Kind loszuplärren. Doch plötzlich umarmte sie mich und rief:

„Ach, Kindchen!"

Dann lächelte sie mich liebevoll, wenn auch immer noch mit leicht zweifelnder Miene, an und fragte:

„Du bist mein Kind? Wie alt bist du denn?"

5

Der alte Mann war heute viel später als sonst unterwegs, da es am frühen Morgen einen wahren Sturzregen gegeben hatte. Erst nachdem der Regen aufgehört hatte, machte er sich auf den Weg zum Meer. Unterwegs aß er seine tägliche Banane und freute sich, dass diesmal kein Hund nach einem Stückchen davon lechzte, als ein greller Blitz über den Himmel zuckte. Im selben Moment begann es wie aus Kübeln zu regnen. Na toll! Er joggte los, um sich eine Weile unter einem Dach der nahegelegenen Geschäfte unterzustellen, und warf die Bananenschale achtlos weg. Er beschloss, seine Wanderung zum Strand aufzuschieben und sich einen Cappuccino in einem Straßencafé zu gönnen.

Der Regen klatschte heftig aufs Vordach, als er nach einem Sitzplatz suchte und schließlich einen freien Stuhl fand, der allerdings von einer Regenbö etwas feucht geworden war. Aber er setzte sich einfach auf sein Handtuch. Das Café war gut besucht, und neben ihm unterhielten sich vier Leute mittleren Alters angeregt, die wie Geschäftsleute gekleidet waren. Ein junges Paar am Nebentisch war mit ihren Smartphones beschäftigt und schlang gleichzeitig ihr Frühstück herunter, und die Luft roch nach Kaffee, Toast, Eiern und Speck. Eine hübsche blondhaarige Frau guckte ständig auf ihre Uhr, so als ob sie jemanden erwarten würde, und wirkte etwas nervös. Die Kellnerin brachte ihr nun einen Tee und musste beim Servieren über einen dicken Hund steigen, der gemütlich vor sich hindöste. Dessen Besitzer, der ebenfalls recht dicklich war, entschuldigte sich und zog seinen schlaftrunkenen Hund näher zu sich, so dass er nicht mehr im Weg war. Er lächelte den alten Mann freundlich an, doch der schaute rasch weg. Der Alte hatte ein mulmiges Gefühl, das er sich nicht erklären konnte.

In der gegenüberliegenden Ecke des Straßencafés, halb versteckt hinter einem großen Blumenkübel mit einem immergrünen dichten Busch, saß eine junge Frau mit langen Haaren und einem Schlapphut. Sie begann, Gitarre zu spielen, und automatisch bewegten sich die Füße des alten Mannes im Rhythmus. Allmählich breitete sich ein Lächeln auf seinem missmutigen, mageren Gesicht aus, und zum ersten Mal nach langer Zeit dachte er wieder an seinen alten Freund Eddie, mit dem er oft gesungen und musiziert hatte, als er und seine Frau noch in Brisbane gewohnt hatten.

Nachdem er den Cappuccino ausgetrunken hatte, begab er sich wieder auf den Weg ans Meer. Ihm war auf eigentümliche Weise leichter ums Herz, und der Regen hatte nachgelassen und störte ihn nicht. Fröhlich pfiff er vor sich hin, barfuß, mit den Schlappen in der Hand und seinem Handtuch um die Schultern.

* * *

Tina hatte sich für Sonntagmorgen mit ihrer Freundin Katja verabredet und dummerweise verschlafen. Nun musste sie sich beeilen, um noch rechtzeitig zu dem Café zu kommen. Nach einer Katzenwäsche zog sie sich rasch an und joggte los. Sie hatte schlecht geschlafen und einen merkwürdigen Traum gehabt, in dem sie Michael vor einem aggressiven, sturzbetrunkenen Mann mit einem gewaltigen Bierbauch beschützen wollte. Danach hatte sie sich ewig lange rastlos im Bett herumgewälzt, bevor sie wieder einschlafen konnte. Obwohl sie selbst die Trennung von ihrem Mann initiiert hatte, merkte sie immer wieder, dass sie weiterhin besondere Gefühle für ihn hegte.

Bei ihrem letzten Besuch hätte sie ihn am liebsten an sich gedrückt und liebevoll getröstet, als er voller Kummer von seiner Mutter gesprochen hatte. Er hatte so hilflos und verletzlich ausgesehen, mit seinem flaumigen rötlichen Haar und den wunderschönen kornblumenblauen Augen, die ihn jünger als seine 47 Jahre erscheinen ließen. Und obwohl sie Marie, seine Mutter, gar nicht besonders gut leiden konnte und sich oft mit ihr gestritten hatte, war sie dennoch um sie besorgt. Oh, verflixt, nun fing es zu regnen an, und sie hatte keinen Schirm dabei! Sie rannte noch schneller, überquerte eine Straße, und dann rutschte sie auf einer Bananenschale aus und flog der Länge nach hin.

Tina rappelte sich mühsam wieder auf und fluchte. Welcher Idiot hatte eine Bananenschale auf den Bürgersteig geworfen? Blödes glitschiges Ding! Ihre Knie waren blutig, und ihr rechtes Handgelenk schmerzte.

„Hast du dich verletzt?", fragte da eine besorgte Stimme, und ein Mann fasste behutsam ihren Ellbogen.

„Ähm, nee, es ist nur 'ne Schramme!", sagte Tina.

Verlegen blickte sie zu dem Mann, der sie kritisch musterte. Er hatte ausdrucksvolle braune Augen, die sie unwillkürlich faszinierten. Seine warme Hand auf ihrem Arm verlieh ihrem ganzen Körper ein angenehmes Kribbeln. Sie fühlte ihr Herz rasen und ihre Wangen erröten und wusste genau, dass es nicht vom Joggen herrührte. Sie hatte das verrückte Bedürfnis, sich an diesen Fremden zu schmiegen. War sie bescheuert? Sie hatte sich doch erst vor Kurzem von Michael getrennt und wollte momentan eigentlich gar nichts von anderen Männern wissen. Der hilfsbereite Typ hielt sie weiterhin fest, bis sie wieder sicher auf ihren Füßen stand. Dann bückte er sich, um die Bananenschale aufzuheben.

„Aha, da haben wir den Übeltäter!" Er grinste, wobei seine Zähne weiß in seinem schön geformten, tief gebräunten Gesicht blitzten. Mit der anderen Hand hielt er einen riesigen Schirm über sie beide.

„Soll ich dich lieber begleiten?", fragte er und lachte etwas spöttisch. „Obwohl du ja sowieso bereits pitschnass bist. Wohin geht's denn?"

„Oh, ja, also ...", Tina stammelte und gab sich einen Ruck. Sie war doch sonst nicht so schüchtern! „Danke, das ist echt nett gemeint! Aber nee, ich will eine Freundin treffen und bin eh viel zu spät dran, also flitze ich lieber schnell los. Tschüss!"

Und schon lief sie davon. Sie kam sich wie ein dummes Huhn auf der Flucht vor und hoffte, dass sie nicht zu unsportlich aussah. Der sympathische Mann hatte so fit und durchtrainiert gewirkt!

Katja wartete immer noch in dem Café und wurde allmählich ungeduldig. Sie guckte ständig auf ihre Armbanduhr und hatte ihren Tee bereits ausgetrunken, als Tina endlich auftauchte – durchnässt und mit blutig zerschrammten Knien.

„Was hast du denn angestellt?", fragte Katja entgeistert.

„Ich bin tatsächlich auf einer Bananenschale ausgerutscht, so was Dummes!"

Tina wischte sich mit einem Tempo das Blut ab und verzog ihr Gesicht, als ein heftiger Schmerz durch ihr Handgelenk fuhr. Und dann sah sie den Mann mit dem Schirm näherkommen, der die besagte Bananenschale mit Schwung in einen Müllcontainer warf. Schon wieder schoss ihr die Röte in die Wangen. Was war nur mit ihr los? Sie war doch kein Teenager mehr, sondern bereits 44 Jahre alt!

Katja folgte ihrem Blick und rief: „Hallo, Philipp!"

Sie winkte wild und haute dabei der Kellnerin fast ein Tablett aus der Hand. Der heiße Kaffee schwappte aus einer Tasse und spritzte auf Katjas Arm. Gleichzeitig stießen sie beide einen Schreckensruf aus, und die junge Kellnerin unterdrückte ein Fluchen.

„Entschuldigung!", sagte Katja und nahm dankbar ein paar Servietten von der Kellnerin an, die nun wieder eine freundliche Miene aufsetzte.

Der Mann stutzte kurz, klappte seinen Schirm zu und eilte zu ihnen.

„Hi, Katja!" Dann wandte er sich zu Tina und schmunzelte. „Hallo! Na, da hätten wir ja doch zusammen weitergehen können!"

Katja runzelte verständnislos die Stirn und sagte: „Tina, das ist Philipp, mein neuer Kollege."

„Ja, wir sind uns gerade schon begegnet", erwiderte Philipp.

„Er war mein Retter in der Not, als ich ausgerutscht bin", erklärte Tina ihrer Freundin. Und ohne nachzudenken, schlug sie vor: „Setz dich doch zu uns, Philipp, ich lade dich zu einem Kaffee ein!"

O je, ob das Katja überhaupt recht war?, dachte sie im nächsten Moment.

Aber ihre Freundin wirkte erfreut, und als Philipp zustimmte und sich nach einem freien Stuhl umsah, flüsterte Katja: „Er scheint nett zu sein!"

Sie zwinkerte ihr verschwörerisch zu, und Tina fühlte sich zum zweiten Mal an diesem Morgen wie ein albernes junges Mädchen. Philipp konnte nur einen nassen Stuhl ergattern, kam damit an ihren Tisch zurück und grinste Tina frech an.

„Eigentlich solltest du dich daraufsetzen, denn du bist ja sowieso schon nass."

„Hier!", Katja reichte ihm eine unbenutzte Serviette, und er trocknete den Stuhl damit ab.

Tina fand sein Lächeln und seine Lachfalten unwahrscheinlich attraktiv, und auch seine funkelnden Augen und die dichten braunen Haare, die an den Schläfen leicht ergraut waren. Wie alt war er wohl? Vielleicht Mitte oder Ende vierzig?

Katja lehnte sich zurück und strich sich die hellblond gefärbten, seidigen Haare hinter die Ohren. Sie war eine hübsche, zierliche Frau, neben der Tina sich manchmal plump und unbeholfen fühlte. Und gerade jetzt kam Tina sich ziemlich hässlich vor mit ihrem angeklatschten nassen Haar und dem T-Shirt, das am Körper klebte. Aber Katja plapperte munter drauflos, und schon bald waren alle drei ins Gespräch vertieft.

Die junge Frau mit dem Schlapphut spielte noch eine Weile Gitarre. Sie trug ein luftiges Sommerkleid und Sandalen. Ihre Lieder waren leise und melodisch und gaben eine angenehme Hintergrundmusik ab, die die Unterhaltung der anderen Gäste nicht beeinträchtigte. Einmal stockte sie kurz, als sie den Blick eines alten Mannes auf sich ruhen fühlte, der sie neugierig, aber ganz ernst anschaute. Etwas später bemerkte sie, dass er sie schon wieder (oder immer noch?) musterte, doch diesmal mit einem leichten Lächeln in seinem hageren Gesicht. Sie verließ das Café, sobald der Regen aufhörte. Der rundliche Mann und der dicke Hund standen ebenfalls auf und gingen davon.

* * *

Der alte Mann sehnte sich ab und zu nach seiner Heimat in Irland, den grünen Hügeln und den hübschen Steinhäusern, den moosigen, verwunschen wirkenden Wäldern und dem intensiven, dramatischen Farbspiel von Wolken, Sonne und Schatten. Und er vermisste die Pubs, in denen sich junge und alte Menschen trafen und manchmal spontan zusammen musizierten. An einem dieser fröhlichen Abende hatte er auch Julie kennengelernt, die lustige, temperamentvolle Touristin aus Australien, in die er sich Hals über Kopf verliebt und die er später geheiratet hatte. Wegen ihr war er vor vielen Jahren, noch als junger Bursche, aus Irland ausgewandert.

Das Mädchen mit dem Schlapphut in dem Café hatte ihn gerade an jene Zeiten und an die junge Julie erinnert, die damals ebenfalls gut Gitarre spielen konnte. Als er nun an dem neuen Wohnkomplex vorbeiging, der erst vor Kurzem im Zentrum der Stadt gebaut worden war, stimmte er ein Lied an, das er oft mit Julie und Eddie, seinem irischen Freund in Brisbane, gesungen hatte. Kurz danach erreichte er einen Park und dann den Strand in Coolum Beach. Das Meer war heute grau und beinahe spiegelglatt, fast wie ein riesiger See, und bei dem Regenwetter war kein Mensch im Wasser. Inzwischen nieselte es nur noch. In der Ferne blitzte es ab und zu, und er hörte ein leises Donnergrollen, doch das Gewitter war weiter weg.

Der Alte liebte die Sonnenscheinküste in Queensland, egal, wie das Wetter gerade war und wie hoch die Wellen waren. Es gab wunderschöne, lange Sandstrände, und das relativ warme Meerwasser lud selbst im Winter zum Schwimmen ein – wenn man nicht zu empfindlich war. Auch jetzt genoss er das Gefühl von Freiheit und Abenteuer, als er durch die sanften Wellen schritt, den Sand unter den Füßen fühlte und sich dann ins Wasser gleiten ließ, das an diesem Sommertag eine angenehme Temperatur hatte. Er tauchte unter der nächsten Welle durch und kraulte zügig los. Später schwamm er auf dem Rücken, und der Regen vermischte sich mit der salzigen Gischt auf seinem lächelnden Gesicht.

Zwei Rettungsschwimmer am Strand beobachteten ihn und waren froh, dass der alte Mann in dem Abschnitt zwischen den Flaggen schwamm, wie es sich gehörte. Erst vor wenigen Tagen hatten sie einen leichtsinnigen deutschen Touristen retten müssen. Anstatt sich an die Strandregeln zu halten, hatte er sich beschwipst an der falschen Stelle ins kühle Nass gestürzt. Dort war er prompt in eine gefährliche Strömung geraten, die ihn schnell ins Meer hinausgetrieben hatte. Zum Glück hatten sie ihn rechtzeitig gesehen und waren sofort mit einem Motorboot zu seiner Hilfe gebraust. Aber dieser bekloppte, arrogante Typ hatte sich noch nicht mal für ihre Rettungsaktion bedankt, sondern war sogar aufmüpfig geworden!

6

Als ich an meinem zweiten Morgen in Brisbane aufwachte, stand meine Mutter schon wieder neben mir und beobachtete mich. Es war fast unheimlich! Diesmal schmerzte mein Rücken, vermutlich vom Schlafen auf der weichen Couch. Draußen trällerte ein Vogel lustig vor sich hin, und die Gardine am offenen Fenster bauschte sich in einem leichten Wind. Es war 6 Uhr.

Mama fragte: „Wo ist denn der Kleine?"

„Wer? Meinst du meinen Hund?"

Ich war perplex. Nellie lag neben mir auf der Seite, ihre Beine gegen die Couch gelehnt. Wegen ihrer weißen Pfoten sah es so aus, als ob sie Söckchen tragen würde.

„Nein! Der Kleine! Wir haben doch gestern Mensch-Ärgere-Dich-Nicht gespielt! Wo ist er denn?" Ein Anflug von Verzweiflung klang in Mamas Stimme.

„Aber ich bin doch hier! Ich bin Michael, dein jüngster Sohn!"

Ungläubig und verwirrt starrte sie mich an; ungläubig, verwirrt und noch ziemlich schlaftrunken starrte ich zurück. Für wen hielt sie mich denn, für einen Fremden? Der frecherweise auf ihrem Sofa im Wohnzimmer geschlummert hatte?

Ich musste grinsen. „Ja, du hast gestern Abend schon wieder gewonnen! Und heute Nachmittag spielen wir noch 'ne Runde, okay?"

„Ja, das machen wir!", strahlte sie nun.

Wir frühstückten, machten einen Spaziergang mit Nellie und lasen danach die Zeitung, wobei Mama mehrere Artikel mehrmals las und den Inhalt dann sofort wieder vergaß. Es war so richtig gemütlich, doch leider wurde meine Mutter später am Vormittag wieder traurig und wollte unbedingt nach Hause zu Mutti und Vati wandern – zu Fuß nach Irland!?

Inzwischen hatte ich gelernt, dass es wenig Sinn hatte, sie einfach nur abzulenken und ein anderes Thema anzuschneiden. Es half besser, wenn ich ihr in Ruhe erklärte, wo sie war und was in der Vergangenheit geschehen war – wobei ich allerdings hauptsächlich von heiteren Erlebnissen erzählte. Wir schauten uns wieder die Bilder an der Wohnzimmerwand an, und dann blätterten wir durch mehrere Fotoalben. Darin gab es Fotos von ihr selbst, ihren Geschwistern und Eltern in Irland, von anderen Verwandten und Freunden, von ihrem ersten Hund namens Bobby, meinem Papa und seiner Familie und natürlich auch von Patrick und mir in allen möglichen Altersstufen und Größen. Was für ein dicker Klops mein Bruder als Baby gewesen war! Aber niedlich mit seinen himmelblauen Augen und den schwarzen Löckchen, die er wohl von Mama geerbt hatte. Ich selbst ähnelte eher meinem Vater, der auch rötlich-braune Haare und eine schlanke Figur gehabt hatte. Mama war eine Zeitlang recht pummelig gewesen, hatte aber inzwischen so einige Kilo verloren.

Obwohl ich genau wie meine Eltern meistens sparsam war und nicht oft ausging, wollte ich meine Mutter heute zum Essen in ein Restaurant ausführen. Sie suchte sich mit meiner Hilfe eine schicke Bluse aus, und ich ging rasch ins Bad. Als ich in den Flur zurückkam, stand sie da, ordentlich gekämmt, und lächelte mich an. „Ich bin fertig!"

„Oh!"

Wieder einmal war ich verdattert. Mama hatte sich bereits ihre festen Schuhe angezogen, trug aber ansonsten nur Söckchen, eine Bluse (immerhin über ihrem BH) und eine Unterhose!

„Ich glaube, so lassen sie dich nicht ins Restaurant. Du brauchst noch einen Rock oder eine Hose", erklärte ich und wusste nicht, ob ich lachen oder weinen sollte.

Leider musste Nellie diesmal zu Hause bleiben, da Mama und ich nach dem Mittagessen noch einen Ausflug in den wunderschönen Botanischen Garten am Mount Coot-tha machen wollten, in dem Hunde nicht erlaubt waren. Nach kurzer Überlegung bat ich Linda, Mamas nette Nachbarin, die nur in Teilzeit arbeitete, am frühen Nachmittag nach Nellie zu schauen und sie zum Pinkeln spazierenzuführen. Dabei erfuhr ich von Linda, dass sie und ihre Familie demnächst für zwei Wochen in Ferien fahren würden. Sie und Ken waren besorgt, wie es mit Mama weitergehen würde. Und mir wurde auf Anhieb mulmig zumute. Ich musste rasch eine Lösung finden! Auf keinen Fall wollte ich meine Mutter ganz allein im Haus lassen. Sie könnte es versehentlich abbrennen! Oder sie könnte wieder hinfallen, sich verletzen und wer weiß wie lange da liegen bleiben – oder auf der Treppe stürzen und sich den Hals brechen – die wildesten Befürchtungen schossen mir durch den Kopf.

Schon bald merkte ich, dass Mama sich daran gewöhnt hatte, mich als Mitbewohner um sich zu haben, auch wenn sie mich manchmal für einen freundlichen, hilfsbereiten Fremden hielt. An einem regnerischen Nachmittag ging ich ohne sie los, um schnell einige Lebensmittel einzukaufen, und fand sie bei meiner Rückkehr in schierer Verzweiflung vor. Sie hatte sich Sorgen um mich gemacht und geglaubt, ich wäre ewig lange weg gewesen. Es dauerte eine Weile, sie wieder zu beruhigen. Zum Glück brachte Nellie sie zum Kichern, als sie ihr erwartungsvoll ein Wollknäuel vor die Füße legte, um damit Ball zu spielen. Mama hatte früher immerzu Pullover und Strümpfe gestrickt und auch jetzt noch einen großen Korb mit angefangenen Socken und bunten Wollresten in einer Ecke stehen.

Mama liebte Nellie, und Nellie liebte sie. Die beiden konnten stundenlang miteinander schmusen. Ab und zu saß meine Hündin nun sogar mit einem verzückten Gesichtsausdruck auf ihrem Schoß, wenngleich sie mit ihren 19 Kilo eigentlich ein bisschen zu groß und zu schwer für einen Schoßhund war und vorher nie auf einen Sessel oder eine Couch springen durfte. Doch Mama zuliebe drückte ich ein Auge zu. Allerdings wachte ich in der nächsten Nacht auf, weil Nellie sich auf der Couch an mich kuschelte. Tina wäre ausgerastet, wenn ein Hund das Bett mit uns geteilt hätte!

Die Tage mit meiner Mutter verliefen insgesamt emotional, aber eigentlich auch sehr harmonisch. Obwohl ihre Wohnung klein war, gerieten wir uns nicht in die Haare. Wenn ich mit Kochen, Staubsaugen, Putzen oder Wäschewaschen beschäftigt war, kramte sie in ihren Schränken herum, wischte den Staub von ihrem vielen Schnickschnack im Wohnzimmer oder goss ihre Zimmerpflanzen, und auch im Garten konnten wir gut zusammenarbeiten. Die Kommunikation war zwar nicht immer leicht, da Mama manchmal kaum noch einen vollständigen Satz von sich geben konnte oder falsche Wörter benutzte, doch sie hatte auch erstaunlich klare Augenblicke. Sie schien viel sanftmütiger und weichherziger als früher zu sein und war schnell gerührt. In meiner Kindheit dagegen war sie mir immer stark wie ein Ochse, störrisch wie ein Esel und unwahrscheinlich tapfer erschienen, und ich hatte es so gut wie nie erlebt, dass sie weinte. Nun kamen ihr oft schon die Tränen, wenn im Fernsehen über traurige oder grausame Ereignisse berichtet wurde. Bei einem besonders herzbewegenden Film schluchzten wir einmal um die Wette.

Und in so manchen Nächten weinte ich leise, da ich den Gedanken immer noch schrecklich fand, sie in ein Altersheim zu verfrachten.

Hatte auch ich mich verändert? Ich war normalerweise nicht so nah am Wasser gebaut. Sogar bei den vielen hässlichen Auseinandersetzungen mit meiner Frau hatte nur Tina oft laut geschluchzt oder hysterisch herumgeschrien, während ich mich eher innerlich verhärtet und zum Schluss meist eisern geschwiegen hatte. Komisch, Tina hatte sich schon lange nicht mehr bei mir gemeldet. Wie es ihr wohl ging?

In dem Moment klingelte mein Handy. War es Tina? Nee, es war jemand von einem Seniorenzentrum an der Sonnenscheinküste – meiner ersten Wahl der verschiedenen Heime, bei denen ich Erkundigungen über ihre verfügbaren Wohnungen und Betreuungsformen eingezogen hatte. Lustigerweise nannte es sich „Puzzlehaus". Und nun war dort ein Platz frei geworden! Ich jubelte innerlich. Es war ein schönes, ruhig gelegenes Heim in einem großen Park, das auch Hundebesucher erlaubte. Und es war in unmittelbarer Nähe von meinem Miethäuschen! Rasch ging ich in ein anderes Zimmer, um ungestört mit dem freundlich klingenden Mann zu telefonieren.

Direkt danach wollte ich noch ganz schnell Patrick anrufen, um ihm die gute Nachricht weiterzugeben, doch schon kam meine Mutter auf mich zu und fragte neugierig: „Wer war das denn?"

Beklommen schluckte ich, und meine Ohren schienen zu glühen. Sollte ich sie anlügen? Als Papa noch gelebt hatte, hatte sie mehrmals behauptet, dass sie später gern in ein Altersheim ziehen würde. Doch wenn Verwandte oder Freunde sie in den letzten Monaten dazu überreden wollten, es wirklich zu tun, hatte sie immer ein grimmiges Gesicht gemacht und alle Vorschläge vehement abgelehnt.

Ganz spontan erwiderte ich nun: „Ich habe einen Ferienort für dich gebucht – in der Nähe meiner Wohnung und nah am Meer. Da Linda und Ken ja demnächst in Urlaub fahren und ich bald wieder arbeiten muss, wärst du ja sonst zwei Wochen lang allein hier im Haus."

Ich fühlte mich mies und verlogen, und ein Anfall von Übelkeit überkam mich, aber dennoch war ich dankbar für diese Ausrede.

7

Leider fiel mir keine Ausrede ein, als Linda und Ken uns drei, also Mama, Nellie und mich, am nächsten Tag zum Abendessen einluden. Wie schon gesagt, mochte ich Ken nicht besonders. Er hatte früher dauernd schamlos mit Tina geflirtet, wenn wir meine Mutter besucht hatten und ihm im Haus oder im Garten begegnet waren. Nun ja, vielleicht war er gar kein Macho, sondern ich war bloß zu eifersüchtig gewesen? Ken sah recht gut aus und war ein kräftiger, geschickter Mann – und circa zehn Jahre jünger als ich. In meiner Schulzeit in Brisbane hatten mich andere Kinder oft wegen meiner rötlichen Haare gehänselt, und ich war ziemlich schmächtig gewesen. Unter ihren fiesen Sticheleien – und auch unter der Fuchtel meiner strengen Mutter – hatte mein Selbstbewusstsein etwas gelitten. Manchmal wunderte ich mich, dass die hübsche, dynamische Tina ausgerechnet mich zum Ehemann auserkoren hatte, und ich hatte es nie leiden können, wenn sie einem anderen Kerl zu tief in die Augen geschaut hatte. So zum Beispiel hatte sie mal auf einer Geburstagsparty ihrer Freundin Katja ausgelassen mit einem Typen getanzt, dem ich bei ihrem dritten gemeinsamen Tanz am liebsten eine gescheuert hätte. War ich also selber ein besitzergreifender Macho?

An sich konnte Ken ja gar nicht so grässlich sein, da er sich so gut mit meinen Eltern verstanden hatte, immer ausgesprochen hilfsbereit war und so eine nette Frau hatte. Ich versuchte jedenfalls, alles positiv zu sehen.

Und tatsächlich verbrachten meine Mutter und ich nun einen erstaunlich fröhlichen Abend bei den Nachbarn und ihren beiden Töchtern, die frech, aber süß waren. Eine war 9, die andere 12 Jahre alt. Linda tischte uns Unmengen von leckeren Speisen auf, und Ken gab uns reichlich Wein zu trinken, so dass Mama und ich zum Schluss ganz schön beschwipst waren.

In einem geeigneten Moment (als Mama auf dem Klo war und die Kinder in ihren Zimmern verschwunden waren) erklärte ich Linda und Ken meine neuen Pläne bezüglich meiner Mutter. Sie waren traurig und gleichzeitig erleichtert. Beide versprachen, Mama oft zu besuchen, sobald sie sich etwas in dem Heim eingelebt hätte. Auch ihre Kinder mochten meine Mutter, die sie fast wie eine dritte Oma betrachteten, und würden sie vermissen.

Später am Abend, als Mama bereits laut schnarchte, rief ich dann noch meinen Bruder an. Wir hatten ein langes Gespräch und waren beide sehr aufgewühlt. Mama würde nun also in ein Seniorenheim umziehen – und nicht nur für zwei Wochen, wie ich ihr vorgegaukelt hatte! In der Nacht weinte ich bittere Tränen.

Am folgenden Morgen, einem Samstag, wachte ich leicht verkatert von einer Pfote auf, die ungeduldig an meinem Arm kratzte. Autsch! Nellie musste ihr Geschäft verrichten und sagte mir auf diese Weise Bescheid. Ich war erstaunt, dass Mama diesmal nicht neben mir stand, sondern noch tief und fest schlief. Leise verließen Nellie und ich das Haus und gingen zuerst zur Verrichtung von bestimmten dringenden Bedürfnissen (von Nellie, nicht von mir!) auf eine Wiese und dann zum Bäcker, um frisches Brot zu kaufen. Vor lauter Sorge, dass Mama wegen meiner Abwesenheit in tiefste Verzweiflung geraten oder aus Versehen wieder den Wasserkocher auf den Gasherd stellen oder sonstigen gefährlichen Blödsinn anstellen könnte, rannten Nellie und ich im Schweinsgalopp los.

„Hoffentlich werden deine scharfen Krallen nun abgefeilt, Nellie!", rief ich ihr zwischendurch zu und musste über den erstaunten Gesichtsausdruck einer Passantin schmunzeln. Sie hielt mich sicherlich für verrückt, mit meinem Hund zu reden – was ich übrigens dauernd tat!

Beim Bäcker traf ich Roger, einen alten Schulfreund, und direkt rührte sich das schlechte Gewissen in mir. Obwohl ich nun schon ungefähr eine Woche in Brisbane verbracht hatte, hatte ich mich bei keinem einzigen meiner Freunde gemeldet. Und warum nicht? Erst jetzt erkannte ich den wahren Grund: Ich war wegen meiner dementen Mutter verlegen. Wie würden meine Freunde mit ihrer Alzheimer Krankheit und ihren Stimmungsschwankungen umgehen? Nun, ich würde es ausprobieren. Spontan und doch etwas bange lud ich also Roger und Glenn, einen anderen Freund aus meiner Schulzeit, zu einem Besuch an diesem Vormittag ein. Und kaum waren sie da, schämte ich mich für meine vorigen Bedenken und Zweifel. Denn sie verhielten sich völlig natürlich und gingen sogar super gut auf Mama ein, als sie wieder einen Anflug von Traurigkeit hatte. Zudem warteten sie ganz geduldig oder halfen ihr auf die Sprünge, wenn sie bei unserer Unterhaltung mal nicht auf ein Wort kam.

Zum Abschied sagte Mama mit warmer und bewegter Stimme:

„Es war so schön, euch kennengelernt zu haben!"

Dabei hatten Roger und Glenn früher dauernd bei mir gehockt, als ich bei meinen Eltern gewohnt hatte, und sie waren auch zu Papas Beerdigung gekommen. Aber daran konnte meine Mutter sich gar nicht mehr erinnern. Sie schien inzwischen immer öfter an frühere Zeiten und an ihre eigene Kindheit zu denken. Es war schade, dass ihre Geschwister so weit weg lebten! Ihr jüngerer Bruder war schon als junger Mann nach Amerika ausgewandert, und ihre ältere Schwester war in in Irland geblieben. Die beiden waren sowohl geistig als auch körperlich noch relativ fit. Ein paarmal versuchte ich, per Skype Kontakt mit ihnen aufzunehmen, aber trotz unserer besten Bemühungen war Mama gar nicht daran interessiert, mit einem Bildschirm zu kommunizieren.

* * *

Schon eigentümlich, wie unser Gehirn funktioniert beziehungsweise im Alter oft nachlässt – bei manchen eben mehr als bei anderen. Bisher war mein Kurzzeitgedächtnis noch ziemlich gut. Dennoch hatte ich jetzt schon Angst davor, ebenfalls irgendwann an Alzheimer zu erkranken. Es gibt zwar verschiedene Medikamente, die den Krankheitsverlauf eventuell verlangsamen, aber leider (bisher) nicht stoppen können. Ein Arzt hatte meiner Mutter zum Beispiel bestimmte Pflaster mit einem darin enthaltenen Wirkstoff verschrieben, von denen ich ihr täglich eins an ihren Oberkörper oder an den Oberarm kleben musste – jeden Morgen an eine neue Stelle, um ihre Haut nicht zu irritieren.

Ist diese spezielle Form von Demenz eigentlich vererbbar? Wie kann man sich vorbeugend schützen und den Geist fit halten? Vielleicht mit Kreuzworträtseln, dem Erlernen von neuen Sprachen, 'Scrabble' und ähnlichen Spielen wie 'Upwords' und 'Wordfeud' sowie mit viel Bewegung und gesunder, vitaminreicher und fettarmer Ernährung?

Nachdem ich verschiedene Artikel über dieses Thema im Internet gelesen hatte, schwirrte mir der Kopf. Menschen, die sich geistig aktiv hielten, soziale Kontakte pflegten und ein Musikinstrument spielten, erkrankten angeblich seltener an der Alzheimer Krankheit. Auch Jonglieren sollte ein wirksames Gehirntraining sein. Manche empfahlen, sich mit dem häufigen Verzehr von Beeren, Nüssen und Fisch zu wappnen, andere glaubten, dass Kurkuma (am besten mit schwarzem Pfeffer vermischt) sehr gesund sei und auch dem Gedächtnis helfen könnte. Nikotin sollte angeblich schädlich fürs Gehirn sein. Als weitere Risikofaktoren wurden hohes Alter, genetische Vorbelastung (o je!), Diabetes, Depressionen, hoher Blutdruck und erhöhte Cholesterinwerte genannt. Und wie stand es mit Alkohol? Sollte der nicht auch die Gehirnzellen abtöten, wenn man zu oft zu große Mengen in sich hineinkippte und dadurch auch seine Leber schädigte?

Also war es sicher als positiv anzusehen, dass ich außer einem gelegentlichen Glas Bier oder Wein keinen Alkohol trank und keine Drogen einnahm. Und weder meine Mutter noch ich hatten jemals geraucht. Im Gegensatz zu Mama trank ich auch jede Menge Wasser und Tee. So hoffte ich nun inbrünstig, dass sich nicht zu viele schädliche Eiweiß-Ablagerungen in meinem Gehirn ansammeln würden und dass meine Nervenzellen in der Hirnrinde und in tiefer liegenden Hirnstrukturen nicht so schnell absterben würden.

Übrigens hatte ich schon vor langer Zeit damit begonnen, dauernd ein bisschen Kurkuma ins Abendessen zu streuen, was meine Frau leider genervt hatte. Aber sie hatte meine leckeren Mahlzeiten sowieso oft zu stark gewürzt gefunden und mochte alles lieber fade, sogar fast ohne Salz und Pfeffer. Während ich gern mal exotische Gerichte wie zum Beispiel thailändische oder indische Speisen ausprobierte und Vegetarier war, aß sie am liebsten Kartoffeln und Steaks. Nun ja, über Geschmack lässt sich bekanntlich streiten, und jetzt kochten wir eben beide für uns allein und konnten essen, was wir wollten ...

Bei diesen Gedanken musste ich unwillkürlich schief grinsen. Tja, obwohl Tina und ich uns schon vor Monaten getrennt hatten, kam sie mir dennoch immer wieder in den Sinn. Wir hatten eben einen sehr langen Lebensabschnitt gemeinsam verbracht und uns anfangs auch heiß und innig geliebt. Vergessen könnte ich sie bestimmt nicht so schnell – oder vielleicht ja doch, falls ich auch an Alzheimer erkranken würde?

Es war eine erschreckende Vorstellung, dass ich Tina eines Tages gar nicht mehr erkennen könnte! Meine Ehefrau, mit der ich so intim und vertraut gewesen war ...

Dachte Mama eigentlich noch oft an ihren Eddie, meinen Vater? In der letzten Zeit hatte sie nur selten von ihm gesprochen. Vor Kurzem hatte sie mich jedoch einmal mit einem ganz klaren Blick angeschaut und gesagt:

„Ich hatte ein schönes Leben mit Eddie. Er war ein toller Mann und immer so lieb und sanft!"

* * *

Bei meinem letzten Telefongespräch mit meinem Bruder hatte Patrick vorgeschlagen, Mamas vier beste Freundinnen für Sonntagnachmittag zu einem Kaffeeklatsch einzuladen. Er versprach, uns ebenfalls mit Sarah zu besuchen und einen Kuchen mitzubringen. Mir war zwar überhaupt nicht nach Feiern zumute, doch ich willigte rasch ein. Denn wer weiß, wann die alten Damen sich sonst jemals wiedersehen würden? So räumte ich also die Bude auf, packte schon ein paar Sachen zusammen und half Mama beim Duschen – was wegen des mühsamen Einstiegs in die Badewanne ziemlich kompliziert war und mit einiger Scham und albernem Kichern ablief. Meine Mutter war zwar nicht so prüde wie früher mein Papa, doch ich hatte sie vorher noch nie im Leben splitterfasernackt gesehen.

8

Die junge Frau hatte keinen Schlapphut mehr auf dem Kopf, und sie lag entblößt und reglos unter einem weit ausladenden Moreton Bay Feigenbaum im Park nahe der Bücherei. Ihre Augen waren geschlossen, und die langen kastanienbraunen Haare umgaben ihr blasses Gesicht wie ein Fächer. Ein Blatt löste sich vom Baum, kreiselte in der leichten Brise und fiel auf ihr Bein. Bis auf einen Schlüpfer und einen BH war sie nackt.

Der alte Mann hockte neben ihr und streichelte ihren Arm. Behutsam hob er ihren Kopf an und schob vorsichtig sein zusammengefaltetes Handtuch darunter. Sie war so schön! In seiner Erinnerung hörte er immer noch ihre melodischen Gitarrenstücke, und ganz leise summte er ein Lied, fast einlullend, so wie zur Beruhigung eines Babys.

Er schrak auf, als er ein Keuchen und Schnaufen an seinem Rücken vernahm. Im nächsten Moment beschnupperte ein großer Hund die Haare der Frau, wurde jedoch sofort mit einem entsetzten Aufschrei zurückgezogen. Der alte Mann erkannte das mickrige Bübchen und den Hund, der offenbar gern Bananen fraß und ihn frecherweise schon zweimal angesprungen hatte. Die Augen des Hundes waren goldbraun, sanft und traurig, die Augen seines Besitzers goldbraun und vor Schreck weit aufgerissen. Fassungslos starrte er auf die leblose halbnackte Frau, dann auf den alten Mann, dann wieder auf die Frau, und er musste würgen. Mit mehr Kraft, als der Alte ihm zugetraut hätte, riss er seinen Hund an der Leine noch näher zu sich und rannte in Windeseile mit ihm davon. Der alte Mann beobachtete, wie der dünne Kleine nach etwa zwanzig Metern anhielt, sich argwöhnisch zu ihm umdrehte und ein Handy aus seiner Hosentasche zog. Der Hund pinkelte an einen Pfosten.

Erst jetzt stieg die Sonne leuchtend über dem Meer auf. Sie färbte den Himmel gelb-orange und brachte die Wellen zum Glitzern, und es war ein malerischer Anblick. Doch der alte Mann ging an diesem frühen Morgen nicht schwimmen, sondern blieb bei der jungen Frau sitzen, bis die Polizei kam.

*   *   *

Tina konnte es immer noch kaum fassen, dass sie sich völlig überraschend verliebt hatte! In Katjas Kollegen vom Postamt in Pacific Paradise! Wie paradiesisch! Und lustigerweise war sie ihm nur wegen einer ollen Bananenschale begegnet! Jedenfalls hatte sein fürsorgliches Verhalten bei ihrem kleinen Unfall sie dazu veranlasst, ihn danach spontan zum Kaffee einzuladen. Als sie am Sonntag stundenlang mit Katja und Philipp in dem Straßencafé gesessen hatte, war ihr richtig warm ums Herz geworden – trotz ihrer anfänglichen Verlegenheit und ihrer regennassen Kleidung. Sie hatte so ausgiebig gelacht wie schon lange nicht mehr, und zum Abschied hatten die beiden Freundinnen ihre Telefonnummern mit Philipp ausgetauscht. Noch am selben Nachmittag hatte Philipp Tina angerufen und gefragt, wie es ihrem Handgelenk ginge, und allein der Klang seiner Stimme hatte sie auf wunderbare Weise erregt. Und schon am nächsten Tag hatte sie ihn (diesmal ohne Katja) bereits wiedergesehen. Sie waren abends am Strand in Mudjimba barfuß durchs Wasser gewatet, und nach einer Weile hatte er wie selbstverständlich ihre Hand genommen und sie später sanft geküsst, zwar nur kurz, aber dennoch so erotisch, dass ihr ganzer Körper kribbelig wurde.

Dabei hatte sie den festen Vorsatz gehabt, allen Männern aus dem Weg zu gehen, bis sie ihre verkorkste Beziehung zu Michael geklärt haben würde. Sollte sie ihm wohl von Philipp erzählen? Immerhin war Michael immer noch ihr Ehemann! Aber gerade jetzt war er sowieso schon fix und fertig wegen seiner erkrankten Mutter. Die arme Marie! Tina hatte es nie fertiggebracht, sie mit 'Mama' anzusprechen und sie sogar manchmal fast gehasst, da ihre Schwiegermutter sehr verletzend, zänkisch und unnachgiebig sein konnte. Und doch hatte Tina immer ihre enorme Energie und Tatkraft, ihre Fröhlichkeit und Wissbegier bewundert und auch oft herzlich mit ihr gelacht. Aber nun ging es stetig bergab mit Marie, und bei ihrem letzten Besuch hatten ihre Augen gar nicht mehr so wie früher geleuchtet, sondern sie nur stumpf und deprimiert angeblickt. Ob Michael ihr Leben wieder aufheitern konnte? Er war ein gutmütiger Mensch und liebte seine Mama innig. Und auch Eddie, ihr Schwiegervater, war ein herzensguter, lieber Mann gewesen; sie hatte ihn sehr gern gehabt. Schade, dass er bereits gestorben war. Man sollte sein Leben genießen, so lange es möglich war!

Tina seufzte. Sie und Michael müssten endlich regeln, was ihr gemeinsames Haus und ihre Finanzen betraf. Bei dem Gedanken an eine endgültige Scheidung wurde Tina jedoch mulmig zumute, und sie hatte regelrecht Angst vor einer Aussprache. Michael wurde zwar nie laut oder gar gewalttätig, sondern meist immer stiller, wenn sie sich stritten, aber sein störrisches Schweigen brachte sie fast noch mehr auf die Palme. Leider hatten sie viel zu viele Auseinandersetzungen in ihren fünfzehn Ehejahren gehabt. Kaum zu glauben, dass sie sich nicht schon eher getrennt hatten. Und doch vermisste sie ihn öfter als sie vermutet hätte, und es war ihr in den letzten Monaten schwergefallen, allein im Haus zu leben. Auch das Kochen nur für sie selbst machte wenig Spaß ...

Vor lauter Nachdenken hatte sie gar nicht gemerkt, dass es bereits dunkel wurde, doch nun knurrte ihr Magen vernehmlich. Erneut seufzte sie, schaltete das Licht an und ging in die Küche, um sich irgendetwas zum Abendessen zu brutzeln. Vielleicht lecker geschmortes Gemüse und ein Steak? Sie griff nach ihrer schweren, gusseisernen Pfanne – und ließ sie prompt mit einem Aufschrei fallen. Das Ding krachte mit Getöse auf den gekachelten Boden. So ein Mist! Sie hatte gar nicht mehr an ihr schmerzendes Handgelenk gedacht! Ob es verstaucht war? Sie müsste wohl doch mal zum Arzt gehen, wie Katja und Philipp ihr bereits geraten hatten. Wenigstens war noch kein heißes Öl in der Pfanne gewesen, das ihre Füße verbrannt haben könnte, aber nun war eine Macke in einer Küchenfliese! Murks! Ob sie einfach ein bisschen Fliesenkleber in das Loch schmieren sollte? Michael würde ausflippen! Er und sein Bruder Patrick hatten die Fliesen in der Küche und im Esszimmer selbst verlegt, und beide waren stolz wie Oskar auf ihre Arbeit gewesen.

Frustriert und ratlos starrte Tina auf die ruinierte Stelle, als ein weiteres Problem vor ihrem geistigen Auge auftauchte, das sie immer wieder verdrängen wollte. Letztendlich würde sie ihr Haus zum Verkauf anbieten müssen, um Michael seinen Anteil – also die Hälfte – auszahlen zu können, und daher sollte die Küche mitsamt der Fliesen picobello sein und das ganze Haus sowieso möglichst tipptopp aussehen. Aber mussten sie es wirklich verkaufen? Sie würde doch so gern hier wohnen bleiben! Der Appetit war ihr vergangen, und nur mit Mühe unterdrückte sie ein Schluchzen.

9

Nellie schleckte genüsslich den letzten Kuchenkrumen vom Boden auf. Ich war froh, dass Patrick und Sarah an diesem Sonntag zu meiner Unterstützung gekommen waren und einen riesigen Käsekuchen mitgebracht hatten. Der Frauenklatsch war echt nett abgelaufen, obwohl Mamas Freundinnen furchtbar laut geredet hatten und meine Mutter zwischenzeitlich sehr verwirrt und insgesamt ziemlich still gewesen war. Aber sie hatte ihr Stückchen Kuchen mit Appetit verdrückt und auch mehrmals fröhlich gekichert. Nellie war sofort zum Liebling der alten Damen geworden und hatte es sichtlich genossen, von allen gekrault zu werden.

Am nächsten Morgen packten Mama und ich unsere Koffer und fuhren mit Nellie zur Sonnenscheinküste. Patrick und Sarah hätten gern an Mamas Umzug ins Altersheim teilgenommen, doch sie waren schweren Herzens bereits am Abend zuvor wieder an die Goldküste gefahren, da sie ja wochentags arbeiten mussten. Allerdings wollten wir Mama zuliebe eh ein großes Brimborium vermeiden und uns erst später mit der Wohnungsauflösung befassen. Dennoch hatte ich das Gefühl, dass Mama ganz genau wusste, dass sie heute nicht nur einen zweiwöchigen Urlaub antreten würde.

Unterwegs setzte ein leiser Nieselregen ein, und Mama und ich schwiegen die meiste Zeit und hingen unseren Gedanken nach, während die Scheibenwischer leise quietschten und Nellie auf dem Rücksitz schlummerte. Mir war entsetzlich flau, und am liebsten hätte ich schon wieder geflennt, doch ich riss mich zusammen und versuchte, mich auf den Verkehr zu konzentrieren, der zum Glück nicht so zähflüssig wie der aus der Gegenrichtung war.

Endlich kamen wir an dem Seniorenheim an. Ich parkte und holte tief Luft, um mich zu beruhigen. Der Wohnkomplex bestand aus mehreren eingeschossigen Ziegelsteingebäuden, die durch Gärten und Höfe voneinander getrennt waren. Es gab viele schattenspendende Bäume, hohe Palmen und exotisch anmutende Pflanzen, und es wirkte fast wie ein gemütlicher Ferienort. Die Gebäude waren verputzt und teils sandsteinfarben, teils hellblau, zartgelb oder weiß gestrichen, und die meisten hatten Ziegeldächer und Solaranlagen. Das Heim war nah an einem Wald, ruhig und abgelegen, aber dennoch in Fußnähe zu einem Einkaufszentrum mitsamt Postamt, Ärzten, Cafés und Restaurants. Warum hieß es wohl Puzzlehaus?

Schon vom Auto aus konnte ich einen Blick in die schöne Gartenanlage erhaschen, die das Hauptgebäude umgab. Der Regen hatte inzwischen aufgehört, und die Sonne lugte vorsichtig durch die Wolken. In der Ferne hörten wir einen Bach plätschern. Bei dem Geräusch sagte Mama prompt, dass sie zum Klo müsse. Vorsichtshalber hatte ich ihr morgens eine Windel angelegt, aber dennoch hoffte ich, dass sie es noch rechtzeitig zur Toilette schaffen würde. Ich half ihr also rasch beim Aussteigen und ließ ihr Gepäck im Kofferraum. Auf dem Weg ins Altersheim kam uns ein glatzköpfiger Mann entgegen, der eine Gehhilfe benutzte und uns mit einem zahnlosen Lächeln angrinste. Vor dem Haupteingang saßen mehrere alte Leute neben hübsch bepflanzten Blumenkübeln auf Bänken und in Rollstühlen und unterhielten sich angeregt.

„Sieht doch nett aus, ne?", fragte ich meine Mutter in einem fröhlichen Tonfall, aber meine Stimme war heiser.

Mama nickte, sah jedoch eingeschüchtert aus. An der Rezeption wurden wir freundlich begrüßt, und ich erkundigte mich sofort etwas verlegen nach einem WC für Besucher. Nach der Pinkelpause (puh, gerade noch geschafft!), einer kurzen Vorstellung und einigen Formalitäten führte uns eine junge Altenpflegerin namens Yolanda in Mamas neue Wohnung. Es war ein relativ kleines Zimmer mit einem Bett, einem eingebauten Kleiderschrank, einem Seitenschränkchen und eigenem Bad und Toilette – natürlich alles seniorengerecht, so dass man einfach unter die Dusche schreiten konnte, ohne akrobatisch herumkraxeln zu müssen. Ein großer Fernseher hing an der Wand. Während ich mir alles genau anguckte und Nellie interessiert in einer Ecke schnupperte, ging Mama direkt durch das Zimmer hindurch zur Gartentür und rief begeistert:

„Oh, ich habe meine eigene Veranda!"

Ich trat neben sie und staunte. Wir sahen einen eingezäunten Garten mit einer winzigen Rasenfläche und vielen Büschen, die nun ausgiebig von Nellie beschnüffelt wurden. Es gab eine betonierte Sitzecke, die überdacht und mit einem runden Tischchen und zwei Stühlen versehen war. An einer Seite der Veranda befand sich eine gemauerte Trennwand zum Nachbargarten, an der ein solides, perforiertes Regal befestigt war. Momentan standen nur eine winzige Gießkanne und ein Topf mit einer verkümmerten Geranie darauf.

„Ähm, jemand hat wohl vergessen, die Sachen aus dem Regal wegzuräumen", sagte Yolanda und lächelte entschuldigend.

Erst jetzt bemerkte ich, wie sympathisch sie aussah. Sie hatte rötliche Apfelbäckchen, freundliche blaue Augen und dichte rotbraune Haare (fast genau so eine Farbe wie die von Nellie und mir!), die zu einem dicken Zopf zusammengebunden waren. Ihre türkis-blau gemusterte Arbeitskleidung stand ihr gut und brachte ihre attraktiven Rundungen zur Geltung. Zu meiner Überraschung ergriff meine Mutter resolut die leere Gießkanne, füllte sie im Badezimmer mit Wasser und begoss die einsame vertrocknete Geranie.

Ich zwinkerte Yolanda zu und sagte: „Kein Problem, meine Mutter liebt Blumen!"

Insgeheim nahm ich mir vor, demnächst sämtliche Topfpflanzen aus Mamas Wohnung in Brisbane, die sie noch nicht ersäuft hatte, hierhin zu bringen.

Yolanda erklärte uns so allerhand, zum Beispiel, wie Mama zur Not um Hilfe rufen könnte, zeigte uns die dafür zuständigen Schalter und führte uns dann durch das Hauptgebäude. Es war in verschiedene Flügel unterteilt und hatte mehrere Aufenthaltsräume und Esszimmer. Die Wände waren nicht weiß und steril, sondern in verschiedenen hellen Farben angestrichen und mit unzähligen Bildern und Fotos geschmückt. Die Luft in den Gängen roch ein bisschen nach Putzmitteln und Desinfektionsspray, aber auch verlockend nach Gebäck und Kaffee. Irgendwo erklang eine Art Alarm, vermutlich ein Ruf nach dem Pflegepersonal (hoffentlich war nichts Schlimmes passiert?), woanders schepperte etwas. Yolanda plapperte unentwegt drauflos und erzählte von Gruppen-Aktivitäten wie Malen, Basteln, Singen und 'Sport auf dem Stuhl', doch ich merkte, dass Mama müde war. Und auch ich konnte ein Gähnen nicht unterdrücken.

„Es ist gleich Zeit fürs zweite Frühstück", sagte Yolanda nun und grinste mich an. „Möchtest du auch etwas haben?"

„Ja, das wäre nett!", entgegnete ich und errötete komischerweise.

„Normalerweise werden die Nebenmahlzeiten nur in den kleineren Esszimmern auf den verschiedenen Stationen serviert, aber heute Vormittag wird es um halb 11 ein spezielles Programm mit einer Musikvorführung im großen Saal geben. Dein Hund darf da aber leider nicht rein", sagte die Altenpflegerin. „Vielleicht könntest du ihn solange in den Raum von deiner Mutter bringen?"

„Wie süß!", schrie eine übergewichtige Frau in einem Rollstuhl, als sie Nellie erblickte, und rollte mit einem Affenzahn auf uns zu. Ich wollte meinen Hund und mich gerade mit einem Seitensprung retten, als sie abrupt, knapp vor meinen Zehen, bremste. Mit voller Hingabe beugte sie sich zu Nellie und streichelte ihre Ohren und die rautenförmige weißhaarige Stelle auf ihrem flauschig-weichen Hinterkopf, die ich selbst auch besonders niedlich fand.

„Marie, wir gehen schon mal zum Esszimmer, okay?", schlug Yolanda vor und nahm Mama sanft am Arm.

Ich hatte Mühe, Nellie von der hundelieben Dame zu trennen, und kurz danach traf ich noch zwei alte Leute und einen Pfleger, die ebenfalls ganz begeistert von Nellie waren. Als ich mich schließlich – ohne den Hund – im Esszimmer nach meiner Mutter umsah, saß sie bereits mit vier anderen Heimbewohnern an einem Tisch. Ein Mann döste mit offenem Mund, und eine Frau stierte apathisch auf ihren leeren Teller, während zwei andere Frauen Mama interessiert nach ihrem Leben ausfragten. Es wäre so schön, wenn sie hier neue Freunde gewinnen könnte! Allmählich füllte sich der Raum, und dann bekamen wir kleine Kuchenstücke, etwas Obst und lauwarmen Kaffee oder Tee. Mama zerbröselte den leckeren Kuchen mit den Fingern, mümmelte vor sich hin und schien momentan zufrieden zu sein. Der Mann war inzwischen aufgewacht und schlürfte ziemlich laut seinen Tee.

Mein Bruder hatte mir geraten, nicht zu lange bei Mama zu bleiben, so dass sie sich schneller an das Heim, ihre neuen Mitbewohner und die Pfleger gewöhnen könnte, aber ich fand es furchtbar schwer, sie allein dort zu lassen. Wie würde sie klarkommen? Wer würde sie trösten und beruhigen, wenn sie wieder traurig und ängstlich würde? Ich schluckte meinen letzten Tropfen

Kaffee (dünner Muckefuck, igitt!) und gleichzeitig einen dicken Kloß im Hals herunter und umarmte meine Mutter zum Abschied.

„Morgen Nachmittag komme ich dich besuchen, okay?", versprach ich.

„Ja!", murmelte Mama, und ihre Augen füllten sich mit Tränen.

Bevor auch ich vor allen Menschen im Saal losplärren würde, nahm ich Reißaus und ging zu Mamas Wohnplatz, um Nellie abzuholen, die eigentlich brav auf der Veranda warten sollte. Aber als ich dort ankam, war weit und breit kein Hund zu sehen. O nein, wo war Nellie? Hatte jemand vom Pflegepersonal Mamas Tür geöffnet, und Nellie war im Nu ausgebüchst? Rannte sie nun durch das gesamte Altersheim, um mich zu suchen? Oder schlief sie bloß irgendwo selig unter einem Busch? In ihrem Alter hatte sie manchmal einen erstaunlich tiefen Schlaf. Wenigstens war die Gartenanlage ringsum mit einem hohen Aluminiumzaun umgeben, das hatte ich ja bereits vom Auto aus gesehen.

„Nellie!", rief ich und erforschte den Garten.

Erst jetzt entdeckte ich, dass er auch drei weiteren Senioren in diesem Gebäudetrakt diente und also doch nicht eine ganz private Oase für Mama abgab, wie ich angenommen hatte. Aber es war hübsch hier, und zum Glück war die Grünfläche ringsum mit Hecken versehen und zur Straße hin abgezäunt, so dass meine Mutter nicht so leicht ausreißen könnte, wenn sie plötzlich nach Irland oder sonst wohin marschieren wollte. Als ich nun dem geschwungenen Weg folgte und dann zur nächsten Veranda abbog, hörte ich eine leise Stimme. Anscheinend war einer von Mamas neuen Nachbarn in seiner Wohnung. Steckte Nellie vielleicht hier?

Etwas zaghaft klopfte ich an die offenstehende Tür und sah ins Zimmer. Dort hing eine dürre, uralte Frau im Nachthemd halb aus dem Bett und liebkoste meine Nellie, die sich auf den Rücken gelegt hatte und sichtlich verzückt ihre Streicheleinheiten genoss. Ihre nicht mehr ganz so weißen Pfötchen waren in die Luft gestreckt, und auf dem Boden konnte ich einige hellbraune Abdrücke sehen. Ach du je, da war Nellie also einfach so mit Lehm an den Füßen hier hereinspaziert!

„Oh, Entschuldigung, ähm, meine Nellie ist ausgerissen ...", stammelte ich und wischte hastig mit einem Tempo die schmutzigen Stellen auf dem Boden ab.

„Sie ist so niedlich! Vielen Dank, dass du mir deinen Hund hergebracht hast, das war der schönste Augenblick meines Tages!"

Die Frau strahlte mich an und legte sich dann mit einiger Mühe wieder richtig in ihr Bett. Ihre nackten Arme waren mager und bleich, doch mit Pigmentflecken übersät, und auf ihren faltigen Händen standen die blauen Adern dick hervor. Ihre Haare waren kurz geschnitten und schneeweiß. Warum war sie denn nicht im Speisesaal?, fragte ich mich. Ob ich ihr wohl helfen sollte, dorthin zu kommen? In der Zimmerecke stand ein Rollstuhl. Aber ich hatte ja gar keine Erfahrung, wie man Leute aus dem Bett heben sollte, und die alte Dame wirkte so zerbrechlich! Nee, das überließ ich lieber den Fachleuten! Nochmals bückte ich mich, um einen neu entdeckten Pfotenabdruck abzuwischen. Ausgerechnet in dem Moment, als ich aufstand, kam eine Altenpflegerin herein, die ein Gestell mit mehreren Tabletts, Tee- und Kaffeekannen, Wasserkaraffen, Schnabeltassen und Pillendöschen vor sich herschob. Sie stieß unwillkürlich einen spitzen Schrei aus und erschrak sichtlich, da sie garantiert keinen Mann in dem Zimmer erwartet hatte. Ihre eisblauen Augen schienen Feuer zu sprühen, und eine drohende Zornesfalte erschien in ihrem strengen Gesicht. Sie war kräftig gebaut und wirkte fast so, als ob sie mir eine der Karaffen um die Ohren hauen würde, falls es nötig wäre.

„Was machst du denn da hinter dem Bett?", funkelte sie mich an.

„Guten Tag! Es tut mir leid, aber ich habe bloß meinen Hund gesucht. Ich bin Michael, der Sohn von Marie, der neuen Heimbewohnerin vom Nebenzimmer", schwatzte ich drauflos und fühlte mich wie ein kleiner Schuljunge, der beim Schummeln erwischt worden war.

„Ach so!", die blonde Altenpflegerin entspannte sich, grinste breit und wirkte direkt weniger einschüchternd. „Also kein Räuber! Ja, da werden wir uns sicher zukünftig öfter begegnen. Hallo, ich bin Silvie. Und das hier ist Ruth." Sie nickte der alten Dame zu, stellte das Kopfende des Bettes höher und half ihr, sich etwas aufzurichten.

„Es gibt schon wieder was Leckeres zu essen, Ruth!"

„Na dann, guten Appetit! Komm, Nellie, wir müssen los!", sagte ich und nahm sie vorsichtshalber an die Leine.

„Auf Wiedersehen!", flötete Ruth und blickte liebevoll auf meinen Hund.

Auf dem Weg zum Ausgang hörten wir ein wunderschönes Klavierspiel und den Gesang eines Mannes mit einer tiefen, samtigen Stimme. Das würde meiner Mutter gut gefallen! Erst als ich schon im Auto saß und losfahren wollte, fiel mir wieder ihr Koffer ein. So ging ich rasch zurück (mit Nellie im Schlepptau, da es in meinem Toyota viel zu heiß war), sagte der netten Dame an der Rezeption Bescheid und verstaute in Windeseile Mamas Klamotten in ihrer neuen Wohnung. Die klangvolle Stimme des Sängers wurde nun von einer hellen, glasklaren Frauenstimme begleitet.

* * *

Als ich schließlich nach Hause zurückkehrte, sah mein Garten wüst aus. Das Gras war munter in die Höhe geschossen, und so einige Unkräuter hatten meine tagelange Abwesenheit ausgenutzt und sich schamlos ausgebreitet. Mama, die fleißige Hobby-Gärtnerin, könnte sich hier austoben! Jedenfalls müsste ich sofort den Rasen mähen, weil Nellie sich sonst garantiert in einen grasgrünen Hund verwandeln würde. Irgendwie schien ihr Fell Unkrautsamen und Stöckchen wie ein Magnet anzuziehen und verfilzte zudem furchtbar schnell. Außerdem sollte ich bald ihre Wolfskrallen schneiden, so dass sie bei unserem nächsten Besuch im Altersheim keinesfalls irgendwelche zarthäutigen Arme oder Beine zerkratzen könnte.

Nellie freute sich offenbar, wieder daheim zu sein, und rollte vor Vergnügen auf dem Läufer im Wohnzimmer herum. Ich selbst fühlte mich entsetzlich schlapp und müde, und obwohl ich eigentlich jede Menge Arbeiten erledigen müsste, konnte ich mich zu gar nichts aufraffen. Ich füllte Nellies Napf mit frischem Wasser und machte mir einen starken Kaffee. Sodann plumpste ich wie ein nasser Sack auf meinen Sessel. Und erst jetzt fiel mir siedend heiß ein, dass Mama ja gar keinen Sessel in ihrer neuen Wohnung hatte!

10

Tina machte es sich vor dem Fernseher gemütlich, um sich mit einem spannenden Film von ihren zermürbenden Grübeleien über Michael und ihre gemeinsamen Besitztümer abzulenken. Sie erschrak, als jemand laut an ihre Eingangstür klopfte. Wer könnte das sein? Inzwischen war es schon stockdunkel geworden, und anstatt sich eine vernünftige Mahlzeit zu kochen, hatte sie eine Tüte Chips aufgemacht und sich ein Glas Rotwein eingegossen.

„Hallo?", rief nun eine vertraute Stimme, und Tina öffnete erleichtert die Tür.

„Hallo, Katja! Mensch, du hast mir eine Heidenangst eingejagt! Im Film schlich sich nämlich gerade ein fieser Serienmörder an eine alleinstehende Frau an ..."

Katja schmunzelte und ließ sich ohne Umschweife auf Tinas Couch fallen. „Was für Horrorgeschichten guckst du dir denn an? Da hast du ja Glück gehabt, dass ich kein gemeingefährlicher Gangster bin!"

Ihre Miene verdüsterte sich. „Aber leider können wahre Begebenheiten noch viel schlimmer als ein Thriller sein. Hast du schon die Nachrichten gehört? Stell dir vor, die junge Frau, die so schön Gitarre in dem Café gespielt hat, ist abgemurkst worden! Gestern früh, im ersten Morgengrauen, hat jemand ihre Leiche entdeckt, als er seinen Hund Gassi führte – und ausgerechnet bei uns in Coolum Beach!"

Im Fernsehen ertönte ein markerschütternder Schrei, und beide Frauen zuckten zusammen.

„Im Ernst? O nein, das ist ja entsetzlich!", rief Tina und stellte den Film auf Pause.

„Ja, und wir haben eventuell nichts ahnend neben dem geistesgestörten Mörder gesessen!"

„Was?", fragte Tina ungläubig. „Wie kommst du denn darauf?" Sie runzelte ärgerlich die Stirn und sagte: „Oder willst du mich etwa verschaukeln? Mach bloß keine dummen Witze!"

„Nee! Ich weiß nicht, ob du es auch bemerkt hast, aber bei unserem Treffen in dem Café ist mir ein alter Kerl aufgefallen, der die Gitarrenspielerin immerzu angestarrt hat. Er war erst ganz ernst und hat dann so komisch vor sich hin gelächelt, irgendwie unheimlich!"

Katja fuhr sich durch ihre blonden Haare und grinste unerwartet. „Ich könnte wetten, dass du gar nichts davon mitgekriegt hast, denn du hattest ja die ganze Zeit bloß Augen für Philipp!"

Tina lächelte verlegen. „Du hast recht, ich habe mich sofort in deinen netten Kollegen verguckt! Na ja, gesehen habe ich den alten Mann schon, doch er kam mir irgendwie bekannt vor und eher sympathisch, jedenfalls völlig harmlos. Dagegen fand ich einen anderen Typen etwas Furcht einflößend. Nämlich den rundlichen Mann mit dem dicken Hund. Warum, weiß ich auch nicht, aber der hat ebenfalls dauernd die Musikerin angeglotzt, und mir standen auf einmal die Haare zu Berge, als er das Café direkt nach ihr verließ und mich beim Weggehen flüchtig streifte. Dabei war das doch am helllichten Tag!"

„Echt? Nee, den Kerl hab ich mir gar nicht so genau angeschaut. Doch ich kann mich gut an den Hund erinnern. Ja, der war arg übergewichtig, wirkte aber freundlich. Na, nun lies mal den Artikel über diesen Alten! Von wegen sympathisch und harmlos!" Katja hielt ihr einen Zeitungsartikel vor die Nase.

Tina setzte sich ihre Lesebrille auf und las.

Am frühen Montagmorgen war eine Frau tot in dem Park nahe der Bücherei gefunden worden, halbnackt zwischen den Spreizwurzeln eines großen Baums liegend. Ihre einzige Kleidung bestand aus einem seidigen blaugrauen Büstenhalter und einer Unterhose in einem ähnlichen Farbton. Sie wurde später von einer alten Schulfreundin in Noosa als Maureen Collins identifiziert (wohl noch am selben Tag – aber wie und warum, wurde aus dem Artikel nicht ersichtlich). Laut der Aussage dieser Freundin hatte Maureen, eine 25-jährige Krankenschwester aus Sydney, vor einer Woche ihren Urlaub angetreten und zwei Tage mit ihr verbracht. Sie wollte verschiedene Freunde treffen, mehrere Monate lang in Queensland herumreisen und sich nebenher ein bisschen Geld mit Straßenmusik verdienen. Leider war sie nur bis zur Sonnenscheinküste gekommen, wo ihr Leben abrupt beendet worden war. Als Todesursache wurde ein Genickbruch angegeben.

Tina konnte es kaum glauben! Sie ging dauernd in diese Bücherei, um sich Bücher und Filme (meistens Krimis und Thriller) auszuleihen. Und erst vor Kurzem hatte sie mit einer Freundin Federball in dem Park gespielt, der immer so ruhig und friedlich erschien. Vor lauter Grauen bekam sie eine Gänsehaut, und sie trank einen riesigen Schluck Wein, bevor sie weiterlas.

Ein alter Mann namens Bryan Murphy war verhaftet worden. Er hatte angeblich direkt neben der Leiche gesessen und leise gesungen, bis die Polizei ihn von allen Seiten mit gezückten Waffen umstellte. Er ließ sich ohne Widerstand abführen, schwieg jedoch beharrlich. Ein Motiv für den Mord war noch nicht bekannt, und die Ermittlungen liefen an ...

Wie traurig! Tinas Mund fühlte sich ganz trocken an.

„Möchtest du auch ein Gläschen Wein?", krächzte sie.

„Ach nee, lieber nicht, ich muss ja noch Auto fahren. Aber etwas Wasser wäre gut."

Tina stand auf und holte eine Karaffe Wasser aus dem Kühlschrank, die sie vorsichtshalber in ihrer linken Hand trug, während Katja sich ein paar Chips nahm und krachend kaute.

„Kannst du dir selbst einschenken?", bat Tina ihre Freundin und reichte ihr ein Trinkglas. „Mein Handgelenk schmerzt ziemlich doll, und ich habe vorhin schon eine schwere Pfanne fallen lassen. Ich muss wohl doch mal zum Arzt gehen."

„Ja, habe ich doch direkt gesagt!", nuschelte Katja, den Mund voller Chips.

„Warum soll der Alte sie denn umgebracht haben?", fragte Tina.

Insgeheim überlegte sie immer noch, warum er ihr letztens in dem Café so bekannt vorgekommen war. War sie ihm bereits vorher mal irgendwo in der Stadt begegnet? Oder bei einem Spaziergang am Strand? War er tatsächlich ein gefährlicher, brutaler Mensch? Vielleicht geistesgestört – so wie der grässliche Mörder im Film? Ein eisiger Schauer lief ihr über den Rücken, und sie schaltete den Fernseher aus.

Katja trank etwas Wasser und meinte dann: „Keine Ahnung, was da passiert ist und ob es ein Mord oder eher fahrlässige Tötung war. Aber merkwürdig, dass der Typ neben der Leiche gehockt und gesungen hat – der muss doch echt einen Knall gehabt haben, oder? Und die Frau soll fast nackt gewesen sein. Wo waren denn ihre Klamotten?"

„Ist sie wohl erst vergewaltigt und dann umgebracht worden?", fragte Tina, und bei dem Gedanken wurde ihr ganz übel.

Was hatte der Kerl der armen Frau angetan? Hatte er sie schon in der Nacht zuvor überfallen und stundenlang in seiner Gewalt gehabt? Er war zwar alt, sah aber recht rüstig aus. Bryan Murphy – der Name erschien ihr seltsam vertraut.

„Von einer Vergewaltigung wurde nichts berichtet, und auch nichts über andere Verletzungen. Vielleicht war es ja auch bloß ein Unfall, der leider tödlich ausging." Katja schob die Schüssel mit den Chips von sich weg. „Puh, die Dinger machen süchtig!"

„Was für ein Unfall? Glaubst du etwa, die Frau wäre halbnackt auf einen Baum im Park geklettert und dann heruntergefallen? Oder so unglücklich über eine Wurzel gestürzt, dass sie sich direkt das Genick gebrochen hat?", fragte Tina zweifelnd, trank ihren Wein in einem einzigen Zug aus und schenkte sich ein neues Glas ein. Au! Blödes Handgelenk! Morgen würde sie bestimmt zum Arzt gehen oder sich wenigstens einen Termin geben lassen.

Sie nippte am Rotwein und fragte nachdenklich:

„Warum war diese Frau, eine junge Touristin, so früh morgens unterwegs? Das würde doch bloß einen Sinn ergeben, wenn sie die Nacht irgendwo durchgefeiert hätte, oder? Aber wo und mit wem? Und was könnte sie mit einem alten Mann zu tun haben? Ob sie eventuell sturzbetrunken war und ihn blöde angepöbelt hat?"

Tina merkte nun, dass sie ihren Wein viel zu schnell in sich hineingekippt hatte und sich beschwipst fühlte. Eine Handvoll Chips war nicht die beste Grundlage fürs Trinken, und sie hatte eh noch nie viel Alkohol vertragen.

„Tja, wer weiß?!" Katja blickte ihre Freundin traurig an. „Das Leben kann so verflixt schnell zu Ende sein!"

11

Ich hätte mich am liebsten so wie Nellie eine Weile aufs Ohr gelegt und selig geschlummert, doch der Gedanke, dass meine Mutter nun gar keinen gemütlichen Sitzplatz in ihrem neuen Zimmer hatte, ließ mir keine Ruhe. Sollte ich ihr rasch meinen alten, abgewetzten Sessel bringen? Doch der war nun wirklich nicht mehr schön und viel zu klobig, und außerdem würde er bestimmt nicht in meinen Toyota passen. Ich müsste also Patrick fragen, ob er demnächst Mamas Sessel aus Brisbane holen könnte. Immerhin hatten er und Sarah einen Anhänger. Aber bis zum nächsten Wochenende warten?

Als ob mein Bruder gespürt hätte, dass ich an ihn dachte, rief er mich just in dem Moment an. „Hi, Kleiner, ist bei Mama alles in Ordnung?"

„Ja, das Heim macht einen guten Eindruck, und das Personal ist echt nett! Nur eine Altenpflegerin wirkte furchtbar grimmig, aber das war meine eigene Schuld!"

Ich kicherte kurz und erzählte Patrick von meiner Begegnung mit Sylvie, die vor Schreck geschrien hatte, als ich unvermutet hinter dem Bett einer alten Dame aufgetaucht war. Zum Schluss bat ich ihn, bei seinem Besuch am Samstag bestimmte Sachen aus Mamas Wohnung, ein paar Blumentöpfe und auch ihren geliebten, vertrauten Sessel mitzubringen.

Patrick hatte eine gute Idee. „Frag doch mal im Seniorenheim nach, ob sie Mama bis dahin irgendeinen Sessel leihen können. Aber pass auf, dass du nicht ausgerechnet mit dem alten Drachen sprichst!"

Ich musste lachen. „Nee, eigentlich sah Sylvie klasse aus und gar nicht wie ein Drachen, sobald sie merkte, dass ich harmlos bin."

Merkwürdig, erst jetzt wurde mir bewusst, wie wunderschön Sylvies Gesicht gewesen war, als sie mich angelächelt hatte, und wie sanft und lieb sie

Ruth, die alte Dame, angeschaut hatte. Sylvies Stimme hatte einen tiefen, angenehmen Klang, und ihre Figur war etwas kräftig, aber toll geformt. Und ihre blonden Haare schimmerten golden ...

Mein Bruder riss mich aus meiner Träumerei. „Du, Michael, meine Mittagspause ist gleich zu Ende. Ich rufe dich heute Abend nochmal an! Bis dann, und viel Glück!"

„Okay, danke! Tschüss, Patrick!"

Ich legte den Hörer auf und bemerkte Nellies neugierige Augen und ihre aufmerksam gespitzten Ohren. Anscheinend hatte sie ihren Namen gehört, als ich Patrick von unseren Erlebnissen im Altersheim berichtet hatte.

„Hallo, mein Mädchen! Morgen Nachmittag besuchen wir Mama, ne? Aber du darfst nicht wieder ausreißen! Und nun versuche ich mal, es meiner Mutter gemütlicher zu machen und etwas für sie zu organisieren!"

Nellie lauschte, neigte ihren Kopf zur Seite und sah unwiderstehlich süß aus. Kein Wunder, dass so viele Leute von ihr begeistert waren! Und sie war meine beste Freundin, der ich jederzeit alle Sorgen und auch meine tiefsten Geheimnisse anvertrauen konnte. Ich kraulte sie kurz an der weiß behaarten Brust und rief das Seniorenheim an. Zum Glück erwischte ich direkt die Managerin, der ich ohne Umschweife mein Anliegen erklärte. Mitten im Gespräch wimmelte sie mich jedoch plötzlich ab und sagte:

„Einen Moment, da kommt gerade Sylvie vorbei, kannst du das bitte mit ihr besprechen? Ich muss mich leider um etwas anderes kümmern ...“

Eine Weile vernahm ich ein wirres Stimmengewirr im Hintergrund, und ich schluckte beklommen. Und dann kam der ‚Drachen' ans Telefon und sagte in einem kühlen Tonfall:

„Guten Tag! Wie kann ich dir behilflich sein?"

„Hallo! Ich bin Michael, ja also, Maries Sohn ...“

Sylvie fragte: „Der geheimnisvolle Mann hinter Ruths Bett?"

Sie klang amüsiert und bereits weniger reserviert.

„Ja, genau!" Ich gackerte etwas albern und verlegen. „Ähm, ich bin ein bisschen um meine Mutter besorgt, weil mein Bruder leider erst am Samstag ihren eigenen Sessel aus Brisbane zu ihr ins Heim bringen kann, und deshalb ..."

„Kein Problem!", unterbrach mich Sylvie. „Yolanda hat ihr gerade einen Rollstuhl gebracht, den sie eine Weile benutzen kann. Deine Mutter wollte nämlich einen der Stühle von der Veranda in ihr Zimmer tragen, aber im Rollstuhl sitzt man ja doch bequemer."

„Oh, vielen Dank!" Mir fiel ein Stein vom Herzen. Anscheinend war Mama in guten Händen! Am liebsten hätte ich Sylvie direkt ausgefragt, wie es meiner Mutter denn so ginge, doch sie hatte sicher viel zu viel zu tun, um mit mir plaudern zu können.

Sylvie lachte auf einmal.

„Deine Mutter hat zuerst einen wahren Aufstand gemacht und herumge-keift, dass sie keinen Rollstuhl bräuchte und noch gut laufen könnte, und sie hat dabei sogar wild mit ihrem Stock herumgefuchtelt. Aber zum Glück ist Yolanda sehr geduldig und hat sie nach einer Weile dazu gebracht, den Sitz-platz einfach mal auszuprobieren."

„Ja, meine Mutter kann sehr störrisch sein!", erwiderte ich und seufzte.

„Mach dir nicht zu viele Sorgen, sie wird sich schon mit der Zeit hier bei uns einleben!", meinte Sylvie und klang aufrichtig mitfühlend. „Aber nun muss ich los, die Arbeit ruft. Tschüss!"

„Bis bald!", verabschiedete ich mich und wandte mich zu Nellie:

„Prima, das haben wir also erledigt, schon mal ein Problem weniger!"

Meine Hündin wedelte heftig mit ihrem rotbraunen Schwanz, dessen Ende wie in weiße Farbe getüncht aussah. Mir ging es flugs besser, und meine lähmende Lethargie war verschwunden. Ob es an Nellies treuen braunen Augen oder an Sylvies warmherziger Stimme lag? Jedenfalls war ich von neuer Energie erfüllt, mähte den Rasen, erledigte allerlei lästigen Papierkram und fuhr dann mit Nellie ans Meer.

Sobald ich die frische, salzige Luft roch und das offene Meer vor mir liegen sah, fühlte ich mich auf magische Weise von allen Sorgen befreit. Am knallblauen Himmel ballten sich schneeweiße Wolken, und es war sehr windig. Ein Kite Surfer sauste über die Wellen und wurde einmal hoch in die Luft gerissen, und ich hörte sein lautes Juchzen. Nellie und ich liefen über den harten Sand am Wasserrand und spielten Ball. Sie war unglaublich flink und geschickt darin, den Ball zu fangen, und sie konnte auch gut schwimmen. Nach einer Weile nahm sie ein längeres Bad, um sich abzukühlen, und ich wusste, dass sie allmählich müde wurde. Schließlich war sie nicht mehr die Jüngste. Also Zeit für eine Pause!

Auch meine Mutter würde sich bestimmt freuen, das Meer wiederzusehen. Selbst wenn sie eines Tages nicht mehr laufen könnte und ich sie im Rollstuhl herumschieben müsste, könnten wir die herrlichen Ausblicke von verschiedenen Aussichtspunkten und Uferpromenaden genießen. Vielleicht würden wir ja sogar fröhlich prustende Wale sehen!

12

Am Mittwochmorgen ging Tina endlich zur Arztpraxis, wurde zum Röntgen geschickt und im Anschluss daran von ihrer Hausärztin krank geschrieben. Ihr Handgelenk war zum Glück nur verstaucht und nicht gebrochen, doch sie sollte es eine Weile lang schonen und Kältetherapie anwenden. Zu dumm, dass es ausgerechnet ihr rechtes Handgelenk war! Sie kam sich furchtbar tollpatschig vor, und schon die kleinste falsche Bewegung schmerzte. Aber sie freute sich darüber, an den nächsten Tagen nicht zur Arbeit nach Mooloolaba fahren zu müssen. Ihr Job als Managerin eines Hotels gefiel ihr zwar normalerweise gut und war recht vielseitig, konnte jedoch manchmal stressig sein. Letztens hatte es abends bei einem heftigen Gewitter einen kurzen Stromausfall gegeben, und einige Gäste hatten direkt Zoff gemacht. Und vor einigen Wochen hatte eine Gruppe von Besoffenen, Touristen aus Deutschland und England, am Hoteleingang einen handgreiflichen Streit angefangen, bei dem die Polizei einschreiten musste. Ein junger Mann wurde sogar mit einem Messer attackiert und so schwer verletzt, dass sie eine Ambulanz rufen musste. Offenbar hatten sich die Kerle bei dem heißen Wetter zu viel Bier, Cola mit Rum, Cocktails oder sonst was gegönnt. Erschreckend, wie schnell übermäßiger Alkoholgenuss zu Gewalt führen konnte!

Dummerweise hatte sie selbst gestern Abend auch zu viel Rotwein getrunken und litt jetzt an leichten Kopfschmerzen. Nachdem Katja nach Hause gefahren war, hatte sie sich sofort ins Bett gelegt und war auch prompt eingeschlummert, aber schon um 4 Uhr morgens aufgewacht, ohne wieder einschlafen zu können. Erst hatte sie über die tote Gitarrenspielerin, dann über Philipp, Michael und Marie gegrübelt, dann über ein Problem mit einer aufmüpfigen Hotelangestellten, zum Schluss wieder über ihren Mann und ihre bevorstehende Scheidung. Nervend! Und sie hatte ein ganz schlechtes Gewissen, weil sie Michael schon lange nicht mehr angerufen hatte.

Als Tina nun nach ihren Arztbesuchen und einem Imbiss in der Stadt am frühen Nachmittag wieder nach Hause kam, war sie ziemlich müde. Sie braute sich einen Kaffee und genoss den köstlichen Duft der frisch gemahlenen Kaffeebohnen. Während sie im Kühlschrank nach einem Nachtisch suchte (vielleicht einem Stückchen Schokolade?), hörte sie auf einmal ein kratzendes Geräusch an ihrer Hintertür. Sofort bekam sie eine Gänsehaut, klappte den Kühlschrank zu und lauschte angespannt. Wer schlich sich da heimlich an sie heran?

Ach, sie sollte sich lieber keine gruseligen Filme mehr anschauen! Es war bestimmt nur ein Geräusch von ihren Nachbarn gewesen. Doch dann öffnete sich die Tür zu ihrem Waschraum mit einem leisen Quietschen! Sie wurde von lähmendem Entsetzen gepackt, und für einen Moment stand sie stocksteif in der Küche. Ihr Herz schlug wie verrückt. War es ein Einbrecher? Oder hatten sie letztens den falschen Mann verhaftet, und der wirkliche Mörder lief noch frei herum und wollte nun auch sie abmurksen? Sie bräuchte eine Waffe! Spontan griff sie nach der schweren Bratpfanne, die immer noch unbenutzt und blitzblank auf dem Herd stand, allerdings mit der linken Hand, da ihr verletztes rechtes Handgelenk nutzlos zur Verteidigung wäre. Doch bevor sie überhaupt reagieren konnte, sprang ein mittelgroßer Hund auf sie zu, und vor Schreck hätte Tina die Pfanne fast schon wieder fallen lassen.

„Nellie! Was machst du denn hier?", rief sie.

* * *

„Hi, Tina! Warum bist du schon zu Hause?", fragte ich verblüfft. „Was ist denn mit dir los?"

Fassungslos starrte ich auf die drohend erhobene Pfanne in ihrer linken Hand und ihren verbundenen rechten Arm.

„Hallo, Michael!", krächzte Tina. „Was willst du?"

Sie merkte selbst, dass sie harscher als beabsichtigt klang, und brachte ein jämmerliches Lächeln zustande. „Entschuldigung, so meinte ich das nicht, ich habe mich nur so erschrocken!"

„Ich habe schon seit heute Morgen versucht, dich anzurufen, aber dein Handy scheint ausgeschaltet zu sein. Ich wollte mir nur meine Bohrmaschine aus der Garage holen, und ich konnte meinen Schlüsselbund nicht finden. Doch dann fiel mir ein, dass ich einen Zweitschlüssel zur Waschküche habe … aber was ist mit deinem Arm passiert? Und was hast du mit der ollen Pfanne vor?"

„Oh, ich bin letztens dummerweise auf einer Bananenschale ausgerutscht und habe mir dabei die Knie aufgeschürft und den Arm verstaucht. Deswegen hatte ich mir heute freigenommen, so dass ich zum Arzt gehen konnte. Gerade habe ich mir ein Kältegel darauf gepackt, mal schauen, ob es hilft. Und weil ich dich für einen Einbrecher hielt, habe ich mir die Pfanne als Waffe geschnappt!"

Obwohl ich Mitleid empfinden sollte, prustete ich los. Eigentlich hatte ich mich immer für einen harmlos aussehenden Mann gehalten, aber Sylvie hatte ja letztens auch schon so gewirkt, als ob sie mir mit blitzenden Augen eine Kanne über den Kopf hauen wollte.

Tina stellte die Pfanne ab und streichelte Nellie.

„Na ja, nach dem fiesen Mord habe ich schon etwas Angst", sagte sie.

„Was für ein Mord?", fragte ich erstaunt.

„Ja wie, hast du gar nichts darüber gehört? Vorgestern hat ein Spaziergänger mit seinem Hund eine Leiche im Park entdeckt. Das klingt wie ein klassischer Fall, ne? Aber er hat auch den Täter gesehen. Und es war mitten in Coolum Beach!"

„Was? Wo denn?"

Ich muss gestehen, dass ich wegen meiner Mutter vollkommen abgelenkt war und tagelang überhaupt keine Nachrichten gehört hatte. Doch auch im Altersheim hatte kein Mensch einen Mord oder Totschlag erwähnt. Unglaublich! Ich schenkte mir rasch eine Tasse Kaffee ein und füllte eine Schüssel mit Wasser für Nellie. Wir tranken in kleinen Schlucken und setzten uns ins Wohnzimmer, wo Nellie sich zu Tinas Füßen niederließ. Tina berichtete mir nun, was sie bisher erfahren hatte. Zum Schluss reichte sie mir einen Zeitungsartikel mit einem Bild des vermeintlichen Täters.

„Aber das ist doch Bryan!", rief ich entsetzt. „Der würde keiner Fliege etwas zuleide tun!"

Tina runzelte die Stirn. „Kennst du den Mann?"

„Na klar, das ist ein irischer Freund von Papa! Der hat uns früher ganz oft in Brisbane besucht, und die beiden kannten sich schon als Kinder. Wir müssen ihm unbedingt helfen! Bryan ist doch kein Mörder, so ein Unsinn! Er ist ein total lieber Mensch!"

Ich war furchtbar aufgeregt. Irgendwann in der letzten Woche hatten Mama und ich uns alte Fotos von meinem Vater und Bryan angeguckt. Eins zeigte die beiden als Jugendliche am Rossbeigh Strand in Irland, an den ich mich sogar selbst noch vage erinnern konnte. Es war ein langer, wunderschöner Sandstrand, und dort hatte Papa meinem Bruder und mir das Schwimmen beigebracht. Das Wasser war eiskalt gewesen, aber das hatte uns überhaupt nicht gestört ...

Auf einem anderen Bild saßen mein Vater und Bryan in einem Pub in Glenbeigh und prosteten sich strahlend mit einem Guinness zu, und dann gab es ein Foto von einem späteren Datum aus Brisbane, wo sie mit ihren Frauen einen Grillabend im Garten veranstalteten. Meine Mutter hatte darauf eine drollige Grimasse geschnitten, aber ausgesprochen hübsch ausgesehen, und Bryans Frau hatte verschmitzt in die Kamera gelächelt. Wann hatte ich sie eigentlich das letzte Mal gesehen?

Tina tippte sich an die Stirn.

„Na klar, ich habe ihn und Julie schon mal bei deinen Eltern getroffen, irgendwann vor vielen Jahren, als sie einen runden Geburtstag oder einen besonderen Hochzeitstag feierten. Kein Wunder, dass mir der Alte so bekannt vorkam, als ich ihn am Sonntag gesehen habe! Aber er hat mich gar nicht beachtet, sondern immer nur die Gitarrenspielerin angeguckt."

Ich war beeindruckt, dass sie sich an den Namen von Bryans Frau erinnern konnte. Julie, genau! Ich selbst konnte besser Hundenamen behalten — warum auch immer.

„Du hast Bryan getroffen?", fragte ich.

„Ja, ich war mit Katja und Philipp — ähm, einem Kollegen von ihr — in einem Café. Und Bryan saß allein an einem Tisch in der Nähe. Anscheinend war er auf dem Weg zum Meer, da er ein Handtuch dabei hatte."

Zu meiner Verwunderung errötete Tina.

„Oh, dann wohnt er jetzt vielleicht in unserer Gegend oder macht hier Urlaub. Und nun ist er verhaftet worden? Der arme Bryan! Das darf ich Mama gar nicht erzählen." Ich schüttelte mich. „Vor Schreck bin ich ganz durstig geworden. Möchtest du auch einen Schluck Wasser?"

Meine Frau sah irgendwie angespannt und blass aus, hatte aber rot-gefleckte Wangen. Sie nickte, ohne mich direkt anzuschauen, und ich ging in die Küche. Und sofort fiel mein Blick auf ein hässliches Loch in einer Fliese.

„Was hast du denn angestellt?", schrie ich und bückte mich, um den Schaden zu begutachten.

Tina folgte mir in die Küche und sagte kleinlaut:

„Tut mir leid, aber ich hatte nicht an mein Handgelenk gedacht, und da ist die Pfanne auf den Boden gekracht."

Wider Willen musste ich lachen.

„Na, besser auf den Boden als auf meinen Kopf! Kein Problem, ich habe noch ein paar Ersatzfliesen in der Garage. Aber was sollst du nun mit deinem Arm machen? Kommst du alleine klar?"

An diesem Nachmittag erzählte ich Tina ausführlich, wie es mir mit meiner Mutter in Brisbane ergangen war und dass sie nun in einem Seniorenheim in meiner Nähe untergebracht war. Es war ein langes, vertrautes Gespräch, und ich merkte, dass ich Tina noch sehr gern mochte.

Und dann sagte sie aus heiterem Himmel:

„Du, Michael, ich habe mich in Philipp verliebt!"

13

Manchmal fragte ich mich, wie treu meine hübsche, wuschelige Nellie eigentlich wirklich war. Denn am Strand lief sie oft zu Fremden und legte ihnen ihren Ball direkt vor die Füße, und manchmal schwamm sie sogar zu Kindern auf ihren Boogie Boards, um mit ihnen zu spielen. Sie liebte Menschen allen Alters und war normalerweise ein zufriedenes, anspruchsloses und eigenständiges Tier. Sie war glücklich, wenn ich sie mindestens zweimal am Tag spazierenführte oder im Garten Ball oder Frisbee mit ihr spielte. Ansonsten machte sie es sich draußen gemütlich oder schlief in irgendeiner Ecke des Hauses, entweder auf den kühlen Fliesen oder auf einer ihrer beiden Hundematratzen. Ihre Unabhängigkeit gefiel mir, und wir waren ein tolles Team!

Der Vater eines Freundes hatte mir einmal beschämt gestanden, dass er den Verlust seines alten Hundes viel stärker als das Ableben seiner eigenen Ehefrau betrauert hatte, und in gewisser Weise konnte ich das verstehen. Nun ja, Tina und ich hatten eben so unsere Probleme und wollten uns sowieso bald scheiden lassen. Komischerweise hatte ich mich nach dem ersten Schock sogar darüber gefreut, dass sie sich nun in einen anderen Mann verliebt hatte. Was war aus mir, dem eifersüchtigen Macho, geworden? Ein besserer Mensch? Hatte ich mich tatsächlich im letzten halben Jahr, also seit der Trennung von meiner Frau, verändert? Besonders am Anfang hatte ich mich natürlich ziemlich einsam ohne Tina gefühlt, und ich war unglaublich froh und dankbar, dass Nellie weiterhin bei mir wohnte. Ich liebte meine Hündin innig, und sie war meine beste Freundin, von der ich mich niemals trennen würde!

Das Zusammenleben mit ihr war auf jeden Fall leichter und harmonischer, als ich es mir momentan mit einer Frau vorstellen konnte. Auch Nellie war natürlich nicht perfekt und konnte manchmal störrisch sein, besonders wenn ich sie duschen wollte. Obwohl sie gar nicht wasserscheu war, versuchte sie jedes Mal, mit eingekniffenem Schwanz auszureißen. Und wenn irgendwo gebaut wurde und sie eine Nagelpistole oder andere laute Geräusche hörte, stemmte sie ihre Beine energisch auf den Boden und weigerte sich, weiter in diese Richtung zu gehen. Leider flippte sie völlig aus, wenn ein Gewitter nahte. Noch bevor ich ein Donnern oder Blitzen bemerkte, wurde sie schon unruhig, lief im Zimmer hin und her, sprang auf meinen Schoß und sofort wieder herunter, oder sie kratzte mich unentwegt mit ihrer Pfote an, mit ängstlichen Augen und am ganzen Körper zitternd. Manchmal gelang es mir, sie mit Ballspielen abzulenken. Einmal hatte ich laut gesungen, um sie einzulullen, obwohl ich keine besonders melodische Stimme habe. Die Beruhigungstropfen, die ich schon vor längerer Zeit in der Tierarztpraxis für sie gekauft hatte, schienen an manchen stürmischen Tagen zu helfen, leider jedoch nicht an allen.

Patrick meinte, ich sollte Nellies Angst ignorieren und einfach so tun, als ob alles in Ordnung wäre; Sarah dagegen empfahl, ihr eine spezielle Gewitterjacke anzulegen oder ihr wenigstens ein eng anliegendes Kleidungsstück über den Kopf und Nacken zu ziehen. Im Schrank meiner Mutter hatte ich letztens einen uralten Nierenwärmer (stammte der noch aus ihrer Jugendzeit in Irland, oder was war das für ein Ding?) entdeckt, den ich für alle Fälle mitnahm, um ihn beim nächsten Gewitter an Nellie auszuprobieren. Mama würde den bestimmt nicht mehr anziehen.

Schon am nächsten Donnerstag gab es nachmittags ein gewaltiges Unwetter. So zog ich Nellie rasch das blaue, weiche Kleidungsstück über den Kopf und musste laut lachen. Sie sah putzig aus! Es passte wie angegossen und lag eng über ihren Ohren und um den Nacken herum. Aber würde es helfen? Sollte ich ihr außerdem wieder etwas vorsingen? Vielleicht klappte es ja auch mit Vorlesen! Also las ich ihr nun meine Notizen über die Alzheimer Krankheit vor, die ich in den letzten Tagen im Internet gesammelt und vorsorglich in einem Heft aufgeschrieben hatte, da mein Gedächtnis leider auch nicht das allerbeste ist.

Alzheimer ist nicht ansteckend.

Das höchste Risiko ist hohes Alter.

Die Alzheimer Krankheit ist die häufigste Ursache für Demenz.

Das Wort 'Demenz' stammt aus dem Lateinischen und bedeutet 'weg vom Geist', 'ohne Verstand' oder gar 'Wahnsinn' oder 'Torheit'.

Demenz ist der Oberbegriff für Krankheiten, die mit einem Verlust der geistigen Fähigkeiten zusammenhängen.

Beeinträchtigt werden zum Beispiel:

Denken, Orientieren, Erinnern und Verknüpfen von Denkinhalten beziehungsweise die richtige Verarbeitung von Informationen,

Sprache (Probleme bei der Wortfindung),

Rechnen, Urteilsvermögen.

Alltägliche Aktivitäten können nicht mehr bewältigt werden.

Es kann zu Depressionen oder aggressivem Verhalten kommen ...

„Ach du je, Mama soll ja letztens schon mit ihrem Stock herumgefuchtelt haben. Hoffentlich wird sie nicht zu rabiat!", sagte ich zu Nellie und las dann weiter:

Im fortgeschrittenen Stadium wird der Betroffene zum Pflegefall.

Er wird bettlägerig und kann kaum noch mit seinem Umfeld interagieren.

Andere Menschen werden nicht mehr erkannt.

Die Kontrolle über die Muskeln schwindet immer mehr, und es kann zu Schluckbe-
schwerden kommen.

„Schrecklich!", flüsterte ich und schluckte hart.

Die Alzheimer Krankheit wurde nach dem deutschen Arzt und Psychiater Alois Alz-
heimer benannt, der unter anderem in der 'Städtischen Heilanstalt für Irre und Epi-
leptische' in Frankfurt am Main und in der Psychiatrischen Klinik in München ar-
beitete. Er interessierte sich für das menschliche Gehirn, betrieb viele Studien und
veröffentlichte eine Reihe von wissenschaftlichen Arbeiten.

1906 hielt er einen Vortrag über das Krankheitsbild einer Patientin, die an Ge-
dächtnisschwäche, Desorientierung und Halluzinationen litt.

Das Gehirn dieser Frau wurde nach ihrem Tod obduziert, und man stellte fest,
dass die Hirnrinde dünner als normal war und es bestimmte Ablagerungen
(Plaques) im Gehirn gab. Sein Vorgesetzter Dr. Emil Kraepelin beschrieb die
Krankheit dieser Patientin später in einem Lehrbuch und nannte sie 'Alzheimeri-
sche Krankheit'.

Früher führte man 'Altersblödsinn' nicht auf biologische Ursachen, sondern auf ei-
nen 'unzüchtigen Lebenswandel' zurück, und Alois Alzheimer war enttäuscht, dass
seine Erkenntnisse zunächst gar nicht ernst genommen wurden ...

„Aber nun ist er weltweit berühmt!", sagte ich zu Nellie. „Jedenfalls kennen inzwischen wohl die meisten Leute das Wort 'Alzheimer', und viele sprechen über diese Krankheit und erforschen sie."

Ich kicherte albern. „Keiner will Alzheimer!"

Schon wieder zuckte ein greller Blitz über den Himmel, und sowohl Nellie als auch ich zuckten vor Schreck zusammen.

„Arme Nellie, meine Notizen sind ja nicht gerade beruhigend. Und wer will immerzu über Krankheiten reden? Wir sollten lieber ein lustiges oder romantisches Buch lesen! Was meinst du?"

Nellie saß halb auf meinem Schoß, halb auf dem breiten Sessel, und schien mir tatsächlich zuzuhören. Seit unserer Rückkehr aus Brisbane erlaubte ich ihr gnädigerweise diesen Sitzplatz, doch sie durfte weiterhin weder auf andere Möbel noch in mein Bett springen. Ich schob sie sanft zur Seite und suchte nach einer entspannten Lektüre. Dann las ich Nellie eine amüsante Geschichte über einen Hund namens Molly vor, während weitere Blitze den Himmel erleuchteten und viele Donner in rascher Abfolge krachten. Hoffentlich würde meine Mutter sich nicht fürchten! Und dann brach ein prasselnder Regen los.

„Weißt du was, Nellie? Ich nehme demnächst mal ein nettes Kinderbuch zum Vorlesen mit, wenn wir Mama an einem Regentag besuchen gehen."

14

Ich begann, ein Tagebuch zu führen. Warum, weiß ich nicht genau, aber ich hatte das Gefühl, es könnte mir dabei helfen, meine Gedanken zu ordnen und das Chaos etwas zu lichten. Immerhin hatte nicht nur für meine Mutter, sondern auch für Tina und mich ein neuer Lebensabschnitt angefangen. Zunächst beschrieb ich meine ersten Eindrücke von dem Altersheim an der Sonnenscheinküste:

Am 4. Februar brachte ich Mama schweren Herzens in ein Seniorenheim namens „Puzzlehaus". Bei meinem ersten Besuch am Dienstag Nachmittag meckerte sie, dass sie so lange auf ihr Frühstück warten musste, denn sie ist es ja gewohnt, spätestens um 6 Uhr aufzustehen. Aber sie findet das Essen lecker, und das Personal scheint nett zu sein. Doch sie war entrüstet, als ein Pfleger – ein fremder Kerl! – ihr beim Waschen und Anziehen helfen wollte.

Im Heim gibt es einige Senioren, die bereits schlimmer als Mama dran sind und nur noch hilflos wie ein Baby im Bett liegen. Ich stelle es mir schrecklich vor, seine Bedürfnisse nicht ausdrücken zu können, niemandem sagen zu können, wenn man sich ängstlich oder einsam fühlt, Durst oder Hunger leidet, friert oder Schmerzen hat, wenn andere einen zum Klo bringen oder wickeln, waschen und umziehen müssen. Noch dazu muss es verwirrend sein, wenn das Pflegepersonal ständig wechselt. Wie kommt man als Demenzkranker mit neuen Gesichtern und fremden Stimmen klar? Wie würde ich mich fühlen, wenn mir ein wildfremder Mann den Hintern abwaschen oder eine junge Auszubildende mir mehr oder weniger geduldig die Suppe einlöffeln würde? Wie wird es meiner Mutter weiterhin ergehen? Ach, ich sollte versuchen, das Beste aus der Gegenwart zu machen und mich nicht ständig um die Zukunft zu sorgen. Jedenfalls bin ich froh, dass ich sie in diesem Heim untergebracht habe.

Am Mittwoch Morgen war Mama weder in ihrem Raum noch im Esszimmer, und direkt wurde mir mulmig zumute. Ob sie ausgerissen war? Doch dann fand ich sie in einem zentralen Garten, wo sie und ein alter Herr begeistert kleine Gemüsepflanzen und Kräuter in die lockere Erde eines hohen Containers einpflanzten, während eine ehrenamtliche Helferin und zwei alte Damen eifrig Mulch in einem anderen Hochbeet verteilten. Alle trugen Handschuhe, Sonnenhüte und Kittel und wirkten fröhlich. Die Luft duftete nach Basilikum und Rosmarin. Weil Mama anscheinend gut beschäftigt und zufrieden war, blieb ich nicht lange da und hing ein paar Bilder in Mamas Zimmer auf, um es gemütlicher zu gestalten.

Zu Hause beschloss ich, meine Bude ebenfalls zu verschönern und endlich ein Regal aufzuhängen, das schon ewig in einer Zimmerecke stand. Doch dummerweise war meine Bohrmaschine immer noch bei Tina. Als ich unangemeldet dort ankam, hielt Tina mich für einen Einbrecher und erzählte mir ganz aufgeregt von dem Mord einer jungen Frau in Coolum Beach. Ausgerechnet Papas alter Freund Bryan wurde bei der Leiche gefunden und sofort verhaftet. Ich muss ihm helfen und zur Not einen Strafverteidiger finden!

Tina hat sich Hals über Kopf in einen anderen Mann verliebt! Er heißt Philipp und hat bis vor Kurzem in Sydney gelebt. Ob er der Richtige für sie ist?

Vorlesen scheint entspannend auf Tiere zu wirken. Jedenfalls hat es Nellie beim letzten Gewitter geholfen. Und sie hat bereits vielen alten Leuten im Seniorenheim den Kopf verdreht. (Ups, der armen Frau im Park hat man wohl auch den Kopf verdreht, aber bei Nellie meinte ich es positiv. Es ist toll, dass ich sie ins Heim mitnehmen darf!)

Letzte Nacht habe ich von Sylvie geträumt. Sie ist eine Altenpflegerin und unwahrscheinlich attraktiv.

* * *

Am Freitag Morgen rief ich mit klopfendem Herzen die lokale Polizeidienststelle an. Ich hatte schon eher vorgehabt, mich nach Bryan zu erkundigen, mich aber nicht getraut und es immer wieder vor mir hergeschoben. Ich war ein elender Feigling! Und auch jetzt war ich schrecklich nervös, als ich mein Anliegen vorbrachte. Die Frau am Telefon klang zwar sehr freundlich, war jedoch nicht willens oder nicht befugt, mir Auskünfte zu geben. War der arme alte Mann nun wirklich im Gefängnis? Dauerte es normalerweise nicht ewig, jemanden zu verurteilen? Leider hatte ich wenig Ahnung von Strafverfahren. Ich hoffte, dass man ihn mangels Beweisen schon längst wieder frei gelassen hatte, denn ich konnte und wollte einfach nicht an seine Schuld glauben. Ich würde ihn gern sprechen, aber wie konnte ich Kontakt mit ihm aufnehmen? Waren er und seine Frau Julie von Brisbane weggezogen und wohnten nun irgendwo in meiner Nähe? Bei meiner Suche im örtlichen Telefonbuch konnte ich ihre Adresse allerdings nicht finden. Wie es wohl Julie ging? Sie war ein paar Jahre jünger als meine Mutter, und ich hatte sie als fröhliche, temperamentvolle und laute Frau in Erinnerung. Ob sie vielleicht auch bereits in einem Seniorenheim steckte? Lebte sie überhaupt noch?

O je, schon wieder war mein Gehirn mit lauter Fragezeichen gefüllt – es war nervtötend! Ein Blick auf die Uhr riet mir, dass ich mich lieber schnell auf den Weg zu meiner Mutter machen sollte. Ich pfiff nach Nellie, die gerade im Garten herumschnupperte, und dann fuhren wir los. Zum Glück war es ja nur eine kurze Strecke bis zum Seniorenheim.

Nach dem üblichen Anmelden und Hände-Desinfizieren an der Rezeption marschierte ich zu Mamas Zimmer. Auf dem Flur begegnete ich Sylvie, die müde und gestresst wirkte. Sie lächelte mich jedoch an, als sie an mir vorbeieilte, und sofort schienen Schmetterlinge in meinem Bauch zu tanzen. Mama sah heute richtig schick aus. Sie trug eine flotte Bluse und einen luftigen Rock, und ihre weich gelockten Haare dufteten nach Shampoo. Sie begrüßte mich förmlich und wusste sicher nicht, wer ich war, doch sie freute sich, als ich einen Spaziergang vorschlug.

Die hübsche Parkanlage, die das Heim umgab, war mit breiten, leicht geschwungenen Wegen versehen, auf denen die Anwohner auch mit einem Rollstuhl bequem herumfahren konnten. Nach dem Gewitter hatte es sich am frühen Morgen etwas abgekühlt, doch sobald die Sonne höher stieg, wurde es direkt wieder unangenehm schwül. Die Luft schien regelrecht zu dampfen. Trotzdem war es eine friedliche Stimmung, die Blätter der Büsche und Bäume glitzerten vor Nässe, und die Vögel tschilpten fröhlich vor sich hin. Nach einer Weile entdeckten wir einen kleinen Teich und einen Bachlauf, über den eine malerische Holzbrücke führte, und meine Mutter und ich blieben darauf stehen und schauten ins sanft gurgelnde Wasser. Eine Gruppe von kleinen, silbrig glänzenden Fischen huschte zwischen den Felsen herum. Doch wir sahen noch etwas anderes schimmern.

„Da ist Gold!", schrie Mama so laut, dass ich ohne das Geländer sicher vor Schreck ins Wasser geplumpst wäre.

Wir starrten gebannt auf das goldene Ding im Bach. Was konnte das sein? „Es wäre natürlich klasse, einen Schatz zu finden!", sagte ich. „Obwohl wir den bestimmt nicht behalten dürften."

„Och nee!", meinte Mama enttäuscht und zog ihre typische Schnute, und ich musste lachen.

„Weißt du was, ich gucke mal nach! Aber warte hier, okay? Und du, Nellie, bleibst auch hier! Sitz!"

Flugs ging ich weiter, kraxelte über einen niedrigen Bambuszaun und dann einen felsigen Abhang hinunter. Ein großer Stein löste sich unter meinem Fuß, und beinahe hätte ich meine Balance verloren. Es war nicht sehr schlau, mit Schlappen herumzuturnen, also ging ich barfuß weiter.

„Dort!", rief Mama und schob ihren Wanderstock durch die Stäbe des Geländers, um mir die Richtung zu weisen.

Das Ufer wurde steiler, und daher begab ich mich vorsichtig in den kühlen Bach und ging langsam über die runden, glitschigen Steine. Das Wasser reichte mir bis zu meinen Knien, und plötzlich schoss ein größerer Fisch zwischen ihnen hindurch. Mama fuchtelte ungeduldig mit dem Stock herum, doch ich hatte Schwierigkeiten, den goldenen Gegenstand zu finden. Wo war er? Mein kleiner Zeh stieß schmerzhaft an einen Stein, und ich fluchte. Und dann sah ich ihn. Es war eine Medaille! Ich bückte mich, um sie aufzuheben, als ich ausrutschte und längelang in den Bach stürzte.

15

Als ich mich prustend und leicht benommen wieder aufrichtete, plantschte Nellie fröhlich neben mir im Bach herum.

„Du ungehorsamer Hund, du solltest doch bei Mama sitzen bleiben!", schimpfte ich und untersuchte meine Beine. Mein linkes Knie blutete, und mein rechter Fußknöchel schmerzte.

Meine Mutter lehnte sich übers Brückengeländer und grinste breit.

„Hast du es, Kleiner?", fragte sie mit vergnügt glänzenden Augen.

„Was hat er?", rief jemand, und ich erblickte einen hageren, buckligen Mann, der einen Rollator vor sich herschob. Er gesellte sich zu Mama, schob seine tief sitzende braune Kappe zurück und glotzte uns neugierig an.

„Gold!", erklärte meine Mutter in einem beeindruckten Tonfall.

Ich musterte die Medaille. Na ja, sie war hübsch verziert und hatte offenbar als Belohnung bei irgendeinem sportlichen Wettkampf gedient, war jedoch bestimmt nicht viel wert. Und dafür hatte ich diese Aktion unternommen und war nun pitschnass. Noch dazu hatte ich ein blutiges Knie und einen angeschlagenen Knöchel! Als ich missmutig durch den Bach zurückstapfte und wieder zum Weg hochkletterte, sah ich eine ganze Gruppe von alten Leuten näherkommen. Nellie lief geschwind zu ihnen und schüttelte sich ausgiebig in ihrer Mitte, so dass die Wassertropfen alle besprühten. Wie peinlich!

„Nellie!", schrie ich erzürnt.

„So ein niedlicher Hund!", rief ein dicker Mann im Rollstuhl und lachte herzhaft. Die anderen schienen sich köstlich über meinen triefend nassen Anblick zu amüsieren.

„Marie und Michael! Was macht ihr denn hier?", fragte da eine Dame mit silbergrauen, langen Haaren, die wie bei Pippi Langstrumpf zu zwei Zöpfen geflochten waren. Sie trug eine geblümte Bluse und hellblaue Shorts und strahlte uns an, wobei unzählige Lachfalten ihr runzeliges Gesicht verschönerten. Das war Julie, kaum zu glauben! Ein zaghaftes Lächeln breitete sich auf Mamas Gesicht aus. Ich war mir nicht sicher, ob sie ihre alte Freundin ebenfalls erkannte, aber ich freute mich und hätte Julie am liebsten – nass, wie ich war – umarmt.

„Hallo, das ist ja ein Zufall! Wohnst du auch hier? Mama ist gerade erst vor ein paar Tagen eingezogen", sagte ich und reichte ihr die Hand.

„Was?", brüllte sie. „Du musst lauter reden, sonst verstehe ich kein Wort!"

Erst beim dritten Anlauf verstand sie mich und rief:

„Wie schön! Dann können wir uns ja öfter sehen! Bryan und ich wohnen da drüben."

Sie zeigte hinter sich, wo ich nur Bäume sah. Sie lachte über mein verständnisloses Gesicht und sagte zu Mama und mir:

„Kommt mit, ich zeige euch unser neues Haus. Und du kannst dich bei mir abtrocknen, Michael!"

Verschmitzt zwinkerte sie mir zu, und ich ergriff Nellies Leine, bevor sie wieder in den Bach hüpfen könnte. Die anderen Spaziergänger hatten zum Glück ihr Interesse an mir verloren und schlenderten davon. Schon nach wenigen Minuten erreichten wir ein Wohngebiet, das offenbar erst vor Kurzem gebaut worden war. Hier wohnten ältere Einzelstehende oder Paare, die noch keine ganztägige Betreuung erforderten und relativ unabhängig waren, jedoch bei Bedarf bestimmte Dienstleistungen des Seniorenheims nutzen konnten.

Das Haus von Bryan und Julie war aus soliden, hell getünchten Blocksteinen gebaut, hatte große Fenster und einen winzigen Garten ringsum. Ein blühender Busch neben einer Holzbank verströmte einen lieblichen, nicht zu aufdringlichen Duft.

Sobald wir eintraten, rief Julie ganz laut: „Bryan, guck mal, wen ich aufgegabelt habe!"

Also war Bryan nicht im Gefängnis!, dachte ich beglückt. Doch ich erschrak, als er vor uns auftauchte. Er war braun gebrannt, aber sehr ausgemergelt und faltig, und unter seinen Augen lagen tiefe Schatten. Seine Haare waren noch spärlicher als früher, und er sah viel älter aus als auf den Fotos in Mamas Album.

Er stutzte kurz, grinste dann und klopfte mir auf die Schulter.

„Warst du etwa mit deinem Hund zusammen im Swimmingpool, Mickie? Du warst ja schon immer ein frecher Schlingel! Hoffentlich hat dich keiner dabei erwischt!" Dann wandte er sich zu Mama und ergriff ihre Hände. „Hallo, Marie! Was für eine nette Überraschung!"

Meine Mutter sah ihn ängstlich und verwirrt an, zog ihre Hände jedoch nicht zurück. 'Mickie' hatte mich schon lange niemand mehr genannt!

„Das ist Bryan!", flüsterte ich ihr zu und bemerkte dann die kleine Pfütze, die sich unter Nellie bildete, die immer noch vor Nässe tropfte und sich eng an Julies Beine schmiegte.

Julie runzelte die Stirn und holte rasch ein Handtuch, um meinen Hund kräftig abzurubbeln.

„Geh doch schnell unter die Dusche, Michael! Bryan kann dir danach etwas zum Anziehen leihen. Und ich mache uns in der Zeit einen Kaffee, okay?"

„Ähm, oh, das ist ja nett!", sagte ich verlegen.

Konnte ich meine Mutter für einen Moment allein lassen? Sie wirkte etwas eingeschüchtert in dieser fremden Umgebung, und ich wollte nicht, dass sie von dem Mord der jungen Frau erfuhr. Ach Quatsch, ich machte mir immer viel zu viele Sorgen! Immerhin waren wir doch bei alten Freunden von meinen Eltern. Und es war nicht gerade angenehm, in nasser Kleidung Konversation zu betreiben. Also ging ich bereitwillig ins Bad und staunte, wie geräumig es war. Ich duschte viel länger, als ich vorgehabt hatte, und als ich ins Wohnzimmer kam, tranken die anderen bereits ihren Kaffee und aßen Plätzchen. Und natürlich redeten sie über Bryans Verhaftung! Mama lauschte gebannt, während Nellie zu Bryans Füßen lag und hoffte, einen Kekskrümel zu erhaschen.

Julie, die leider arg schwerhörig war, erzählte lautstark:

„Der arme Bryan! Er wollte an dem Morgen so wie immer schwimmen gehen, war aber früher dran als sonst. Und dann fand er eine halbnackte Frau auf dem Parkplatz, direkt neben einem Müllcontainer und zum Teil mit einer schwarzen Plastikplane bedeckt. Zuerst dachte er, sie wäre betrunken und würde ihren Rausch ausschlafen, aber nein, sie war mausetot! Er konnte es kaum glauben …!"

Bryan nickte und fuhr in leiserem Tonfall fort: „Ich war dieser Frau schon vorher begegnet, als sie wunderschön Gitarre in einem Café spielte. Sie sah dir etwas ähnlich, Julie, und ich konnte es gar nicht ertragen, dass sie nun so würdelos dort auf dem Boden lag – fast wie ein weggeworfener Müllsack." Er schluckte beklommen. „Und daher habe ich sie zu dem Park getragen und vorsichtig unter den großen Baum gelegt …" Seine wässrigen, blaugrauen Augen füllten sich mit Tränen.

„Diese bekloppten Reporter!", rief Julie erzürnt. „Sie haben ihn direkt fotografiert und als Mörder bezeichnet, so was Gemeines!"

Mama hauchte: „Mörder?"

„Ja, die Polizei kam recht schnell und hat mich abgeführt. Und ich war so durcheinander, dass ich gar nichts sagen konnte", murmelte Bryan und wischte sich über die Augen. „Natürlich konnte ich mich auch nicht ausweisen, denn ich hatte mein Portemonnaie zu Hause gelassen, da ich ja schwimmen wollte."

„Was?", schrie Julie.

Zu meiner Überraschung drückte meine Mutter nun Bryans Hand und sagte mitleidig: „Wie furchtbar!"

„Und dann?", fragte ich neugierig.

„Na ja, sie haben mir Tausende von Fragen gestellt, erst im Park und dann in der Untersuchungshaft. Mir war richtig übel vor lauter Aufregung, und erst nach einer Weile konnte ich wieder sprechen. Doch ich konnte fast gar nichts beantworten, und sogar als sie mich nach meiner Adresse fragten, fiel mir die einfach nicht ein. Denn wir sind ja erst vor drei Wochen umgezogen, und ich konnte mich dummerweise auch nicht an unsere neue Telefonnummer erinnern, sondern nur an unsere vorige in Brisbane ..."

„Ich saß hier zu Hause und habe mich gewundert, wo Bryan bloß so lange stecken könnte. Ich hatte schon Angst, er wäre im Meer ertrunken!", sagte Julie. „Und dann habe ich es nicht mehr ausgehalten und die Polizei angerufen. So habe ich schließlich erfahren, dass sie ihn verhaftet hatten. Stellt euch das mal vor!"

Ihre Nase bebte immer noch vor Empörung, und ihre braunen Augen funkelten. Sie klatschte unerwartet in die Hände, und Nellie sprang vor Schreck auf. „Aber dann haben sie ihn freigelassen!", rief Julie. „Denn mein Bryan ist ja vollkommen unschuldig und harmlos!"

Meine Mutter nickte bestätigend. „Ja, klar!"

16

Nach unserem langen Gespräch brachte ich meine Mutter wieder ins Puzzlehaus zurück. Diesmal kamen wir von einer anderen Seite, und so entdeckten wir das Freibad, auf das Bryan sicher angespielt hatte, als er meine nassen Kleidungsstücke bemerkt hatte, die ich nun in einer Tüte mit mir trug. Der Swimmingpool war hinter dem Hauptgebäude und naturnah angelegt, fast so wie ein großer, klarer Teich, mit Palmen, Gräsern und anderen Pflanzen, Felsen, Kies und einem winzigen Wasserfall, einer Holzterrasse mit Sitzbänken und einem kleinen Sandstrand. Das Gelände war so geformt, dass man auf einer sanft geneigten, betonierten, aber natürlich aussehenden Fläche direkt ins Wasser schreiten konnte, also ganz ohne Treppen. Toll! Vielleicht könnte Mama ja noch mal schwimmen gehen, falls ihr jemand dabei helfen würde. Bei genauerem Hinsehen entdeckte ich auch Handläufe an den Seiten des Pools. Natürlich war ringsum alles mit einem Zaun abgesichert, so dass niemand aus Versehen ins Wasser fallen und ertrinken könnte. Und das Betreten war garantiert allen Fremden und Hunden untersagt!

Allmählich wurde es Zeit fürs Mittagessen, und so begleitete ich Mama noch zum Speisesaal, wo ich prompt Sylvie traf. Sie musterte mich mit hochgezogenen Augenbrauen und wunderte sich bestimmt über das knallbunte Hawaii-Hemd und die schlecht sitzenden, viel zu engen Shorts, die Bryan mir geliehen hatte. Was sie wohl überhaupt von mir hielt? Unterwegs im Auto musste ich grinsen und sagte zu Nellie:

„Wenigstens weiß Sylvie nicht, dass ich gerade die Sachen eines Mannes trage, den sie als Mörder verdächtigt hatten. Verrückt, was einem alles passieren kann!"

Die grässliche Entdeckung der Leiche und seine prompte Verhaftung mussten ein höllischer Schock für Bryan gewesen sein, und ich hoffte, er und auch Julie würden gut darüber hinwegkommen. Ich fand es absolut empörend, dass irgendein Journalist einen unschuldigen 85 Jahre alten Mann ohne jegliche Beweise mit Namen und Bild als Täter in der Zeitung genannt hatte. War so etwas überhaupt erlaubt? Und wer war der wirkliche Mörder? Trotz der Hitze fuhr es mir eisig über den Rücken. Kein Wunder, dass Tina letztens Angst hatte, als ich unerwartet von hinten in ihr Haus kam! Vielleicht sollte sie sich auch einen Hund anschaffen! Doch sie bräuchte einen besseren Wachhund als Nellie, die zwar alle Gäste kurz anbellte, aber dann freudig und liebevoll begrüßte.

Auch am nächsten Morgen schlug Nellie Krach, als mein Bruder und seine Freundin zu Besuch kamen und mit Auto und Anhänger auf das Grundstück rumpelten.

„Hallo!" Wir umarmten uns alle, und Nellie wurde ausgiebig gestreichelt.

„Wow, ihr habt ja jede Menge Sachen mitgebracht!" Ich staunte, als ich den voll beladenen Anhänger sah. Wohin sollte das ganze Zeug?

Patrick rieb sich seine rundliche Nase. „Tja, wir müssen ja eh bald Mamas Wohnung auflösen. Und du brauchst doch ein neues Sofa und eine bessere Waschmaschine, oder?"

Na ja, er hatte recht, aber hätte er das nicht erst mit mir besprechen können? Ich kratzte mir ratlos den Kopf.

Sarah grinste mich an. „Ich muss erstmal aufs Klo, aber dann helfe ich euch beim Abladen." Und schon sauste sie ins Haus.

„Ken hat uns netterweise in Brisbane geholfen, das Sofa die Treppe herunterzutragen!", erklärte Patrick und löste die Seile, die er zur Sicherheit über die Möbel gezurrt hatte.

„Er ist echt ein hilfsbereiter Mensch!", entgegnete ich und überlegte, wie ich die große Couch in meinem kleinen Wohnzimmer unterbringen könnte. Auf keinen Fall wollte ich mich von meinem alten Sessel trennen! Nach einigem Hin und Her schafften wir es. Alles hatte einen Platz gefunden, und nur Mamas Sessel und ein kleines Seitenschränkchen für sie standen noch auf dem Anhänger. Sarah ließ sich erschöpft aufs Sofa fallen und strich sich ihre hellbraunen, leicht verschwitzten Haare aus dem Gesicht.

„Puh, ich brauche eine Pause! Wann fahren wir denn zu eurer Mutter?"

Ihr pausbäckiges, hübsches Gesicht war rot vor Anstrengung, und ich reichte ihr und Patrick ein eisgekühltes Getränk.

„Lieber erst nach dem Mittagessen!", meinte ich nach einem Blick auf die Uhr und trank einen Schluck Mineralwasser. „Ich bin mal gespannt, ob sie euch beide erkennen wird. Manchmal sieht sie mich ganz klar als ihren Sohn an, doch manchmal scheint sie zu überlegen, wer ich denn sein könnte. Aber komischerweise finde ich das inzwischen gar nicht mehr so schrecklich. Zumindest freut sie sich immer, mich zu sehen, und hat überhaupt keine Angst vor mir."

Sarah fragte überrascht: „Warum sollte sie denn Angst haben?"

„Na ja, ab und zu reagiert sie merkwürdig, wenn sie fremden Männern begegnet. Zum Beispiel war sie am Anfang geschockt, als ein männlicher Pfleger sie waschen wollte. Und vorgestern soll sie einen Arzt laut angeschrien haben, den sie für einen gemeinen Räuber hielt! Weil er leger gekleidet war, also weder eine Uniform noch einen Kittel anhatte, wollte sie erst nicht glauben, dass er ein Arzt ist und nur deswegen in ihr Zimmer kam, um sich vorzustellen. Das habe ich hinterher von Yolanda, einer der Altenpflegerinnen, erfahren."

„Hat eure Mutter früher mal schlechte Erfahrungen mit einem Mann gemacht?", fragte Sarah.

„Keine Ahnung!", stieß ich aus.

„Hoffentlich nicht! Falls doch, hat sie niemals etwas davon erwähnt. Und Papa war immer total lieb!" Patrick sah uns nachdenklich an.

„Übrigens, ich habe rein zufällig Bryan und Julie getroffen!", sagte ich nun. „Aber wisst ihr was: Ich lade euch zu einem thailändischen Essen ein, und dann kann ich euch alles in Ruhe erzählen."

Im Restaurant saß ich Patrick und Sarah gegenüber und war plötzlich unsagbar froh, dass wir uns so gut verstanden. Obwohl mein Bruder und ich auch schon mal kleine Auseinandersetzungen hatten und er mir etwas zu dominant war, so konnten wir immer durch dick und dünn gehen. Und ich mochte auch Sarah sehr gern. Die beiden waren schon ewig zusammen und hatten ja auch drei Kinder, wollten jedoch nicht heiraten – was meine recht konservativen Eltern am Anfang arg gewurmt hatte.

Tina und ich dagegen lebten nun schon lange getrennt und sollten bald unsere offizielle Scheidung organisieren. In der Beziehung war es gut, dass wir kinderlos geblieben waren, was ich jedoch in anderer Hinsicht manchmal bereute. Wenn ich eine sympathische Familie traf, war ich neidisch und hatte das Gefühl, etwas ganz Wichtiges verpasst zu haben. Wenn ich jedoch schrecklichen Jugendlichen oder laut plärrenden Babys begegnete, war ich dankbar, dass mein Leben viel einfacher ohne eigene Kinder verlief und ich mehr Freiheiten hatte. Tina fand Kinder auf jeden Fall zu nervend und anstrengend und wollte lieber ihre Karriere verfolgen. Zum Glück war sie sehr tierlieb, und so hatten wir erst einen scheuen Hund namens Teddy adoptiert und kurz nach seinem Tod unsere Nellie, die nun schon seit etwa sieben Jahren mein Leben bereicherte. Ich vermisste Teddy immer noch schmerzlich, und Nellie konnte ihn natürlich nicht ersetzen, erfüllte mein Herz jedoch mit neuer Liebe.

Die Kinder von Sarah und Patrick freuten sich auch jedes Mal, Nellie zu sehen, vor allem ihre jüngste Tochter, die inzwischen bereits 15 Jahre alt war. Heute unternahmen die drei Geschwister etwas mit Sarahs Schwester und deren zwei Söhnen und würden auch bei ihr übernachten.

„Triffst du eigentlich Tina noch ab und zu?", fragte Patrick, nachdem ich sämtliche Neuigkeiten über Mama sowie über Julie, Bryan und den mysteriösen Mordfall berichtet hatte.

„Ja, aber sie hat sich spontan verliebt, und wir wollen ...", mir blieb der Bissen im Hals stecken, als ich genau in diesem Moment meine Frau entdeckte.

„Da drüben ... da sitzt sie!", krächzte ich.

Gegenüber von dem Restaurant, durch einen kleinen Park getrennt, saß Tina mit einem Mann in einem Café, das für unglaublich leckere Kuchen bekannt und meistens gut besucht war. Könnte das ihr neuer Freund sein? Sogar von hier aus konnte ich ihr lautes Lachen hören.

„Starrt sie doch nicht so an!", ermahnte ich nun Patrick und Sarah, die natürlich direkt offenen Mundes zu den Gästen glotzten, die einen schattigen Platz vor dem Café ergattert hatten.

Patrick grinste frech. „Wir können ja nachher dort einen Kaffee trinken und sie begrüßen. Und diesmal lade ich euch ein!"

„Nee!", zischte ich. „Das ist mir viel zu peinlich!"

„Warum?", fragte Sarah fröhlich. „Ist doch eine gute Gelegenheit, Tinas neuen Macker kennenzulernen!"

17

Tina lachte vergnügt. Sie hatte sich selten so unbeschwert und wohl in der Gesellschaft eines Mannes gefühlt, und sie war himmelhoch in Philipp verliebt. Er sah nicht nur super und sexy aus, sondern schien ehrlich und warmherzig zu sein, hatte ähnliche Interessen wie sie selbst und zudem einen tollen Humor. Letzte Nacht hatten sie zum ersten Mal miteinander geschlafen, und auch das war herrlich unkompliziert und wunderbar erotisch abgelaufen. Sie konnte es immer noch kaum glauben! Als sie nun ihren Cappuccino trank, merkte sie überrascht, dass ihr Handgelenk kaum noch schmerzte. Philipp grinste verschmitzt und gab ihr unerwartet einen intensiven Kuss – mitten in dem gut besuchten Straßencafé!

„Du hattest Schaum am Mund!", erklärte er.

„Oh!" Verlegen tupfte sie mit einer Serviette über ihre Lippen und ließ ihren Blick durch den Park schweifen. Ein paar kleine Kinder in hübschen Sommerkleidern hopsten in einer Regenpfütze herum und hatten einen riesigen Spaß, während lehmiges Wasser um sie herumspritzte. Dann sah sie drei Erwachsene näherkommen, und vor Schreck wurde sie ganz blass.

Philipp nahm liebevoll ihre Hand. „Was ist los? Glaubst du schon wieder, von einem fiesen Mörder oder Einbrecher verfolgt zu werden?", spöttelte er.

„Ähm, nee, da kommt mein Mann!", stammelte Tina und wurde nun knallrot.

Zum Glück hatte sie Philipp am vorigen Abend verraten, dass sie noch verheiratet war. Sie mochte sich gar nicht ausmalen, wie peinlich ihre unverhoffte Begegnung sonst vielleicht ausgefallen wäre. Dennoch wünschte sie insgeheim, dass Michael, Patrick und Sarah einen anderen Weg einschlagen würden. Aber nein, sie kamen direkt auf sie zu. Verflixt und zugenäht!

* * *

Ich war nicht gerade begeistert von der Idee, einfach so zu Tina und ihrem Freund zu marschieren. Ich ärgerte mich über meinen Bruder, der mal wieder seinen Kopf durchsetzte, und über mich selbst, weil ich ihm wie ein braver Dackel folgte. Patrick steuerte ungeniert auf Tina zu, die uns inzwischen bereits erblickt hatte. Sie runzelte die Brauen und strich sich rasch über die schwarzen Locken. Sie trägt immer noch ihren Ehering am Finger!, schoss es mir durch den Kopf.

„Hi, Tina!", sagte Patrick und hauchte meiner Frau einen leichten Kuss auf die Wange.

Sarah umarmte sie kurz, doch ich sagte bloß: „Hallo, Tina!", nickte dem Fremden zu und blieb unschlüssig neben ihrem Tisch stehen.

Tina räusperte sich und sagte: „Hallo, ihr drei! Was für eine kleine Welt, ich hätte nicht erwartet, euch hier zu sehen! Das ist mein Freund Philipp. Ähm, Philipp, das ist Michael, sein Bruder Patrick und dessen Partnerin Sarah."

„Guten Tag!" Philipp grinste uns freundlich an.

Ich musste zugeben, dass er ein offenes, sympathisches Lächeln und eine angenehme Stimme hatte. Aber ich kam mir blöde vor und hatte keine Ahnung, wie ich mit der Situation umgehen sollte. Die Leute am Nachbartisch standen nun auf, und sofort sagte Philipp:

„Was für ein gutes Timing, setzt euch doch zu uns!"

„Wir wollen ja nicht stören ...", setzte ich lahm an, doch Sarah und Patrick holten bereits flugs den freigewordenen Tisch und drei Stühle näher heran, und so ergab ich mich in mein Schicksal und setzte mich neben Tina.

Sie hatte ein dezentes Parfüm aufgetragen und sah schick aus, und ich hoffte, dass ich nicht zu sehr müffelte, da ich nach der schweißtreibenden Möbelschlepperei nicht geduscht hatte, sondern mir nur ein frisches T-Shirt angezogen hatte.

Aber warum machte ich mir über so etwas Gedanken? Viel wichtiger war: Sollte ich verheimlichen, dass ich Tinas Ehemann war? Worüber sollten wir reden? Vielleicht lieber über Politik statt über Persönliches? Ich war noch nie besonders gut darin gewesen, höfliche Konversation zu betreiben – und schon gar nicht mit dem Lover meiner Frau!

Philipp lächelte schon wieder entwaffnend und schaute mich direkt an.

„Tina hat mir gestern ganz viel von dir erzählt, Michael! Ich finde es klasse, dass ihr euch trotz eurer Trennung immer noch so gut versteht. Mit Ronnie, meiner Ex, hat das leider überhaupt nicht funktioniert, und sie will mich nie im Leben wiedersehen." Seine Miene verzog sich, hellte sich dann aber wieder auf. „Ich finde es sehr schade, aber andererseits wollte ich eh schon seit Jahren von Sydney wegziehen und habe es nun endlich geschafft, einen neuen Job hier an der Sonnenscheinküste zu bekommen. Und Ronnie kann sicher sein, mir nicht unverhofft über den Weg zu laufen. Denn sie ist in Sydney geblieben."

Er blickte zu Tina, die verlegen mit ihrer Serviette herumspielte.

„Wie geht's denn deinem Handgelenk?", fragte ich sie.

„Schon viel besser!", erwiderte sie. „Ich könnte einem Dieb nun bestimmt wieder mit rechts die Bratpfanne über den Kopf hauen!"

Sarah sah sie verdutzt an, und so erzählten wir ihr von unserem Erlebnis in Tinas Haus, als sie mich für einen Einbrecher gehalten hatte. Dann sprachen wir über Altersheime, Jobs und Umzüge, und Philipp schien auch mit echtem Interesse zuzuhören, als ich Tina einige Neuigkeiten über meine

Mutter berichtete. Anscheinend war er ein netter Kerl. Tina war jedenfalls völlig hin und weg! Ihre Augen leuchteten, wenn sie ihn ansah, und ich konnte eine gewisse sinnliche Elektrizität zwischen ihr und Philipp spüren. Trotz eines winzigen Stiches der Eifersucht freute ich mich für Tina.

Patrick hatte nicht nur Kaffee für alle bestellt, sondern auch noch ein Stückchen Schokoladenkuchen, das er sich mit Sarah teilte.

„Demnächst nehmen wir Mama mit, das ist ja mega lecker!", sagte er und leckte sich die Lippen.

Ich hatte nur eine winzige Kostprobe genommen, da ich nach dem köstlichen Thailändischen Mittagessen bereits pappsatt war. Ob Sylvie wohl asiatische Speisen mochte? Komisch, dass ich so oft an sie dachte! Eigentlich kannte ich sie ja noch gar nicht, und sie hatte bestimmt einen Mann und Familie. Ich sollte sie mir sofort aus dem Kopf schlagen!

„Nun müssen wir aber los!", drängte ich und schaute meinen Bruder an. „Wir wollen ja noch zu Mama ins Heim."

„Bestell ihr liebe Grüße von mir!", sagte Tina und wirkte auf einmal ein bisschen traurig. „Ich werde sie auch demnächst mal besuchen."

„Ja, mach das! Tschüss!"

18

Kurz nach 14 Uhr kamen Patrick, Sarah und ich am Seniorenzentrum an. Der Parkplatz war ungewöhnlich voll, vermutlich, da der Samstag Nachmittag eine beliebte Besuchszeit war. Wegen des Anhängers mussten wir weiter weg an einem Straßenrand parken. Sobald wir Mamas Sessel abgeladen hatten, sprang Nellie darauf und guckte mich empört an, als ich sie herunterscheuchte. Zunächst schleppten wir den Sessel und das Seitenschränkchen zu Mamas Wohnbereich. Dann gingen wir schnell zum Auto zurück, um noch anderen Kleinkram und mehrere Blumentöpfe zu holen, die Sarah und Patrick aus Brisbane mitgebracht hatten. Ich war gespannt, wie es Mama heute ging, und mein Bruder wirkte plötzlich nervös. Er sah das Altersheim ja zum ersten Mal, und ich wusste, dass ihm die Entscheidung genauso schwer wie mir selbst gefallen war, unsere Mutter aus ihrer vertrauten Umgebung herauszureißen und sozusagen an die Küste zu entführen.

Ich grinste ihn ermutigend an, klopfte an die Tür und rief: „Hi, Mama!"
Keine Antwort. Ich schrie etwas lauter: „Hallo!?"

„Wer ist da?", fragte eine fremde Stimme, und ein Hund kläffte schrill. Nanu, wer war das denn? Nellie spitzte die Ohren. Ich öffnete die Tür und sah eine mollige Dame mit schneeweißen Löckchen vor mir. Ein winziger, ebenfalls weißgelockter Hund schoss direkt auf Nellie zu und bellte nochmals mit einem hellen Ton.

„Bella, ruhig!", sagte die Frau und lächelte uns freundlich an. „Hallo! Ich bin Ann! Ich habe meine Schwester Hazel besucht und hinterher Marie auf dem Gang getroffen. Sie wirkte etwas ängstlich und verloren, und daher habe ich einen Pfleger nach ihrem Zimmer gefragt und sie hierhin begleitet. Keine Angst, mein Hund beißt nicht!"

Nellie und Bella beschnüffelten sich kurz, doch Nellie verlor rasch ihr Interesse und lief zu meiner Mutter. Nellie bevorzugte Menschen im Allgemeinen vor Hunden.

„Also ich gehe dann mal weiter. Wenn du magst, komme ich gern ein anderes Mal wieder, denn Bella war ja ganz begeistert von dir!", sagte Ann zu Mama und zwinkerte uns zu. „Tschüss! Komm, Bella!"

Und schon war sie weg.

Patrick und Sarah begrüßten nun meine Mutter. „Hallo! Wir haben dir ein paar Pflanzen mitgebracht."

Nacheinander umarmten sie sie zärtlich, und Mama lächelte. „Das ist aber lieb! So schöne Blumen!"

„Ja, wir wollen doch, dass du es gemütlich hast. Und wir haben dir auch deinen Sessel mitgebracht", sagte ich und drückte sie ebenfalls kurz an mich.

Sie sah ungläubig von einem zum anderen. „Ihr seid alle hier?", fragte sie.

„Ja, klar! Wir haben heute frei, denn es ist Wochenende. Michael hat uns vorhin zum Mittagessen eingeladen, und es war total lecker. Beim nächsten Mal nehmen wir dich auch mit", plapperte Sarah drauflos. „Heute haben wir es erstmal getestet. Aber wir haben dir deine Lieblingsplätzchen und ein Stückchen selbstgebackenen Kuchen mitgebracht."

Patrick machte sich eifrig daran, den Rollstuhl aus Mamas Zimmer zu bugsieren und stattdessen den Sessel in die Ecke zu schieben.

„Nein, der ist nicht für dich!", ermahnte ich Nellie vorsichtshalber und trug das Seitentischchen herein, das gerade so zwischen Bett und Wand passte.

„Wo sollen wir denn die Blumen hinstellen, Marie?", fragte Sarah. „Hier draußen zu der einsamen Geranie?"

Mama nickte. „Ja, prima!"

Sie stand auf und begann selbst damit, die Töpfe auf dem Regal anzuordnen. Und dann holte sie ihre kleine Gießkanne und begoss die Pflanzen eifrig. Später, nachdem Mama ihren Birnenkuchen verspeist hatte und wir ihr mit Ach und Krach ein halbes Glas Wasser eingeflößt hatten, spielten wir eine Runde Mensch-Ärgere-Dich-Nicht auf der Veranda. Wir mussten ihr ab und zu helfen, und zu ihrer Freude gewann sie das Spiel. Bevor das Abendessen serviert wurde, machten wir noch einen kleinen Spaziergang durch den Park. Diesmal entdeckten wir eine überdachte Raucherecke, in der mehrere alte Frauen und Männer an einem Tisch zusammensaßen und tüchtig qualmten.

„Puh, hier stinkt's!", sagte Mama laut, und Sarah prustete los, während Patrick leise stöhnte und missbilligend seinen Kopf schüttelte. Ich war froh, dass keiner von uns rauchte.

Zum Abschied beugte sich Mama zu Nellie und flüsterte zärtlich: „Tschüss, du fächer Schlacker!"

„Ja, Nellie ist echt ein frecher Racker!", erwiderte ich.

Inzwischen hatte ich mich bereits daran gewöhnt, dass meine Mutter manchmal falsche Wörter benutzte, die sich komischerweise ab und zu mit dem eigentlich gemeinten Wort reimten.

„Tschüss, wir kommen morgen Vormittag wieder!", sagte Patrick und umarmte sie liebevoll.

Auf dem Weg zum Auto putzte er sich verstohlen die Nase, und ich sah Tränen in seinen blauen Augen schimmern. Auch Sarah schluckte geräuschvoll und legte ihm den Arm um die Hüfte.

Es war bestimmt niemals einfach, einen geliebten Menschen ins Altersheim zu bringen, besonders, wenn derjenige nicht freiwillig dorthin ziehen
wollte. Zum Glück war Mama heute gut drauf gewesen und hatte gar nicht
nach ihrer Wohnung in Brisbane gefragt. Puh, um die würden wir uns auch
noch kümmern müssen!

* * *

Patrick und Sarah blieben über Nacht bei mir. Wir bauten ein Igluzelt im
Garten auf, da mein kleines Miethaus nicht genug Platz für Besucher bot,
und anschließend halfen sie mir dabei, ein einfaches Abendessen vorzuberei-
ten. Keiner von uns hatte großen Hunger – bis auf Nellie. Ich ging in die
Waschküche, um einen Becher Trockenfutter in ihren Napf zu füllen. Dabei
fiel mir ein, dass meine Sachen, die am Tag zuvor beim Sturz in den Bach
nass geworden waren, noch in einem Eimer mit Lauge schwammen. Ich
spülte sie rasch aus und merkte erst jetzt, dass die Medaille immer noch in
der Tasche meiner Shorts steckte.

„Guckt mal, was ich gestern gefunden habe!", sagte ich zu Sarah und Patrick und zeigte ihnen meinen 'Schatz'.

„Oh, wie hübsch!", rief Sarah, die gerade eine Zwiebel schnitt und nun
auch Tränen in den Augen hatte, die sie wegblinzeln musste.

„Wofür ist die denn?", fragte Patrick.

Er legte das Messer zur Seite, mit dem er eine gelbe Paprika in Streifen
geschnitten hatte, und beguckte sich die Medaille genauer.

19

Katja fegte die Blätter und Stöcke mit Schwung von ihrem Dach, die der letzte Sturm darauf geweht hatte. Ihr Mann Sam stand auf einer Leiter und säuberte die Dachrinne.

„He, pass auf, du fegst mir ja das Zeug ins Gesicht!", beschwerte sich Sam.

Sie hörten eine Tür knallen und schauten auf das benachbarte Grundstück, wo gerade eine ältere Dame aus dem Haus trat. Ein kleiner, wuscheliger Hund folgte ihr auf den Fersen.

„Hallo, Ann!", riefen Katja und Sam.

„Hallo, ihr zwei!" Ihre Nachbarin winkte zu ihnen herüber, und der Hund bellte aufgeregt.

„Es tut mir leid, dass es in den letzten Nächten so laut bei uns war, aber unsere Gäste sind gestern wieder abgereist", sagte Katja und stützte sich auf ihren Besen.

„Gott sei Dank!", murmelte Sam.

„Willst du nachher mal zu einem Tee herüberkommen, in zwanzig Minuten oder so?", fragte Katja die Nachbarin.

„Okay, bis gleich! Psst, sei ruhig, Bella!"

„Zeit für eine Pause, Sam!" Katja lächelte ihren Mann an und wartete, bis die Leiter frei wurde, so dass sie herunterklettern konnte.

Gemeinsam sammelten sie noch rasch die Laubabfälle vom Weg und Rasen auf und brachten sie zu ihrem Komposthaufen, und dann gingen sie ins Haus, um sich frisch zu machen und sich ein zweites Frühstück zu gönnen. Schließlich war heute Sonntag!

Vor einigen Monaten hatten sie einen Teil ihres Hauses umgebaut, um diesen an Feriengäste zu vermieten, wenn sie ihn nicht gerade für ihre eigenen Freunde oder Verwandte nutzen wollten. Ihre 25-jährige Tochter lebte bereits seit sechs Jahren in Adelaide, und ihr 20-jähriger Sohn war vor Kurzem nach Darwin umgezogen, so dass ihnen das Haus zu groß wurde. Zudem war das Vermieten der Ferienwohnung ein lukrativer Nebenverdienst, und sie lernten auch gern neue Menschen kennen. Leider hatten ihre letzten Gäste ihnen jedoch viel Kummer bereitet. Ein junges amerikanisches Paar hatte insgesamt vier Tage lang bei ihnen gewohnt und von Donnerstagnachmittag bis Samstagmorgen eine Party mit irgendwelchen australischen Freunden veranstaltet. Dabei hatte Sam ausdrücklich in den Hausregeln festgelegt, dass Feiern und laute Musik nicht erlaubt seien.

Katja war immer noch etwas müde nach all der Aufregung, doch sie pfiff fröhlich vor sich hin, als sie nun das Wasser aufsetzte. Und schon kam Ann hereinspaziert, die einen Teller mit hübsch angerichteten Weintrauben und Mangoscheiben in der Hand hielt.

„Ach, du hättest doch gar nichts mitbringen müssen! Aber das ist ja lieb! Setz dich schon mal auf die Terrasse! Möchtest du Tee oder Kaffee?", fragte Katja.

„Schwarzer Kaffee wäre prima", sagte Ann. „Ohne Zucker."

„Okay!" Katja brachte Tee, Kaffee und einen Veganen Nusskuchen nach draußen und lächelte die Nachbarin an.

„Tja, wir hatten gedacht, es wäre eine super Idee, unsere kleine Gastwohnung zu vermieten, und wir haben dadurch auch schon total sympathische und interessante Leute aus der ganzen Welt kennengelernt. Aber das letzte Paar war sooo laut und nervend! Sam war am Freitag Abend so erzürnt, dass er beinahe die Polizei angerufen hätte."

„Was erzählst du da über mich?", erkundigte sich ihr Mann und setzte sich zu ihnen.

„Dass du furchtbar sauer warst. Ich glaube, so fuchsteufelswild hatte ich dich vorher noch nie erlebt."

Sam grinste verlegen, fuhr sich durch seine kurzen, wuscheligen braunen Haare und erschrak, als seine Finger auf irgendein Insekt stießen, das sich darin verwickelt hatte. Angeekelt schüttelte er es von sich und sagte:

„Na ja, die beiden hatten wirklich 'ne Macke, und auch ihre Besucher waren unverschämt. Aber ich war beeindruckt, wie ruhig und besonnen du mit ihnen gesprochen hast. Ich selbst war schon so auf Hundertachtzig, dass ich sie bestimmt bloß angeschrien und alles noch schlimmer gemacht hätte."

Er blickte seine zierliche und doch so energische Frau bewundernd an und wandte sich dann an Ann. „Und danach haben sie endlich die Musik leiser gestellt. Trotzdem hörte ich sie natürlich immer noch reden und konnte kaum schlafen, und sie haben anscheinend viel gesoffen. Haben sie dich auch gestört?"

„Nee, es war nicht so schlimm, denn mein Schlafzimmer liegt ja auf der anderen Seite, und tagsüber war ich meistens weg. Nur am Donnerstag bin ich mal kurz vor Mitternacht aufgewacht und habe überlegt, warum jemand so einen furchtbaren Krach als Musik bezeichnen könnte, aber danach habe ich wie ein Murmeltier geschlafen", erwiderte Ann und nahm einen Bissen von dem Kuchen. „Oh, der ist aber lecker!" Dann kicherte sie. „Für einen winzigen Moment habe ich allerdings mit dem Gedanken gespielt, an euren Stromkasten zu gehen und den Saft abzudrehen."

Sie aß ihr Kuchenstück mit sichtlichem Genuss und nahm sich unaufgefordert noch eins. Katja staunte sowohl über ihren Appetit als auch über ihre Worte. Die alte Dame war echt gewitzt!

Ann fuhr fort: „Übrigens habe ich mich letzte Woche über den Gartenzaun mit eurem vorigen Gast unterhalten, dem jungen Deutschen. Wie hieß
der nochmal? Peter? Jedenfalls schien der recht nett zu sein. Wisst ihr eigentlich, dass der arme Kerl fast im Meer ertrunken wäre?"

„Was?", fragte Sam und runzelte die buschigen Augenbrauen.

„Ja, er hatte eine Gruppe von anderen Touristen bei einem Grillfest im
Park kennengelernt und wohl einige Flaschen Bier mit ihnen geleert. Später
am Nachmittag sprang er dann allein ins Meer und geriet direkt in einen gefährlichen, starken Sog. Aber zum Glück wurde er gerettet. Hinterher war es
ihm peinlich, dass er seine Retter in seinem Suffkopf beleidigt hat, anstatt
sich ordentlich zu bedanken. Ich habe ihm geraten, die Rettungsschwimmer
ausfindig zu machen, um sich bei ihnen zu entschuldigen und ihnen eine
Kleinigkeit für ihre tollen Dienste zu schenken."

„Das ist ja eine gute Idee!", meinte Katja. „Meine Freundin Tina hatte
auch letztens Zoff mit irgendwelchen betrunkenen Touristen vor dem Hotel,
in dem sie arbeitet. Schlimm, wie sich manche Leute aufführen!"

„Vielleicht ist diese Maureen aus Sydney ja von irgendeinem brutalen Säu-
fer ermordet worden", sagte Sam, und seine braunen Augen nahmen einen
bekümmerten Ausdruck an. „So eine furchtbare Geschichte! Wenn ich nur
daran denke, wird mir ganz übel! Und sie war noch so jung, im selben Alter
wie unsere Tochter ..."

Ann zupfte nachdenklich an ihrer rosafarbenen Bluse herum. „Peter hat
mir irgendetwas über die tote Frau im Park erzählt. Was war es doch gleich?
Mein Gedächtnis lässt leider oft zu wünschen übrig."

Katja und Sam schauten sie neugierig an.

„Ah, jetzt fällt es mir wieder ein. Er hatte sie im Zug von Brisbane nach
Nambour kennengelernt und sich mit ihr unterhalten. Sie war als Kranken-

schwester in einem Krankenhaus in Sydney angestellt und hatte sich anscheinend nur deswegen einen längeren, unbezahlten Urlaub genommen, da sie Ärger mit einem Arzt bekommen hatte und es nicht mehr aushielt, weiter dort zu arbeiten. Jedenfalls wollte sie eine Pause einlegen und sich darüber klarwerden, was sie tun sollte, ob sie kündigen und woanders hinziehen sollte oder nicht ...“

Ann hielt inne, um an ihrem Kaffee zu nippen.

„Ja, und?“, fragte Katja gespannt.

„Ähm, es ging um den Tod einer Patientin, die schon lange auf ihrer Station gewesen war und die sie besonders ins Herz geschlossen hatte.“

Ann nahm ihre Brille ab und putzte sie sorgfältig mit einem Zipfel ihrer Bluse. Dann weiteten sich ihre graublauen Augen, und sie rief:

„Wie konnte ich das nur vergessen? Diese Maureen beschuldigte angeblich einen Chefarzt, die alte Dame umgebracht zu haben.“

„Was?“ Sam guckte sie entgeistert an.

Ann nickte. „Ja, das hat mir Peter erzählt. Doch man konnte wohl nichts beweisen, und alle anderen Mitarbeiter in dem Krankenhaus – eben außer Maureen – behaupteten, die Patientin sei eines natürlichen Todes gestorben. Immerhin war sie schon 92 Jahre alt.“

Katja erblasste. „Dann wurde Maureen eventuell umgebracht, um sie für immer zum Schweigen zu bringen!?“

Sam grunzte missbilligend. „Das ergibt doch keinen Sinn, wenn es eh keine Beweise für ihre Anschuldigungen gab. Und wir sind weit von Sydney entfernt.“

„Na ja, aber Peter sollte trotzdem alles mal mit der Kripo besprechen, finde ich“, meinte Katja. „Wisst ihr was? Ich habe ja noch seine Handynummer, und ich werde ihn gleich mal anrufen.“

Und sofort eilte sie ins Haus.

Ann nahm noch einen Schluck Kaffee, und Sam bemerkte, dass ihre pummeligen Hände zitterten. Eine Weile schwiegen sie und schauten in den Garten, bis Ann sich räusperte und leise sagte:

„Wer weiß, vielleicht wollte jener Arzt der alten Frau ja nur einen Gefallen tun und Sterbehilfe leisten? Weil es keine Hoffnung mehr gab und sie zu sehr leiden musste? Meine Schwester Hazel hat auch schon mehrmals angedeutet, dass sie gar nicht mehr leben möchte. Sie ist geistig richtig fit, doch sie kann sich kaum noch bewegen und kommt ohne Hilfe nicht mehr aus dem Bett. Dabei war sie früher immer so sportlich und aktiv."

Sam drückte ihre Hand. „Das tut mir so leid! Aber wenigstens hat sie dich in der Nähe, und du besuchst sie ganz oft."

Anns trauriges Gesicht erhellte sich. „Ja, und sie liebt Bella. Kein Wunder, denn die Kleine gehörte ihr ja früher, bevor sie ins Altersheim umziehen musste und ich deswegen ihren Hund adoptiert habe."

Katja kam aus dem Haus und sagte enttäuscht: „Ich konnte Peter nicht erreichen."

In dem Moment begann Bella nebenan, aus Leibeskräften zu kläffen, und Ann sprang hastig auf. „Ich gehe besser, vielen Dank für den leckeren Kaffee und Kuchen! Bis bald!"

20

Am Sonntag fuhren Patrick, Sarah und ich mit Nellie zusammen schon ganz früh nach Coolum Beach, parkten auf einem fast leeren Parkplatz und spazierten durch ein kleines Waldgebiet zum Strand. An diesem Morgen tosten die Wellen wild schäumend bis nah an die Dünen heran, so dass nur ein schmaler Sandstreifen zum Wandern verblieb. Wir hielten inne, um die frische Luft tief einzuatmen und die wunderschöne Szenerie zu bewundern. Die Sonne schien direkt aus dem Meer aufzutauchen – einfach malerisch! Sie stieg rasch höher, und ihr gleißendes Licht und eine leichte Brise vertrieben die letzten dunklen Wolkenfetzen. Beim Anblick des golden leuchtenden Himmels und des schimmernden Wassers wurde ich unwillkürlich von tiefer Freude und Optimismus erfüllt. Das Leben ging weiter, jeden Tag aufs Neue, trotz aller Veränderungen und schweren Zeiten!

Patrick und ich waren beide müde und gähnten herzhaft um die Wette. Wir hatten uns abends noch einen spannenden Film angeschaut, nachdem Sarah schon ins Zelt gekrochen war.

Nach einer Weile grinste Sarah uns spöttisch an. „Das kommt davon, wenn man mitten in der Nacht noch Fernsehen guckt. Aber mit eurem lauten Gähnen verderbt ihr ja die friedliche Stimmung!"

Nellie sprang bereits ungeduldig um uns herum, und so marschierten wir nun los und tauchten unsere nackten Füße in das erstaunlich warme Meerwasser. Sarah wartete ab, bis die Wellen sich etwas zurückzogen, und warf dann einen Ball für Nellie, die sich sofort freudig auf die Jagd machte. In dem Moment hörten wir einen schrillen Schrei und drehten uns entsetzt um.

„Du Mörder!", keifte eine junge, stämmige Frau, während ein kahlköpfiger Kerl mit einem gewaltigen Bierbauch sich drohend vor einem schlanken

Mann aufbaute, der nur Shorts und ein Badehandtuch um die Schultern trug. Das war Bryan! Und schon versetzte der jüngere Mann ihm einen Kinnhaken und brachte ihn ins Taumeln. Bevor ich nachdenken konnte, raste ich bereits los, um dem alten Freund meines Vaters zu helfen.

„Was fällt dir ein?", rief ich dem Missetäter empört zu. „Lass ihn in Ruhe!"

Der Schlägertyp starrte mich hasserfüllt an. „Was geht dich das an?"

„Dieser Mann hat eine junge Krankenschwester umgebracht!", zeterte die Frau, die schon zu dieser frühen Stunde stark geschminkt war. „Er gehört ins Gefängnis und sollte nicht fröhlich hier herumspazieren!"

„Wie könnt ihr euch an einem alten, harmlosen Mann vergreifen?", mischte sich nun mein Bruder ein.

Bryan rieb sich benommen das Kinn, und Sarah fasste mitfühlend nach seinem Arm.

„Er ist vollkommen unschuldig!", sagte ich zornig. „Die blöde Zeitung hat ihn fälschlich bezichtigt und hätte ihn überhaupt nicht mit seinem Namen und Foto nennen dürfen."

„Was weißt du denn?", höhnte der Kerl und verpasste mir völlig unerwartet einen Hieb aufs Auge.

Ich schrie vor Schmerz und Überraschung laut auf, und Sarah schrie vor Schreck noch lauter.

Mein Bruder packte den gemeinen Kerl an beiden Armen und zischte leise, aber drohend: „Verschwinde lieber, oder ...!"

Der Glatzkopf lächelte amüsiert. „Oder was?"

Sein Gesicht verzog sich zu einer hässlichen Fratze, als Nellie ausgerechnet jetzt zu uns kam, den Ball vor mir fallen ließ und sich tüchtig das Wasser aus dem Fell schüttelte.

„Du Scheißköter!", rief er und holte zu einem Tritt aus, doch Patrick riss ihn mit einem gewaltigen Ruck herum, so dass er statt Nellie das Knie seiner Partnerin traf.

Ihr spitzer Schrei vermischte sich mit dem kehligen Knurren meiner Hündin und dem Wutgeheul des Mannes, der Patrick offenbar unterschätzt hatte und sich nicht aus dessen Griff befreien konnte. Ich blinzelte und hatte Mühe, mein schmerzendes Auge offen zu halten. Eine besonders hohe Welle rollte heran und warf mich fast um, und Nellie verschwand gänzlich in dem brodelnden Wasser. Panisch griff ich nach ihrem Halsband, um sie vor dem wilden Sog zu retten. Doch kaum tauchte sie wieder auf, knurrte sie schon wieder den fiesen Mann an und ließ ihn nicht aus den Augen. Ihr Blick war nun keineswegs sanft und freundlich wie sonst, sondern starr und intensiv und hätte sicher so manches Schaf oder anderes Herdentier in die Flucht geschlagen. Obwohl ich mich momentan über ihren Beschützerinstinkt freute, konnte ich mir jedoch nicht vorstellen, dass sie jemals jemanden beißen oder wirklich einschüchtern könnte.

Bryan sagte ganz ruhig: „Ich habe niemanden umgebracht."

Dann wandte er sich zu mir. „Ach, Mickie, es tut mir leid ..."

„Ja, es soll dir wohl leid tun!", brüllte die Frau und holte ebenfalls zu einem Schlag aus, doch im Nu wurde ihr Arm von jemandem festgehalten, der plötzlich mit einem großen kurzhaarigen Hund neben uns stand. Es war ein schmächtiger junger Mann, der bei einem Kampf wohl kaum eine Chance gegen diese Frau hätte. Aber sie ließ den Arm verblüfft sinken und trat einen Schritt zurück.

Der Neuankömmling sah verlegen in die Runde und fragte: „Was ist denn hier los?"

Bryan grinste. „Hallo! Wir begegnen uns anscheinend immer wieder. Diesmal allerdings ohne Banane und ohne Leiche."

Was? War er nun doch verrückt geworden? Alle schauten ihn fassungslos an.

Dann kicherte der junge Typ und tätschelte seinen Hund am Ohr.

„Ja, mein Onyx liebt Bananen und ist manchmal etwas dreist."

Sogleich wurde er wieder ernst und sagte zu Bryan: „Ich muss mich dafür entschuldigen, dass er schon zweimal versucht hat, ein Bananenstück von dir zu ergattern, aber noch mehr, weil ich dummerweise zu viel gequasselt habe. Nachdem ich dich neben der Leiche gesehen und die Polizei verständigt hatte, kam nämlich ein anderer Spaziergänger mit seinem Hund vorbei, und ich warnte ihn, er solle auf keinen Fall in den Park gehen. Aber er stellte bloß ein paar Fragen, marschierte direkt los und machte jede Menge Fotos, und erst hinterher wurde mir bewusst, dass dieser Kerl ein Reporter ist und dich total unverschämt als Mörder bezeichnet hat. Inzwischen habe ich erfahren, dass du völlig unschuldig bist."

Patrick ließ den dicken Mann endlich los, der sich mürrisch die tätowierten Arme rieb. Nellie entspannte sich, ergriff wieder ihren Ball und schaute Sarah auffordernd an, während der andere Hund erwartungsvoll Bryan beschnüffelte.

Bryan streichelte ihn und lächelte verschmitzt. „Heute gibt's keine Banane für dich. Aber beim nächsten Mal!"

Sein Besitzer lachte und verabschiedete sich von uns.

„Komm, lass uns weitergehen!", sagte die geschminkte Frau zu ihrem Partner und warf uns noch einen giftigen Blick zu.

Sie marschierten zügig los, und mir fiel ein Stein vom Herzen.

„So was Gemeines!", schimpfte Sarah. „Eigentlich müssten wir die beiden Idioten anzeigen. Und der bekloppte Reporter sollte auch bestraft werden, denn im Grunde genommen ist das alles seine Schuld."

Bryan guckte sie etwas irritiert an, und Patrick reichte ihm die Hand. „Wie schön, dich nach all den Jahren mal wiederzusehen – auch wenn es nicht gerade der beste Morgen für dich ist! Und bei diesen hohen Wellen würde ich lieber nicht schwimmen gehen."

Bryan schüttelte ihm und Sarah die Hand, rieb sich erneut das Kinn und stöhnte. „Die Lust zum Schwimmen ist mir eh vergangen. Puh, einen solchen Kinnhaken hat mir schon lange keiner mehr verpasst. Aber Mickie, du solltest schnell dein Auge kühlen! Es ist ja schon ganz zugeschwollen!"

Sarah sah uns beide mitleidig an, doch ich grinste und entgegnete:

„Ach was, wir gehen jetzt erstmal in Ruhe spazieren und genießen den schönen Sonnenaufgang! Kommst du mit, Bryan? Wenn du möchtest, können wir dich nachher nach Hause fahren."

Mit beiden Händen schöpfte ich etwas Meerwasser und wusch mir das Gesicht, was jedoch wenig Linderung brachte. Danach gingen wir gemeinsam weiter, wobei Bryan und Patrick sich angeregt unterhielten. Zum Glück bog das aggressive Paar zum nächsten Pfad durch die Dünen ab und verschwand aus unserer Sicht. Der arme Bryan! Da hatte er jahrelang davon geträumt, wieder ans Meer zu ziehen, und kaum hatte er sich diesen Wunsch erfüllt, stieß er auf eine Leiche und geriet nun an solche Schurken! Hoffentlich würde seine Zukunft rosiger aussehen!

21

Als ich zu Hause in den Spiegel guckte, erschrak ich über meinen eigenen Anblick. Ich sah aus wie ein Monster! Daher bat ich Patrick und Sarah, meine Mutter heute ohne mich im Altersheim zu besuchen. Außerdem wäre es eventuell sowieso besser, wenn nicht zu viele Gäste gleichzeitig bei Mama eintrudeln würden. So legte ich mich nach dem Frühstück draußen im Garten auf eine Decke, kühlte mein Auge mit einem Kühlpack und ließ meine Gedanken schweifen. Im Schatten unter dem Baum war es angenehm, und ich versuchte, mich zu entspannen. Nellie leistete mir Gesellschaft und kuschelte sich an mich, natürlich immer noch ein bisschen feucht und sandig, und wir schlummerten rasch ein.

Irgendwann juckte es mich am Bein, und eine Ameise krabbelte über meinen Arm. Schlaftrunken wischte ich sie weg und döste weiter vor mich hin. Es war so friedlich hier, und wieder einmal war ich dankbar dafür, dass ich diesen Platz für Nellie und mich gefunden hatte. In unserer Gegend war es sehr schwierig, etwas zur Miete zu finden, und immer mehr Menschen gaben ihre Haustiere an Tierschutzorganisationen ab, da viele Vermieter keine Tiere im Haus erlaubten. Manche Tierbesitzer waren gewiss total verzweifelt, und ich verspürte aufrichtiges Mitleid mit ihnen, doch leider gab es auch Leute, die ihre Hunde oder Katzen einfach lieblos aussetzten.

„Ich würde dich niemals weggeben, Nellie!", versprach ich meiner Hündin und tastete mit geschlossenen Augen nach ihr, um sie zu streicheln.

Doch statt eines wuscheligen Fells fühlte ich einen menschlichen Arm! Entsetzt riss ich die Augen auf – zumindest das unverletzte – und erblickte meine Frau, die neben mir auf der Decke kniete.

Tina lächelte mich an. „Hallo, Michael! Du hast ja wie ein Murmeltier geschlafen! Ich wollte dich gerade wecken und an der Nase kitzeln. Aber was ist denn mit deinem Auge los? Warst du in einer Schlägerei?"

Ich richtete mich auf und verspürte leichte Kopfschmerzen. Das Kühlpack war zu warm geworden, und die Sonne schien mir heiß ins Gesicht.

„Ja, so ein Blödmann hat erst nach Bryan und dann nach mir geboxt", sagte ich.

Wir holten uns etwas zu trinken und setzten uns auf die schattige Veranda, und dann erzählte ich ihr die ganze Geschichte, während Nellie durch den Garten lief und nach geeigneten Stöckchen oder einem Ball zum Spielen suchte. Komisch, dass sie diesmal gar nicht bei Tinas Ankunft gebellt hatte. Also war sie kein zuverlässiger Wachhund, wenn sie zuließ, dass sich eine Person an mich heranschleichen konnte. Wenigstens war es bloß meine Frau und kein Meuchelmörder!

Tina war völlig aufgebracht, als sie von dem gemeinen Paar am Strand hörte.

„Das ist so ungerecht!", schimpfte sie. „Und der verantwortliche Journalist und der Editor der Zeitung sollten sich entschuldigen und in einem riesigen Artikel veröffentlichen, dass Bryan unschuldig ist."

„Ja, aber dennoch ist der Schaden nicht wieder gutzumachen. Auch wenn jemand zu Unrecht verdächtigt wird, bleibt wohl immer etwas Misstrauen haften. Außerdem lesen manche Leute nicht jeden Tag die Zeitung oder halten aus anderen Gründen eine falsche Nachricht für die Wahrheit."

Ich wischte mir nachdenklich übers Gesicht und befühlte die unangenehme Schwellung.

„Jedenfalls tut mir Bryan so leid! Auf den ersten Blick wirkt er rüstig und fit, aber ich habe gemerkt, dass er ab und zu ein bisschen verwirrt ist. Und auch Julie, seine Frau, hat letztens mehrmals nach dem Namen und dem Alter von Nellie gefragt und vergisst wohl insgesamt schon ziemlich viel. Das hat Bryan jedenfalls heute Morgen behauptet. Tja, die beiden sind eben auch nicht mehr die Jüngsten."

„Und wie geht es deiner Mutter?", fragte Tina.

„An sich ganz gut. Patrick und Sarah sind gerade bei ihr. Sie können dir ja nachher das Neueste berichten."

„Nee, so lange will ich gar nicht bleiben. Ich wollte dich nur etwas fragen ..." Tina zögerte und wirkte auf einmal unsicher.

„Was denn?"

„Philipp hatte eine Idee. Er hat vorgeschlagen, ich solle zu ihm ziehen, sozusagen als Probe, um zu sehen, ob wir uns wirklich so gut verstehen. Und dann könntest du wieder in unser Haus ziehen ..."

„Ihr kennt euch doch noch gar nicht richtig!", platzte ich heraus. „Und wenn es schiefgeht, muss ich wieder ausziehen? Und was dann?" Ich wurde regelrecht wütend. „Du weißt doch auch, dass die Mieten heutzutage schweineteuer sind und es immer schwerer wird, überhaupt eine Wohnung zu finden. Nee, ich bleibe hier!"

Mein Blick fiel auf das kleine Igluzelt im Garten, und ich setzte eisig fort: „Ich habe keine Lust, in einem Zelt oder im Auto zu wohnen."

Tinas Augen blitzten zornig. „Ich hab es ja gewusst, nie kann man vernünftig mit dir reden, ohne dass du dich gleich aufregst!"

Ich konnte es kaum glauben, dass Tina zu Philipp ziehen wollte, den sie gerade erst kennengelernt hatte! Ich holte tief Luft und versuchte, gelassen zu bleiben. „Wo wohnt Philipp denn?"

„Er mietet ein Haus in Marcoola", erwiderte Tina. „Er hatte zuerst Probleme, etwas zu finden, und daher schon überlegt, zeitweilig die Ferienwohnung von Katja zu mieten." Sie grinste etwas schief. „Aber ich glaube, das wäre Katja gar nicht recht gewesen. Immerhin sind sie ja Kollegen und sehen sich eh schon dauernd."

„Hast du dir das gut überlegt? Wo genau ist das Haus denn, ist es da nicht viel zu laut? Ich möchte jedenfalls nicht zu nah am Flughafen wohnen. Weißt du noch, als wir mal auf einem privaten Trödelmarkt in der Gegend waren und wir einen Moment kein Wort verstehen konnten, weil ein Flugzeug direkt über uns herflog? Und als wir später ins Auto stiegen, hob ein anderes gerade ab, und wir hatten das Gefühl, das ganze Auto würde wackeln. Nellie hatte eine riesige Angst vor dem Wahnsinnskrach."

„Du und deine Nellie!", fauchte Tina mich an. „Ich glaube, du liebst sie viel mehr als du mich jemals geliebt hast."

„So ein Blödsinn! Natürlich liebe ich Nellie, aber das hat überhaupt nichts mit meinen Gefühlen zu dir zu tun."

Es war unbegreiflich! Wie konnte sie eifersüchtig auf meinen Hund sein? Nellie kam schwanzwedelnd auf uns zu und legte uns die Hälfte eines alten, abgewetzten Tennisballs vor die Füße, die sie irgendwo im Garten gefunden hatte. Da uns nicht zum Spielen zumute war, ignorierten wir sie. Doch als Nellie das dreckige, feuchte Ding direkt auf Tinas Schoß warf, schubste Tina sie unwillig weg.

Erneut fühlte ich kalte Wut in mir hochsteigen, und mit bitterer Stimme sagte ich:

„Ich dachte, du würdest Nellie auch lieben. Aber wenn ich darüber nachdenke, hast du bloß gern mit ihr geschmust. Doch lieben heißt auch gut für jemanden zu sorgen. All die Jahre hast du nur ganz selten frisches Wasser in ihren Napf gefüllt, ihr Fell gebürstet oder längere Spaziergänge mit ihr gemacht. Wenn Nellie krank war, habe ich sie zum Tierarzt gebracht. Du warst noch nie besonders fürsorglich und hast dich auch kein einziges Mal nach meiner Mutter erkundigt, als ich zu ihrer Betreuung in Brisbane war. Wenn es mir früher mal nicht so gut ging, hast du dich kaum um mich gekümmert oder bist mir sogar aus dem Weg gegangen."

Ich schnaubte verächtlich.

„Und als ich damals den Autounfall hatte und zwei Wochen im Krankenhaus lag, hast du dir sogar einen anderen Mann angelacht und dich ausgerechnet in unserem eigenen Ehebett mit ihm vergnügt! Du willst immer nur deinen Spaß haben ..."

Tina starrte mich erschrocken an und brach in Tränen aus. Dann sprang sie auf und rannte weg.

Hilflos schaute ich Nellie an. „Komm her, mein Mädchen! Tja, nun habe ich Tina mal meine Meinung gesagt. Aber ob das so schlau war?"

Ich streichelte sie zärtlich, und mein Kopf brummte noch stärker als zuvor. Ich hatte Tina nie ihren Seitensprung verziehen, den sie mir kurz danach gebeichtet hatte. Vor drei Jahren hatte sie einen Touristen aus New York in dem Hotel in Mooloolaba kennengelernt, in dem sie arbeitete, und aus einem kleinen Flirt war eine heiße Liebesaffäre geworden – während ich mich im Krankenhaus in Nambour von meinen Verletzungen erholte. Natürlich war der Kerl dann irgendwann wieder abgereist, und Tina hatte mir beschämt alles gestanden. Seitdem hatten wir in getrennten Betten geschlafen. Allerdings war unsere gegenseitige körperliche Anziehungskraft sowieso schon lange vorher abgeflaut, und ich hatte seit circa fünf Jahren keinen Sex mehr gehabt.

.

22

Nachdem Tina schluchzend und mit wehenden Haaren davongestürmt war, blieb ich auf der Veranda sitzen, und der Duft ihres Parfüms hing noch eine Weile in der Luft. Ich war traurig und ärgerte mich über meinen Gefühlsausbruch, doch irgendwie war ich auch erleichtert. Ich hatte schon immer Probleme damit gehabt, offen auszusprechen, was mich belastete, und ich konnte nicht nur Tina die Schuld an unserer missglückten Ehe geben – trotz ihres Seitensprungs. Wir hatten eben unterschiedliche Erwartungen gehabt, und es war Zeit für uns beide, neue Wege zu beschreiten und glücklicher zu werden. Viel zu lange hatte ich versucht, mich an Tina anzupassen – und dabei oft meine eigenen Gefühle verschwiegen und viele Wünsche unterdrückt. Wenn ich ehrlich war, mochte ich außer Katja und Sam keinen ihrer Freunde besonders gern, und Tina hatte sich nie gut mit meinem besten Freund Lucas verstanden. Die beiden waren wie Hund und Katz. Auch mit meiner Mutter hatte sie sich leider oft gestritten. Ich dagegen fand Tinas Eltern nett und hatte nie Probleme mit ihnen gehabt. Allerdings hatte ich sie nur selten gesehen, da sie in Melbourne wohnten. Tina hatte keine Geschwister, und meiner Meinung nach war sie früher zu sehr verwöhnt worden und hatte schnell gelernt, andere um den Finger zu wickeln.

Nachdenklich beobachtete ich eine kleine Echse, die flink zu einer niedrigen Steinmauer huschte und dann reglos darauf sitzen blieb. Wie sollte ich zukünftig mein Leben gestalten, um mich zufriedener und erfüllter zu fühlen? Keinesfalls wollte ich später griesgrämig meine Vergangenheit bereuen und sagen: „Ach, hätte ich doch nur …."

Jedenfalls nahm ich mir jetzt fest vor, meine eigenen Freunde wieder häufiger zu treffen, die ich viel zu sehr vernachlässigt hatte. Und ich musste zwar bald wieder zur Arbeit gehen, wollte mich aber dennoch um meine Mutter kümmern und ihr Leben aufheitern. Wir könnten kleine Touren ins Grüne und zu Cafés und Restaurants machen, so lange dies möglich war. Warum sollten wir uns nicht öfter mal was Gutes gönnen? Das Reisen in ferne Länder müsste ich wohl vorerst aufschieben, aber es gab ja wunderschöne Gebiete in der Nähe, von denen ich viele noch gar nicht erforscht hatte. Außerdem wollte ich wieder mehr Sport treiben, zum Beispiel radeln und schwimmen, Badminton und Pickleball spielen, neue Erfahrungen sammeln – und vielleicht auch Sex haben? Würde ich jemals wieder eine Geliebte haben? In meinem Alter? Ich fand mich zwar nicht direkt hässlich, aber auch nicht super attraktiv ...

Nellie schubste mich ungeduldig mit der Nase an und hatte die Hoffnung auf ein Spiel noch nicht aufgegeben.

„Nee, Nellie, mit diesem Ballfetzen spielen wir nicht, der gehört in den Müll. Komm, wir gehen lieber in die Küche und bereiten was zum Mittagessen vor!"

Ich war gerade beim Schnibbeln einer Schlangengurke, als Sarah und Patrick gutgelaunt zurückkamen.

„Hi, Mickie! Mama hat heute ganz viel gekichert!", erzählte mein Bruder sofort und stibitzte ein Stück Gurke.

„Ja, wir haben meistens gar nicht kapiert, worüber sie sich eigentlich amüsiert hat, aber es war schön zu sehen! Und wir haben eine kleine Runde durch den Park gedreht." Sarah lächelte mich an. „Soll ich dir helfen?"

„Ja, du kannst schon mal den Tisch decken. Der Salat ist gleich fertig, und ich habe ein Brot gebacken – frisch aus der Brotmaschine."

„Hmm, es duftet wunderbar!", sagte Sarah.

Ich schmunzelte. Nachdem wir Bryan wiedergetroffen hatten, nannte mein Bruder mich auch manchmal 'Mickie'.

Beim Essen erzählte ich ihnen von Tinas Besuch und ihren Plänen.

„Wow!", sagte Patrick mit vollem Mund. „Sie muss ja himmelhoch in Philipp verliebt sein! Kaum zu glauben, dass sie ausziehen will, denn sie schien doch immer so in eurem Haus und Garten verwurzelt zu sein!"

Sarah runzelte die Brauen. „Vielleicht hat sie einfach nur Schiss, allein zu wohnen."

„Meinst du?", fragte ich.

„Na ja, letztens hat sie doch direkt nach einer Bratpfanne gegriffen, um sich gegen einen vermeintlichen Einbrecher zu verteidigen. Und nach diesem Mordfall ganz in der Nähe wäre es ja auch kein Wunder, wenn sie Angst hätte." Sarah schüttelte sich.

„Und was ist nun eure Lösung für euer gemeinsames Haus?", fragte Patrick gespannt. „Werdet ihr es verkaufen?"

„Tja, wir haben uns immer noch nicht entschieden. Ich würde ja gerne selbst wieder da einziehen. Aber nur, wenn ich dort auf Dauer wohnen kann und nicht plötzlich raus muss, weil Tina doch nicht bei ihrem neuen Lover bleiben will."

Ich merkte, dass ich schon wieder verbittert klang, und zwang mich zu einem Lächeln.

„Wisst ihr was? Seltsamerweise finde ich es gut, dass sie einen neuen Freund hat. Das macht den Gedanken an die offizielle Scheidung irgendwie leichter, und außerdem war sie schon lange nicht mehr richtig glücklich. Na ja, heute habe ich sie leider zum Heulen gebracht ..." Ich stockte.

„Warum?", fragte Patrick.

„Ähm – ich habe ihr unbeherrscht alles Mögliche vorgeworfen und sozusagen angedeutet, dass sie egoistisch sei und nur ihr eigenes Wohlergehen im Sinn habe."

„Nun, das stimmt ja auch!", sagte Patrick. „Tina ist immer quietschvergnügt, wenn alles nach ihrem Willen geht, aber furchtbar schnell beleidigt und miesepetrig, wenn ihr irgendetwas nicht in den Kram passt. Und sie ist viel zu sehr an Geld, Erfolg und Karriere interessiert, finde ich."

Sarah nickte bestätigend, und ich guckte die beiden erstaunt an.

Patrick lachte unvermittelt. „Du siehst echt grässlich aus, Michael! Mit so einem Gesicht findest du bestimmt keine neue Frau, selbst wenn es morgen herrlich bunt schillern wird!"

„Wie kannst du darüber Witze machen?", schimpfte seine Freundin.

„Vielleicht hat irgendeine tolle, warmherzige Frau Mitleid mit mir und entwickelt dann zärtliche Gefühle für mich!", erwiderte ich schmunzelnd.

Sarah prustete auf einmal los und stieß aus:

„Jedenfalls hast du einen knackigen Hintern, Michael!"

„Was?", fragte ich sie baff.

Unter weiteren Lachanfällen erklärte sie:

„Als wir heute zu eurer Mama ins Zimmer kamen, war gerade eine blonde Altenpflegerin bei ihr, und die beiden kicherten ganz verschmitzt über irgendetwas. Ich hörte gerade noch: «Dein Sohn hatte ja letztens arg knapp sitzende Shorts an. Aber er sah gut darin aus, denn er hat so schöne Beine und einen knackigen Hintern!» Also, Michael, bei der Frau hast du eventuell Chancen! Und sie machte einen netten Eindruck."

Ich wurde knallrot. „Oh, ähm, das muss Sylvie gewesen sein!", stammelte ich. „Sie hat mich gesehen, nachdem ich mich in die engen Shorts von Bryan gequetscht hatte."

Mein Bruder grinste breit, doch Sarah wurde rasch wieder ernst und meinte:

„Der arme Bryan! Hoffentlich erholt er sich schnell von dem neuen Schock und dem gemeinen Kinnhaken! Ich wünschte, sie würden den Mord bald aufklären, so dass niemand mehr an seine Schuld glaubt."

„Ja, wer könnte diese junge Frau umgebracht haben? Und warum?", rätselte ich. „In vielen Fällen soll der Mörder ja der eigene Partner, ein Bekannter oder Verwandter des Opfers sein. Aber diese Krankenschwester war doch nur im Urlaub hier und lebte in Sydney."

„Vielleicht war es Tinas neuer Freund! Der kommt ja auch aus Sydney!", scherzte Patrick.

Sarah rollte ihre Augen. „Also du hast immer verrückte Ideen!"

Ich spießte ein Stück Schafskäse auf meine Gabel und sagte:

„Angeblich hatte Maureen ja einige Freunde hier an der Sonnenscheinküste, und sie wurde von einer Freundin in Noosa identifiziert. Sonst hätte es sicher länger gedauert, ihren Namen herauszufinden, da sie ja halbnackt und ohne irgendwelche Besitztümer im Park gefunden wurde."

„Ja, wo sind ihr Gepäck, ihr Portemonnaie und ihre Gitarre geblieben? Das sieht doch nach einem Raubüberfall aus, oder?", fragte Sarah.

„Furchtbar!", seufzte ich.

Patrick grinste schon wieder frech. „Oder jemand konnte ihre Musik nicht länger ertragen und hat ihr deswegen den Hals umgedreht!"

Sarah verschluckte sich an einem Brotkrümel, hustete, japste kurz nach Luft und krächzte dann:

„Du hast heute einen ziemlich schrägen Humor!"

Später spielten wir eine Runde Brändi Dog auf der Veranda, als mein alter Freund Lucas ganz unerwartet auftauchte. Überrascht sprang ich auf, um ihn zu begrüßen.

„Hi, Lucas, toll, dass du zu Besuch kommst! Ich habe heute Vormittag an dich gedacht und mir fest vorgenommen, dich wieder öfter zu treffen!"

Lucas starrte mich entsetzt an. „Was ist denn mit dir los? Hat deine Frau dich verprügelt?"

„Nee, wie kommst du bloß darauf? Tina würde nie so etwas tun! Ich bin leider heute früh mit einem furchtbar aggressiven Paar aneinandergeraten, und ich bin froh, dass ich meinen großen Bruder zur Unterstützung dabei hatte." Ich lächelte Patrick zu. „Aber das erzählen wir dir nachher, lass uns eben schnell unser Spiel beenden, okay?"

„Na, dann viel Glück!", schmunzelte Lucas, streichelte Nellie und guckte neugierig auf unser Brettspiel. „Was spielt ihr da?"

„Es ist so eine Art Mensch-Ärgere-Dich-Nicht, wird aber mit Karten und mit viel mehr Regeln gespielt, und es ist viel interessanter und spannender", erklärte Sarah.

„Man kann es auch zu viert spielen, willst du nachher mitmachen?", bot ich an.

„Sabotage!", schrie Patrick schadenfroh und setzte meine vierte und letzte rote Murmel an eine andere Stelle, um mich am schnellen Sieg zu hindern.

Ursprünglich hatte Sarah das Spiel von einer Freundin gelernt, die den normalen Spielregeln noch einige selbst erfundene hinzugefügt hatte, die wir alle gern übernommen hatten; und die Sabotage war eine davon.

„Du bist gemein!", sagte ich. Doch ich rächte mich sogleich und warf eine von seinen gelben Murmeln raus. „Ätsch, bätsch, ich habe dich schon wieder gekillt!"

Lucas lachte amüsiert. „Kann man jemanden mehrmals killen?“

Sarah rief erfreut: „Ha, ha, du hast nicht aufgepasst, Michael! Statt Patricks Figur rauszuschmeißen, hättest du meine attackieren sollen!“

Und geschwind setzte sie ihre letzte blaue Murmel ins Ziel und gewann damit die Runde.

Bei einer kurzen Pause mit Tee, Kaffee und einigen Snacks berichteten wir Lucas genauer von dem unangenehmen Vorfall am Strand, und sein sympathisches, offenes Gesicht nahm einen grimmigen Ausdruck an. Er war normalerweise ein gelassener Mensch, der gern und viel lachte, doch er konnte fuchsteufelswild werden, wenn jemand ungerecht behandelt wurde. Gewalttätige Kerle konnte er gar nicht ausstehen.

Danach erklärten wir ihm das Brändi Dog Spiel, und er war sofort bereit, es auszuprobieren. Bei vier Spielern verbünden sich jeweils zwei miteinander, und Sarah, die Lucas schon vor vielen Jahren durch mich kennengelernt hatte, wollte seine Spielpartnerin sein. Ihre Wangen glühten immer noch vor Freude über den vorigen Sieg, und Patrick zwinkerte mir gutmütig zu. Wir wussten beide, dass sie sehr wetteifernd war. Doch im Gegensatz zu Tina war sie auch eine gute Verliererin. Mein Bruder hatte es wirklich gut mit Sarah getroffen, dachte ich und zwinkerte zurück.

„He, gebt ihr euch etwa geheime Zeichen? Das ist nicht erlaubt!“, drohte Lucas scherzhaft.

Er war sofort mit Feuer und Flamme dabei und kapierte das Spiel erstaunlich schnell. Allerdings machte er einmal einen dusseligen Fehler und fuhr sich zerknirscht über seine grau-melierten kurzen Haare.

„Oh, Sarah, verzeih mir!“, rief er theatralisch, und wir mussten alle laut lachen.

Zum Schluss gewannen er und Sarah das Spiel, und beide strahlten wie kleine Kinder.

„Und was bekomme ich zur Belohnung?", fragte Lucas zum Spaß.

„Ich könnte dir eine Goldmedaille geben, aber ich sollte sie wohl lieber im Altersheim abgeben, da ich sie ja dort auf dem Gelände entdeckt habe", sagte ich und zeigte ihm mein Fundstück aus dem Bach.

„Ist das echtes Gold?" Lucas nahm die Medaille und betrachtete sie von beiden Seiten. Und dann rief er erstaunt: „So eine Medaille hat mein Vater mal bei einem Triathlon gewonnen! Er war über seinen Gewinn stolz wie Oskar und hat später oft damit angegeben."

Seine blauen Augen glitzerten etwas spöttisch und doch liebevoll.

„Ja, gib dein Fundstück schnell wieder ab, Michael! Eventuell wird sich der Eigentümer melden."

„Schade, dass du nicht einen wertvollen Goldschatz gefunden hast, den du behalten dürftest und mit dem du Tina ihren Anteil für euer Haus auszahlen könntest", sagte Sarah und schlug dann spontan vor: „Sollen wir vier demnächst mal zusammen Lotto spielen?"

„Bei so was habe ich noch nie im Leben mitgemacht!", erwiderte ich.

„Ich auch nicht!", sagte Lucas. „Aber wir können es ja mal ausprobieren. Manchmal gibt es irrsinnig hohe Gewinne – da werde ich gerne mit euch teilen."

Mein Bruder schnitt eine abfällige Grimasse, willigte aber schließlich ein. Trotz des bösen Vorfalls am Morgen waren wir momentan alle heiter, optimistisch und albern gestimmt – vielleicht durch das Brändi Dog Spiel?

23

Am nächsten Morgen war ich immer noch guter Laune, obwohl mein Gesicht tatsächlich in verschiedenen Farben leuchtete und noch etwas angeschwollen war. Ich sah wirklich nicht sehr hübsch aus! Nellie störte sich zum Glück nicht daran und begrüßte mich so liebevoll wie an jedem anderen Tag. Nach dem Gassi-Gehen gönnte ich mir ein leckeres Frühstück mit frischen Croissants und selbstgemachter Marmelade, die Melissa, meine Vermieterin, mir vor Kurzem geschenkt hatte. In den letzten Wochen war sie ab und zu an meiner Haustür aufgetaucht, um mir Limonen oder Tomaten aus ihrem Garten zu geben und dabei ein kurzes Schwätzchen zu halten. Insgeheim glaube ich, dass sie Mitleid mit mir, dem 'Einsiedler' verspürte, nachdem ich ihr von der Trennung von Tina erzählt hatte. Sie war eine mütterliche alte Dame mit Apfelbäckchen und freundlichen braunen Augen. Jim, ihr Mann, war ebenfalls ein netter Kerl. Er war fast genauso klein und rundlich wie Melissa und hatte ähnlich gekräuseltes graues Haar. Von Weitem war es schwer, sie voneinander zu unterscheiden, da Melissa nur selten ein Kleid oder einen Rock trug und beide meist einen Strohhut aufsetzten, wenn sie sich draußen aufhielten. Der Spruch: 'Gleich zu gleich gesellt sich gern' schien bei ihnen zuzutreffen.

Auch wenn mir die Mietkosten für mein Häuschen recht hoch erschienen, waren sie geringer als für vergleichbare andere Häuser oder Wohnungen in der Umgebung, und ich fühlte mich wohl hier und konnte mich nicht beklagen. Allerdings wusste ich nicht, was wir nun mit all den Sachen meiner Mutter tun sollten. Sie hatte so viel Kram angesammelt! Patrick, Sarah und ich hatten uns vorgenommen, am nächsten Samstag mit der Haushaltsauflösung zu beginnen, und schon jetzt graute mir davor.

War es nicht unfair, Mamas Besitztümer in ihrer Abwesenheit zu sortieren und Dinge wegzuwerfen, die ihr vielleicht lieb gewesen waren? Mein Blick fiel wieder auf die funkelnde Medaille auf meinem Tisch, und ich steckte sie rasch in meine Hosentasche, um sie endlich im Seniorenheim abzugeben.

Am späten Vormittag reichte ich mein Fundstück einer jungen Rezeptionistin, die ich vorher noch nie gesehen hatte. Sie trug eine türkis-blau gemusterte Uniform mit dem Logo des Heims, hatte einen hellblonden Pagenschnitt, eine schmale längliche Nase, dunkelbraune Augen und lange, vermutlich falsche Wimpern. An ihrer Bluse war ein Namensschild befestigt, und beim Lesen erhaschte ich einen Blick auf ihren riesigen Busen. Sie hieß also Leah, und sie musterte mich kritisch, als ich ihr mein Anliegen erklärte.

In dem Moment trat Ann, die weißgelockte Dame, der ich einmal in Mamas Zimmer begegnet war, neben mich und rief sofort:

„Du hast die Medaille gefunden? Da wird sich Hazel aber freuen!"

Eifrig fuhr sie fort: „Meine Schwester ist oft frustriert, weil sie sich kaum noch bewegen kann. Und gestern hat sie mir von einem Wutanfall berichtet, der ihr hinterher furchtbar peinlich war. Als eine ehrenamtliche Helferin sie irgendwann in der vorigen Woche im Rollstuhl durch den Park geschoben hat, wurde Hazel auf einmal von einem enormen Zorn gepackt, und sie schleuderte ihre Medaille in den Bach. Sie hatte sie vor langer Zeit bei einem Triathlon gewonnen und all die Jahre immer ganz stolz bei sich getragen, erst als Anhänger an einer Goldkette um den Hals und später in ihrer Bademanteltasche."

Sie seufzte bekümmert. „Arme Hazel! Sie konnte immer viel schneller als ich rennen, doch nun machen ihre Beine ihr so viel Kummer, und sie ist immer mehr auf Hilfe von anderen angewiesen."

Dann streckte sie auffordernd ihre Hand aus. „Ich werde ihr das Ding gleich wiedergeben!"

Leah, die Frau an der Rezeption, runzelte die Stirn und sagte in einem kühlen, fast strengen Tonfall:

„Nun, zunächst möchte ich Hazel genauer nach diesem Vorfall befragen, bevor ich das Goldstück hergeben kann. Es kommt mir etwas merkwürdig vor, dass deine Schwester niemandem davon Bescheid gesagt hat. Und welche ehrenamtliche Dame war dabei? Kannst du mir bitte den Namen nennen?"

Unvermittelt wurde Ann so grimmig, dass ich es fast mit der Angst zu tun bekam. Sie zischte Leah böse an: „Glaubst du mir etwa nicht?"

Sie stützte ihre pummeligen Hände auf den relativ hohen Empfangstresen, reckte sich und schob ihr Gesicht ganz nah an Leahs, die instinktiv zurückwich und nervös mit den Wimpern klimperte. Gleichzeitig hörte ich ein leises, warnendes Knurren von Nellie, die es anscheinend leid war, von Bella, dem kleinen Hund von Ann, umsprungen und beschnüffelt zu werden. Trotz der angespannten Stimmung kam mir die Situation plötzlich komisch vor, beinahe wie eine schlechte Komödie, und ich musste lachen. Ann drehte sich so geschwind zu mir um, wie ich es kaum von einer alten Frau erwartet hätte, und sie schalt mich aus:

„Das ist überhaupt nicht lustig!"

„Guten Morgen!", flötete nun Yolanda, die einen Senior im Rollstuhl vor sich herschob, der uns ein zahnloses Lächeln schenkte und dann die beiden Hunde anstrahlte. Direkt hinter ihnen tauchte Lesley, die Managerin des Seniorenheims, auf. Sie war eine große, stämmige Frau mit einem flotten Kurzhaarschnitt. Auch sie trug die typische Uniform des Seniorenheims sowie ein Namensschild an der Bluse.

„Guten Tag!", sagte ich und bemerkte gleichzeitig voller Verwunderung, wie sich Anns eben noch wütend verzerrte, hässliche Fratze in das Gesicht einer harmlosen, sympathischen Frau verwandelte. Sie hatte offenbar das Talent einer Schauspielerin oder neigte zu enormen Stimmungsschwankungen!

Leah stieß einen kleinen Laut der Erleichterung aus und wandte sich an Lesley. „Kannst du mir helfen, den richtigen Eigentümer dieser Medaille zu finden?" Im Flüsterton berichtete sie ihr, um was es ging.

„Kein Problem!", sagte Lesley. „Ich werde Hazel sofort fragen."

Sie nahm das Fundstück an sich und bedeutete Ann und mir, ihr zu folgen. Unterwegs begegneten wir Sylvie, die unsere kleine Prozession erstaunt anschaute. Anns Schwester war auf einer anderen Station als meine Mutter, doch die Anordnung der einzelnen Zimmer und der gemeinschaftlichen Ess- und Aufenthaltsräume war genau die gleiche. Drei Frauen und zwei Männer saßen mit einem männlichen Angestellten an einem Tisch und spielten irgendein Spiel mit riesigen Karten. Tolle Idee, wenn man nicht mehr gut sehen kann! Lesley klopfte an Hazels Zimmertür, und nach einem leisen „Herein!" öffnete sie die Tür. Ich erblickte eine weißhaarige Frau, die im Bett lag und Ann verblüffend ähnlich sah, jedoch erschreckend blass war. Bella sprang freudig zu ihr, und die alte Dame bückte sich schwerfällig, um sie zu streicheln. Natürlich wurde Nellie eifersüchtig und rannte ebenfalls zu Hazel, die sie auch sofort tätschelte. Im Fernseher lief gerade ein alter Spielfilm.

„Entschuldigung für die Störung, Hazel, aber ich möchte dich etwas fragen. Hast du letzte Woche eine Medaille in den Bach geworfen? Und falls ja, kannst du sie beschreiben? Dieser nette Mann hier hat sie rein zufällig bei einem Spaziergang gefunden."

Sie lächelte mir flüchtig zu.

Hazel stellte den Fernsehton leiser, knetete ihre faltigen Hände und sagte: „Nee, jemand hat meine schöne Medaille gestohlen! Ich hatte sie immer in meiner Tasche, und auf einmal war sie weg. Aber das habe ich dir doch erzählt, Ann!"

Ann hatte rote Flecken auf ihren Wangen, und ich vermeinte, einen neuen Anflug von Ärger in ihrem Gesicht zu entdecken.

Dennoch sagte sie ruhig: „Anscheinend hast du vergessen, dass du sie in einem Wutanfall von dir geschleudert hast. Aber egal, wir haben sie ja wieder."

„Wie sah die Medaille denn aus?", fragte Lesley ungeduldig.

„Ich habe sie mit 30 Jahren bei einem Triathlon gewonnen!", erklärte Hazel stolz und gab eine detaillierte Beschreibung ab.

„Das stimmt haargenau!", rief Lesley erfreut und reichte ihr die goldene Medaille.

„Danke! Ja, das ist meine!" Hazel strahlte, und sie sah richtig süß aus. Ihre blauen Augen leuchteten, als sie meine Hand drückte. „Herzlichen Dank!"

„Ich bin froh, dass sich mein Sprung ins Wasser gelohnt hat!", sagte ich schmunzelnd. „Also dann, alles Gute und auf Wiedersehen! Ich werde nun meine Mutter besuchen. Komm, Nellie!"

„Komisch, die Goldkette ist ja weg!", hörte ich Hazel beim Weggehen sagen und drehte mich direkt wieder um. Was für eine Kette?

„Ach Quatsch, die hast du doch schon vor langer Zeit verloren!", erwiderte Ann mit fester Stimme. „Du hattest die Medaille immer lose in der Tasche deines Bademantels, seitdem du hier bist."

Hazel sah sie zweifelnd an. „Na ja", murmelte sie, „Hauptsache, mein Schatz ist wieder da. Ich habe mich doch damals so über meinen Gewinn gefreut und außerdem meinen Mann an jenem Tag kennengelernt!"

Zärtlich und mit einem verträumten Ausdruck küsste sie die Medaille und legte sie dann auf einen Seitentisch. Ich vermutete, dass ihr Mann nicht mehr lebte. Lesley wirkte irritiert, und auch ich wunderte mich über die völlig verschiedenen Aussagen der Schwestern. Warum hatte Ann die Geschichte über den Wutanfall im Park erfunden? Oder war Hazel doch nicht mehr so ganz klar im Kopf? Wem sollte man glauben? Ich müsste herausfinden, wer die ehrenamtliche Helferin war, die laut Ann dabei gewesen war, als Hazel die Medaille angeblich weggeworfen hatte.

Lesley schaute mich einen Moment scharf an und wandte sich dann an Hazel:

„Bitte sag mir zukünftig sofort Bescheid, wenn irgendetwas verschwinden sollte! Vor Kurzem wurden zwei Bewohnern in dem benachbarten Flügel Schmuck und Geld gestohlen, und wir haben bereits die Polizei verständigt und werden die Augen offenhalten. Aber nun lasse ich dich weiter Fernsehen gucken." Sie nickte Ann kurz zu. „Tschüss!"

„Tschüss!", sagte ich ebenfalls und ging nachdenklich zu Mamas Zimmer, während Lesley zur Rezeption zurückeilte.

Ich war froh, dass niemand mir vorwarf, Hazels Goldkette geklaut zu haben! Aber diese Ann kam mir nun doch verdächtig vor. Hatte sie womöglich ihre eigene Schwester bestohlen und die Medaille, die keinen besonderen Geldwert hatte, selbst in den Bach geschmissen? Das wäre ja hundsgemein! Nur gut, dass meine Mutter keine wertvollen Schätze im Schrank hatte! Mit Geld hatte sie schon lange nicht mehr umgehen können, und daher verwahrte ich nun auch ihr Portemonnaie. Für ihr Konto bei der Bank hatten Patrick und ich zum Glück schon vor einigen Monaten die Vollmacht bekommen. Prima, dass ich meinem Bruder hundertprozentig trauen konnte!

24

Meine Mutter döste auf der Veranda vor sich hin, und es gab mir einen kleinen Stich, sie so müde, dünn und verletzlich zu sehen, während sie früher immer hyperaktiv und relativ stark gewesen war. Irgendwann würde sie bestimmt so wie Hazel bettlägerig werden. Aber noch war es nicht so weit! Ich gab mir einen Ruck und versuchte, mich in eine positivere Laune zu versetzen.

„Hallo, Mama!", sagte ich fröhlich und setzte mich neben sie, und Nellie hockte sich erwartungsvoll direkt vor ihre Füße.

Mama blinzelte etwas verwirrt, riss jedoch ihre Augen weit auf, als sie mein geschwollenes Gesicht wahrnahm.

„Was ist dir denn passiert?", fragte sie bestürzt.

„Ach, ein bekloppter Typ hat mir gestern am Strand einen Hieb verpasst, aber es tut gar nicht mehr weh", erklärte ich und war erleichtert, als sie nicht weiter nachfragte, sondern liebevoll Nellie streichelte.

„Sollen wir einen Spaziergang machen?", schlug ich vor. „Aber zuerst musst du einen Schluck trinken."

Ich stand auf, füllte ein Glas mit Wasser und reichte es ihr. Mama kniff die Lippen zusammen und schüttelte verbissen den Kopf.

„Na komm, wenigstens ein bisschen!", beharrte ich. „Ein Schlückchen für Nellie, einen für mich ..."

Geduldig wartete ich ab, doch es gelang mir nur, ihr die Hälfte einzuflößen.

„Ein Schnaps oder Likör wäre dir lieber, ne?", scherzte ich und entlockte ihr ein Schmunzeln.

Nach einem Toilettenbesuch half ich Mama dabei, ihre festen Schuhe anzuziehen und die Schnürsenkel zu schnüren, reichte ihr ihren Stock, nahm Nellie wieder an die Leine, und dann gingen wir los. Obwohl es im Heim nicht unangenehm roch, sog ich die frische Luft im Park mit Genuss ein. Mama fuchtelte schon bald wieder mit ihrem Stock herum, um mich auf verschiedene Dinge aufmerksam zu machen. Ein winziger Vogel naschte an einer Grevillea, ein Tibouchina-Baum erstrahlte in violetter Blütenpracht, und ein Gärtner mit einem Strohhut schnitt fachmännisch eine hohe, einheimische Lilly Pilly-Hecke. Nach einer Weile gelangten wir in einen Bereich, der wie ein natürlicher Regenwald wirkte und wohltuenden Schatten spendete, und wir ergötzten uns an den satten Grüntönen der Pflanzen und den lichtdurchfluteten Palmenwedeln. Später setzten wir uns auf eine Bank und beobachteten ein paar Enten in einem Teich, und Nellie war enttäuscht, dass sie nicht schwimmen gehen durfte.

Ich plapperte drauflos und berichtete meiner Mutter von Hazels Freude über unsere Entdeckung ihrer Sportmedaille, von Patrick, Sarah und Lucas und so manchen Neuigkeiten aus aller Welt, die nicht zu negativ waren. Auf dem Rückweg kamen wir wieder an dem schön angelegten Freibad vorbei. Als ich über den Zaun blickte, setzte mein Herzschlag für einen Moment aus. Da war eine Leiche! Eine Frau in einem blauen Badeanzug trieb im klaren Wasser, mit dem Gesicht nach unten und den Armen weit ausgestreckt. Ihre blonden Haare waren wie ein Fächer ausgebreitet ...

O nein, das war ja ... das war Sylvie! Eisiges Entsetzen packte mich, und mir wurde übel. Hastig drückte ich Nellies Leine in Mamas Hand und schrie ihr zu: „Bleib hier!"

Mit klammen Händen fummelte ich unbeholfen an der Sicherung des Tors, öffnete es und stürmte zum Pool. Ich riss mir die Turnschuhe von den

Füßen und sprang ins Wasser. So schnell wie möglich schwamm ich zu Sylvie und hoffte inbrünstig, rechtzeitig zu kommen und sie retten zu können!

Als ich fast bei ihr war, drehte sie sich auf den Rücken und schnappte nach Luft. Sie rieb sich die Augen und fragte ungläubig:

„Michael, was zum ...“

Noch bevor sie weiterreden konnte, drückte ich sie impulsiv an mich und küsste sie innig. Sylvie lebte! Ich war so glücklich wie schon lange nicht mehr.

Sylvie schob mich sanft von sich und holte erneut tief Luft.

„Was ist bloß mit dir los? Warum springst du dauernd mit voller Montur ins Wasser?“, fragte sie und grinste mich an.

„Ich dachte, du wärst tot!“, stammelte ich.

Sie prustete los. „Ich habe mich doch einfach nur eine Weile entspannt und wollte gleichzeitig mal testen, wie lange ich die Luft anhalten kann!“

Ich kam mir völlig blöde vor. Aber Sylvie zog überraschend meinen Kopf zu sich und gab mir noch einen Kuss.

„Danke, dass du zu meiner Rettung kommen wolltest!“, sagte sie und bemerkte jetzt meine Mutter, die stocksteif neben dem Tor stand und uns zuschaute.

„Hallo, Marie! Es ist alles in Ordnung!“, rief Sylvie ihr zu und streckte ihren Daumen in die Höhe.

Dann schwamm sie mit kraftvollen Zügen zum Ende des Pools und schritt vor mir aus dem Wasser. Ich bewunderte ihre glatte, nass glänzende Haut und die strammen Muskeln und hätte sie am liebsten sofort wieder in meine Arme gerissen. Und ich merkte, wie sich Gefühle in mir regten, die ich schon lange nicht mehr in diesem Ausmaß verspürt hatte.

Sylvie wandte sich zu mir. „Wartest du einen Moment hier? Ich ziehe mich nur schnell um, und dann bringe ich deine Mutter in ihr Zimmer, so dass du nicht klatschnass durchs Heim laufen musst!"

Sie seufzte übertrieben. „Was man nicht alles für andere tut! Dabei wollte ich nach der Arbeit nur eine Runde schwimmen gehen ..."

Mama kicherte vergnügt.

„Du hast einen interessanten Sohn!", sagte Sylvie und zwinkerte ihr zu. Sie verschwand im Umkleideraum und kam kurz darauf angezogen und mit trocken gerubbelten, zerzausten Haaren wieder zu uns.

„Verschwinde lieber, bevor du Lesley in deinem nassen Zustand begegnest!", sagte sie zu mir. „Sie kann nämlich manchmal fuchsteufelswild werden. Und außerdem erregst du heute sicher sowieso schon zu viel Aufsehen mit deinem blauen Auge! Hast du dich geprügelt?"

„Nee! Aber das ist eine längere Geschichte." Verlegen zupfte ich an meinen nassen Shorts herum.

„Weißt du was? Ich lade dich zum Mittagessen ein, und dann kannst du mir alles in Ruhe erzählen! Immerhin wolltest du gerade mein Leben retten, das muss doch belohnt werden!" Sylvie strahlte mich an. „Wie wäre es mit einem Thailändischen Restaurant? Ich kenne eins, das mittags preiswerte und doch sehr leckere Gerichte anbietet. Schick musst du dich nicht machen, aber komm bitte in trockener Kleidung!"

„Super!" Nun strahlte ich auch wieder.

Ich verabschiedete mich von Mama, verabredete mich mit Sylvie für 12 Uhr und konnte es kaum glauben, sie in Kürze privat zu treffen. Mein Herz klopfte wie verrückt.

25

Nach einer heißen Dusche zog ich mein hellblaues Lieblingshemd, sandfarbene Shorts und neue Sandalen an und und fuhr zu dem Restaurant, das Sylvie vorgeschlagen hatte. Mein Herz schien immer noch schneller als sonst zu schlagen, in meinem Bauch gurgelte es, und meine Handflächen waren etwas feucht. Als ich am Restaurant ankam, saß Sylvie bereits draußen an einem Tisch neben einem langen Pflanztrog mit einer Palme, buntbelaubten kleinen Sträuchern und niedrigen Gräsern. Sie hatte ein himmelblaues, luftiges Kleid an und grinste mich verschmitzt an.

„Hallo, Michael! Gut, dass du pünktlich bist, denn ich kriege vom Schwimmen immer einen Bärenhunger!"

„Hi, Sylvie!" Ich setzte mich ihr gegenüber und lächelte sie schüchtern an. „Hast du schon etwas bestellt? Es ist übrigens nicht nötig, dass du bezahlst, ich kann gern ...“

„Nee, nee, mein tapferer Retter, ich lade dich ein, keine Widerrede!"

„Na gut! Aber ich habe keine Ahnung, ob ich Erfolg dabei gehabt hätte, dich wiederzubeleben, denn mein Erste-Hilfe-Kurs ist schon ewig lange her!"

Sylvie lachte herzlich. „Trotzdem möchte ich deinen tollen Einsatz und den Sprung ins kalte Wasser belohnen."

Eine junge Kellnerin erschien, füllte zwei Gläser mit Wasser und reichte uns die Speisekarten. Sylvie und ich wählten beide ein vom Koch empfohlenes Essen aus, welches mittags zu einem günstigen Preis angeboten wurde.

„Es duftet bereits verlockend hier, ne? Ich esse total gern Thailändisch!", sagte ich.

„Ich auch!" Sylvie nahm einen Schluck Wasser. „Mein Mann wollte übrigens früher eine Zeitlang nach Thailand auswandern, aber ich nicht. So schön ich es dort im Urlaub finde, so möchte ich lieber hier in Australien bleiben."

„Du bist also verheiratet?", fragte ich und versuchte, nicht enttäuscht zu klingen.

Sylvie schüttelte den Kopf. „Harry, mein Mann, ist schon vor fünf Jahren gestorben. Er hatte eine Lungenkrankheit, die er sich vermutlich auf der Arbeit eingefangen hat." Ihre Augen blickten nun traurig.

„Hatte er mit Asbest zu tun?", fragte ich mitleidig.

„Nein, aber er hat mit künstlichem Gestein gearbeitet und dabei zu viel Quarzstaub eingeatmet", erklärte Sylvie. „Er hatte schon oft an Husten und Atemnot gelitten, und später wurde dann eine Silikose diagnostiziert. Er war in einer Firma beschäftigt, die Arbeitsplatten für die Küche herstellt, und inzwischen gibt es wohl strengere Vorsichtsmaßnahmen. Doch meinem Harry konnte leider kein Arzt mehr helfen, und ..." Ihre Stimme versagte.

„Das tut mir so leid!" Spontan nahm ich ihre Hand und drückte sie kurz.

„Ja, ich vermisse ihn sehr! Und meine beiden Töchter waren natürlich auch völlig verzweifelt."

In dem Moment wurde uns das dampfende Essen serviert, und erst jetzt merkte ich, dass ich ebenfalls hungrig war.

„Guten Appetit!", sagte Sylvie.

„Danke gleichfalls! Wohnen deine Töchter in der Nähe?"

„Ja, Lucy wohnt in Noosa und Jacqueline in Yandina. Die beiden waren – oder sind – ein riesiger Trost für mich, und ich weiß nicht, wie ich mein Leben ohne sie wieder in den Griff gekriegt hätte!"

Sylvies Augen leuchteten warm, als sie mir von ihren Töchtern erzählte. Zum Schluss fragte sie: „Und du? Bist du verheiratet?"

Beinahe verschluckte ich mich an dem heißen Gemüse. Es war das erste Mal seit vielen Jahren, dass ich mich mit einer Frau traf, und trotz der Trennung von Tina fühlte ich mich auf einmal schuldig. Bekloppt, oder? Ich sah Sylvie offen an und sagte:

„Ja. Allerdings bin ich dabei, mich scheiden zu lassen. Tina und ich leben schon seit circa einem halben Jahr getrennt."

Sylvie stocherte einen Moment auf dem Teller herum und legte dann ihren Löffel zur Seite. „Hm. Ich habe schon mal jemanden getroffen, der sich angeblich scheiden lassen wollte." Ihre Stimme klang nun etwas bitter. „Und dummerweise habe ich mich in den Kerl verliebt. Aber nach einem Jahr merkte ich endlich, dass er mir nur leere Versprechungen gemacht hatte, und er ist sogar heute noch mit seiner Frau zusammen."

„Nun ja, es ist nicht gerade leicht, eine lange und intensive Beziehung zu beenden", sagte ich zögerlich. „Doch ich bereue es inzwischen, dass ich es so lange mit Tina ausgehalten habe. Ich mag sie zwar immer noch und möchte sie weiterhin als Freundin behalten, aber wir haben uns viel zu oft gestritten, und wir passen einfach nicht zusammen ..."

Hastig nahm ich einen Schluck Wasser, um meine Verlegenheit zu überspielen. Am Nebentisch lachte eine Frau laut und schrill, und ich zuckte zusammen. Dann griff ich nach der Wasserflasche, um unsere Gläser erneut zu füllen, und stieß dabei auf Sylvies Hand, die gerade dasselbe vorgehabt hatte. Genau wie es oft in kitschigen Romanen beschrieben wird, spürte ich die Elektrizität zwischen unseren Fingern sprühen, und ich fühlte eine heiße Welle der Zuneigung zu Sylvie. Ich verknallte mich immer mehr in sie! Und sie sah so schön aus!

„Du siehst hübsch aus!", sprudelte es aus mir heraus, und ich errötete.

Sylvie schmunzelte. „Du auch! Das Hemd steht dir ausgezeichnet und passt so gut zu deinen blauen Augen!"

Nach dem Essen lud ich Sylvie spontan zu mir nach Hause ein, und zu meiner Überraschung willigte sie ohne Zögern ein. Nellie begrüßte uns beide voller Freude, und Sylvie war offenbar ganz vernarrt in sie, was mich ebenfalls beglückte. Bei einem Kaffee im Garten erzählte ich Sylvie noch mehr über Tina und auch über ihre neue Flamme Philipp, und allmählich wurde ich unbefangener. Später tauschten wir uns über unsere Arbeitsstellen aus, und irgendwann kamen wir auf Hazel und Ann zu sprechen.

„Kennst du eigentlich alle ehrenamtlichen Helfer im Seniorenheim?", fragte ich. „Ich habe den Eindruck, dass Ann die Geschichte über den Wutanfall ihrer Schwester erfunden hat und die Sportmedaille selbst in den Bach geschleudert hat. Aber warum? Ob sie womöglich die Goldkette gestohlen hatte und die Medaille auf diese Weise loswerden wollte? Doch war das so schlau? Sie hätte sie ja einfach in irgendeine Mülltonne schmeißen können."

Sylvie runzelte die Stirn. „Merkwürdig! Aber ich kann schnell herausfinden, ob jemand Hazel in der letzten Zeit im Rollstuhl durch den Park geschoben hat. Wir haben momentan nur zwei nette Frauen, die ab und zu solche Spaziergänge mit verschiedenen Heimbewohnern machen. Unsere anderen ehrenamtlichen Betreuer helfen normalerweise bei den wöchentlichen Bustouren oder bei bestimmten Festen, und dann gibt es eine Mal- und Bastelstunde, Gartenarbeiten und verschiedene Spiele. Alle anderen Aktivitäten wie zum Beispiel sportliche Übungen und Fitnesstraining fürs Gehirn werden von professionellen Angestellten geleitet. Auch beim Schwimmen und bei der Wassergymnastik sind immer Fachkräfte dabei — schließlich wollen wir nicht, dass jemand ertrinkt!"

Sylvie grinste mich spitzbübisch an, streichelte Nellie und sagte zu ihr: „Hunde soll man übrigens auch geistig auf Trab halten und ihnen neue Dinge beibringen oder irgendwelche Aufgaben stellen. Was hast du gelernt?"

Nellie wedelte eifrig mit dem Schwanz und lief los, um nach einem Ball zu suchen. Das war und blieb ihr Lieblingsspiel! Doch mir gefiel die Idee, sie einige neue Tricks zu lehren und ihr Leben interessanter zu gestalten.

Sylvie fuhr fort: „Ach ja, seit ein paar Wochen kommt außerdem noch ein sympathischer Mann aus Fidschi zum Singen und Musizieren ins Heim. Du solltest mal sehen beziehungsweise hören, wie toll die alten Leute plötzlich wieder singen können! Und manche tanzen sogar oder schunkeln zumindest begeistert!" Sie kicherte. „Eine Dame hat sich einmal so ekstatisch bewegt, dass ich schon Angst hatte, sie würde aus ihrem Rollstuhl fallen! Und ein Mann hat letztens richtig flotte Tanzschritte vorgeführt!"

„Super! Solche Musikvorführungen werden meiner Mutter sicher auch gut gefallen. Sie hat mir heute Morgen ein altes, irisches Lied vorgesungen, und sie konnte sich an jedes Wort erinnern, obwohl sie doch sonst schon oft große Sprachschwierigkeiten hat. Ich war echt perplex!"

„Ja, Musik ist etwas ganz Besonderes! Und deine Mutter war auch schon fleißig bei der Gartenarbeit dabei, habe ich erfahren." Sylvie lächelte. „Ich mag deine Mama, sie wirkt so warmherzig, ehrlich und naturlieb!"

Traurig und leise entgegnete ich: „Sie war immer sehr sozial eingestellt, tatkräftig und voller Energie, doch es ging mit ihr bergab, seitdem mein Vater gestorben ist. Der war übrigens ein toller Sänger! Seine Stimme war wirklich schön!"

Sylvie stand auf, setzte sich auf meinen Schoß und umarmte mich liebevoll. Verwundert erstarrte ich sekundenlang, doch dann drückte ich sie an mich und konnte mein Glück kaum fassen! Der Stoff ihres Kleides fühlte sich seidig an, als ich sanft über ihren Rücken strich, und ihre blonden Haare dufteten wunderbar. Ihre Haut war warm und glatt, und ich spürte ihren weichen und doch festen Busen und ihren aufgeregten Herzschlag an meiner Brust. Wir streichelten uns gegenseitig, vorsichtig und zärtlich, und ich fühlte mich regelrecht berauscht. Dann gab sie mir einen langen Kuss, der längst vergessene Emotionen in mir auslöste und mich alles außer Sylvie vergessen ließ – bis Nellie an uns hochsprang.

„Nein!", rief ich, und Sylvie kicherte.

„Dein Hund ist ganz schön eifersüchtig, ne?"

„Und absolut spielsüchtig!", entgegnete ich, da Nellie uns nun einen Ball brachte.

Am Abend schrieb ich in mein Tagebuch:

Ich hatte einen wunderbaren Tag mit Sylvie und bin total verliebt! Und das Schönste ist: Sie ist auch in mich verknallt!

Dabei hatte sie sich geschworen, nie wieder eine Liebesaffäre mit einem verheirateten Mann zu starten, da sie schlechte Erfahrungen mit so einem Kerl gemacht hat. Ihr Mann ist tragischerweise schon mit 51 Jahren gestorben. Sie ist 46 Jahre alt und hat zwei Töchter im Alter von 25 und 22 Jahren.

Es war unbeschreiblich schön, mit Sylvie zu schmusen, und ich kann es kaum abwarten, sie wiederzusehen. Ich fühle mich wie ein aufgeregter Teenager!

Und es gibt noch eine erfreuliche Nachricht:

Mein Neffe möchte gern in Mamas Wohnung in Brisbane einziehen, und der Vermieter hat bereits zugesagt. Daher müssen wir also gar nicht alles ausräumen, und wir wollen auch den anderen beiden Kindern von Sarah und Patrick einiges von Mamas Sachen schenken, die sie selbst nicht mehr braucht.

26

Am nächsten Morgen erreichte ich das Seniorenheim um halb zehn. Mama war nicht in ihrem Zimmer, und die Tür zum Garten war abgeschlossen. Wo war sie? Rasch ging ich mit Nellie in den Aufenthaltsraum, wo eine Angestellte gerade den Boden wischte.

„Weißt du vielleicht, wo Marie, meine Mutter, steckt?", fragte ich sie.

„Oh, sie macht sicher bei der Bustour mit. Heute geht's zu einem Picknick in einem Park in Noosa!", sagte die Frau und putzte eifrig weiter, ohne mich weiter zu beachten.

„Danke! Dann werde ich heute Nachmittag wiederkommen", entgegnete ich und wollte schon zurück zum Parkplatz gehen, als ich einen spontanen Einfall hatte.

„Weißt du was, Nellie? Wir besuchen einfach die nette Ruth, vielleicht ist sie ja in ihrem Zimmer!"

Die Nachbarin meiner Mutter hatte sich damals so gefreut, Nellie zu sehen, und sie war sicher zu gebrechlich für einen Ausflug mit dem Bus. Warum sollten wir ihr nicht etwas Freude bereiten? Und tatsächlich strahlte die weißhaarige Dame über alle Backen, als wir an ihr Bett traten.

„Wie süß!", rief sie entzückt. „Und was für eine interessante Farbe er hat! Wie heißt der schöne Hund?"

Offenbar hatte sie vergessen, dass wir uns bereits kennengelernt hatten. Aber so wie beim letzten Mal beugte sie sich auch diesmal zu Nellie hinunter und streichelte ihr wuscheliges Fell.

„Das ist Nellie, und sie ist ein Mädchen", erklärte ich schmunzelnd.

Im nächsten Moment verging mir das Schmunzeln, als Lesley in der offenen Tür stand und mich anfuhr: „Was machst du denn hier?"

„Ich wollte meine Mutter besuchen, doch sie ist momentan nicht da. Und weil Ruth so hundelieb ist ...“

„Bitte komm nachher mal zur Rezeption!“, unterbrach Lesley mich barsch. „Ich möchte etwas mit dir besprechen.“

Aber ihre Gesichtszüge wurden weicher, als sie die alte Dame dabei beobachtete, wie sie Nellie zärtlich am Kinn kraulte und nur noch Augen für sie zu haben schien.

„So ein hübscher Hund!“, sagte Lesley. „Und so freundlich!“

„Ja, sie liebt das Schmusen!“, sagte ich. „Wenn sie eine Katze wäre, würde sie nun bestimmt schnurren.“

Ruth war sichtlich beglückt und bedankte sich überschwänglich für meinen Besuch mit Nellie, obwohl ich gar nicht lange bei ihr blieb. Ihre Freude war herzerwärmend! Leider wurde meine Stimmung kurz darauf wieder getrübt, als ich mit der Managerin in ihrem Büro sprach.

Lesley hielt mir eine regelrechte Standpauke:

„Michael, ich kann dir nicht erlauben, die Zimmer von anderen Heimbewohnern außer deiner Mutter zu betreten! Sogar unsere ehrenamtlichen Mitglieder müssen jedes Mal angeben, welche Senioren sie besuchen, und zudem alle Besuchszeiten in den Computer an der Rezeption eingeben. Ohne die Zustimmung des Pflegepersonals darf auch niemand Lebensmittel bei uns im Heim verteilen, da manche Bewohner strenge Diäten einhalten müssen.“

Sie nestelte am Kragen ihrer Uniform herum und blickte mich streng an.

„Inzwischen haben wir herausgefunden, dass Anns Geschichte nicht stimmt. Hazel war schon ganz lange nicht mehr an dem Bach auf unserem Gelände und behauptet weiterhin, dass ihre Kette mit der Medaille gestohlen wurde. Bist du sicher, dass du keine Kette gefunden hast?“

„Natürlich! Es war bloß die Medaille! Sonst hätte ich doch selbstverständlich beides an der Rezeption abgegeben!", erwiderte ich empört. „Was sagt denn Hazels Schwester zu dieser Geschichte?"

„Tja, Einzelheiten darf ich dir nicht mitteilen. Doch leider gab es schon wieder einen Diebstahl! Diesmal bei Henry, einem netten alten Herrn auf der Station deiner Mutter. Irgendjemand hat ganz dreist seinen Ehering, eine kostbare Uhr und Geld aus seinem Seitenschrank gestohlen. So kann es nicht weitergehen! Zum Glück hatte er kaum Bargeld in seinem Portemonnaie, aber er ist untröstlich über das Verschwinden seines Rings. Er passt zwar schon lange nicht mehr auf seine geschwollenen Finger, ist aber natürlich ein besonderes Erinnerungsstück an seine bereits verstorbene Frau."

„Ach du Schande!", stieß ich aus. „Gut, dass ich meiner Mutter noch nicht ihr Schatzkästchen aus Brisbane gebracht habe! Aber wer bestiehlt die alten Herrschaften denn so unverschämt?"

„Das möchte ich auch gern wissen! Dies war nun schon der dritte Vorfall in unserem Heim. Wenn wir den Dieb nicht bald finden, müssen wir wohl Überwachungsanlagen installieren."

„Hm, eigentlich eine gute Idee! Aber sicher nur im Flur und nicht in den Zimmern, oder? Sonst hätte man ja gar keine Privatsphäre mehr!"

Eine schreckliche Vorstellung, dass mich jemand in meiner eigenen Wohnung heimlich beobachten könnte! Beim Essen, Schlafen, Lesen oder gar beim Sex? Unwillkürlich malte ich mir eine liebevolle, erotische Szene mit Sylvie aus und errötete bei dem Gedanken.

„Wir werden sehen!", sagte Lesley in einem kühlen Tonfall und brachte mich rasch wieder in die Wirklichkeit zurück.

„Aber Ruth freut sich anscheinend so sehr, wenn sie Nellie sieht. Darf ich sie nicht doch ab und zu besuchen?", fragte ich.

Lesley schob energisch ihr Kinn vor.

Bevor sie etwas sagen konnte, plapperte ich weiter: „Ich bin garantiert kein Dieb! Und Besucher wären doch eine schöne Abwechslung für sie, wenn sie sonst immer nur allein im Bett liegt."

Ich konnte auch hartnäckig sein (hatte ich das von Mama geerbt?) und wollte nicht so leicht aufgeben. Irgendwie war mir Ruth auf Anhieb ans Herz gewachsen.

Lesley spielte eine Weile unschlüssig mit einem Kugelschreiber herum, ordnete einen verrutschten Papierstapel auf ihrem Schreibtisch und sagte dann:

„Du könntest ja ein ehrenamtlicher Mithelfer werden. Dann darfst du gern alle Heimbewohner besuchen, die damit einverstanden wären. Dazu bräuchten wir aber ein polizeiliches Führungszeugnis von dir, selbstverständlich auf unsere Kosten, und du müsstest einen kleinen Test bestehen."

„Einen Test?", fragte ich verblüfft.

„Ja, du müsstest den Hausplan des Heims studieren, um im Notfall den nächsten Notausgang, Feuermelder oder Notrufschalter finden zu können. Falls du Interesse hast, kannst du dies genauer mit Tessa besprechen, unserem Koordinator für die Ehrenamtlichen."

„Okay, ich werde es mir überlegen", erwiderte ich zögerlich.

Lesley lächelte mich nun freundlich an.

„Das ist sehr nett von dir! Leider haben unsere Pfleger fast nie genug Zeit für die Bewohner, und viele Senioren sind recht einsam und würden sich gewiss über einen Besuch mit deinem niedlichen Hund freuen!"

27

Am Nachmittag kehrte ich wieder ins Altersheim zurück. Auch diesmal war meine Mutter nicht in ihrem Zimmer, und beim Anblick ihres leeren, ordentlich gemachten Bettes erschrak ich ein bisschen. Wo konnte sie sein? Ich machte mich auf die Suche und schritt durch die Station, fühlte mich nach dem morgendlichen Gespräch mit Lesley jedoch fast wie ein Eindringling. Manche Türen standen weit offen und erlaubten mir einen Blick auf schlafende, lesende oder Fernsehen guckende Heimbewohner. In einem Zimmer lagen ein Mann und eine Frau gemeinsam auf dem Bett (vollständig bekleidet) und hielten Händchen! Wie schön! Ob meine Mama auch noch einen Freund finden würde?

In dem Moment vernahm ich ihre laute Stimme. Sie klang völlig aufgebracht! O je, was war geschehen?

„Komm schnell!", rief ich Nellie zu, und wir rannten los, weiter durch den Aufenthaltsraum und dann um die Ecke. Und da stand meine Mutter im Flur, mit dem Rücken zu mir. Schon wieder hob sie ihren Wanderstock in die Höhe, doch diesmal nicht, um freudig auf etwas zu zeigen, sondern drohend. Wollte sie sich etwa mit jemandem prügeln?

„Du fiese Gaunerin!", schrie sie eine weißgelockte Dame an, hinter der sich ein kleiner Hund mit eingekniffenem Schwanz versteckte. Das waren Ann und Bella! Anns Augen glühten vor Zorn, doch als sie mich sah, drehte sie sich rasch um und wollte weglaufen. In dem Moment kam Sylvie angerannt und stellte sich ihr in den Weg, und gleichzeitig erklang ein furchtbar lauter Alarm. Nellie wollte panisch die Flucht ergreifen, aber ich hielt sie fest an der Leine.

„Was ist los, Mama?", fragte ich meine Mutter.

„Diese … Schurkin!", rief Mama erbost.

Ann schubste Sylvie grob zur Seite und rannte mit Bella zu einer Glastür, die in den Garten führte. Bella kläffte aufgeregt, machte einen unerwarteten Sprung zur Seite, und die Hundeleine verfing sich um Anns Beine. Mit einem spitzen Schrei stürzte Ann zu Boden und landete unsanft auf ihren Händen und Knien. Sofort eilten wir zu ihrer Hilfe, und Sylvie beugte sich besorgt zu ihr, wich jedoch entsetzt zurück, da Ann wütend mit einer Handtasche nach ihr schlug.

„Jetzt ist aber Schluss!", sagte ich grimmig und umklammerte den pummeligen Arm der alten Dame. Was für eine schreckliche Furie!

Zum Glück kamen weitere Angestellte herbei, und endlich gab Ann ihren Widerstand auf. Zu meiner weiteren Erleichterung stoppte nun auch der nervtötende Alarm.

Mama sagte eifrig: „Diebin!"

„Was ist denn eigentlich passiert?", fragte ich sie.

Schließlich fanden wir heraus, dass meine Mutter rastlos durch das Seniorenheim spaziert war. Zufällig hatte sie Ann dabei erwischt, als sie eine Handtasche von dem Rollstuhl einer Frau stahl, welche direkt daneben tief und selig in ihrem Bett schlummerte. Trotz ihrer fortschreitenden Demenz hatte Mama sofort die Sachlage begriffen und versucht, einzugreifen.

„Super, Mama! Du bist die Heldin des Tages!", lobte ich sie, und sie strahlte mich an.

Ann starrte uns allerdings hasserfüllt an. Wenn Blicke töten könnten, wären wir sicherlich beide tot umgefallen!

Ein winziger, aber drahtiger alter Herr hatte flugs den Alarm ausgelöst, als er das Geschrei im Flur gehört hatte. Die bestohlene Dame war von dem Lärm aufgewacht und heilfroh, nun ihre hübsche Lederhandtasche mit ihrer Geldbörse, einem Kamm, ihrer Lesebrille und anderen Utensilien zurückzubekommen. Lesley hatte sofort die Polizei verständigt, und Ann wurde bei ihrem Eintreffen ganz kleinlaut. Stammelnd und krebsrot im Gesicht legte sie ein Geständnis ab. Nachdem sie vor einiger Zeit tatsächlich die Goldkette ihrer eigenen Schwester geklaut hatte, war sie auf die Idee gekommen, weitere Heimbewohner zu bestehlen. Es war kaum zu glauben, wie dreist diese auf den ersten Blick recht sympathisch wirkende alte Dame gehandelt hatte! Mit fröhlicher Miene und mit Bella im Schlepptau war sie herumspaziert und hatte jede Gelegenheit genutzt, nach einer leichten Beute Ausschau zu halten. Gut, dass meine Mutter sie heute in flagranti erwischt hatte! Aber traurig, dass wegen Anns Raubzügen nun bestimmt viele Leute im Heim misstrauischer auf Besucher reagieren würden – so wie Lesley, als sie mich morgens in Ruths Zimmer gesehen hatte.

Später am Abend rief ich meinen Bruder an, um ihm die ganze Geschichte zu erzählen. Auch er war beeindruckt, wie kühn unsere Mutter sich vor der Diebin aufgebaut hatte. Zum Schluss meinte er nachdenklich:

„Unsere Eltern waren ja immer total ehrlich und fair. Und beide konnten sich regelrecht darüber empören, wenn jemand ungerecht behandelt wurde. Also ist es eigentlich kein Wunder, dass Mama so aufgebracht war und der schlafenden Dame helfen wollte!"

„Das stimmt! Übrigens hast du Ann damals selbst ganz kurz in Mamas Zimmer kennengelernt. Wer weiß, vielleicht hatte sie an dem Tag auch schon herumspioniert und bloß so nett und hilfsbereit getan. Angeblich wollte sie

148

Mama wieder besuchen, da ihre Bella so vernarrt in sie wäre. Diese heimtückische Zicke – ich meine natürlich nicht Bella, sondern Ann!"

Patrick kicherte. „Je oller, desto doller!"

Im Hintergrund hörte ich Sarahs Stimme. Und dann sagte Patrick: „Sarah hat mich gerade an einen furchtbaren Fernsehbericht erinnert. Vor einigen Tagen hat eine junge Pflegerin in einem anderen Altersheim – irgendwo in Australien – einen alten, dürren Mann geschlagen, stell dir das mal vor! Doch eine versteckte Kamera im Zimmer hat alles aufgenommen, und so haben jetzt alle sehen können, wie sie dem armen Mann völlig grundlos eine heftige Backpfeife gegeben und noch dazu gehässig gelacht hat!"

„Das ist ja grässlich!", rief ich empört. „Ich hoffe, diese Altenpflegerin wurde sofort entlassen."

„Ja, der alte Herr tat mir so leid, wie er da vollkommen hilflos und verängstigt in seinem Bett lag! Sarah und mir kamen bei dem Bericht fast die Tränen. Und mir wird richtig schlecht bei dem Gedanken, dass jemand Mama eine Ohrfeige verpassen oder sie anderweitig grob behandeln könnte!"

Auch mir wurde direkt speiübel, und ich schluckte beklommen.

„Tja, vielleicht sind Überwachungskameras doch keine schlechte Idee. Aber andererseits kommt es mir falsch vor ..."

„Hm, das ist ein schwieriges Thema!", sagte Patrick. „Ich selbst hätte auch lieber meine Privatsphäre. Und es gibt eh schon so viele Kameras auf den Straßen und an allen Ecken. Eigentlich wird man ständig beobachtet, echt unheimlich!"

„Und doch geschehen immer wieder Verbrechen, die niemals aufgeklärt werden. Komisch, dass anscheinend niemand etwas gesehen hat, als die tote Maureen wie ein Müllsack auf dem Parkplatz abgeladen wurde", überlegte ich und bekam unwillkürlich eine Gänsehaut, als ich wieder an Bryan und dessen grausigen Fund dachte.

„Ob dort gar keine Überwachungssysteme installiert sind?"

„Keine Ahnung! Der Parkplatz ist jedenfalls hinter den Geschäften, also nicht an der Hauptstraße gelegen. Vielleicht gab es ja auch gerade dann einen Stromausfall oder so was, denn in der Woche des Mordes hatten wir hier einige wilde Gewitter."

„Oder der Mörder hat die Überwachungsanlage ganz schlau lahmgelegt beziehungsweise den entsprechenden Film entfernt", erwiderte Patrick. „Hm, ich muss zugeben, dass ich gar nicht weiß, wie diese Dinger wirklich funktionieren."

„Ich könnte Tina mal fragen. Eventuell kennt sie sich mit so was aus, denn der Parkplatz des Hotels, in dem sie arbeitet, wird garantiert überwacht."

„Falls sie nach eurem letzten Streit noch mit dir spricht", meinte Patrick zweifelnd. „Doch nun muss ich los, denn Sarah und ich wollen gleich einen Freund besuchen. Also dann bis bald! Pass auf dich auf, Brüderchen!"

„Tschüss!"

Beim Beenden des Gesprächs fiel mir plötzlich auf, dass wir immer von einem Mörder in der männlichen Form sprachen. Konnte es nicht eine Mörderin gewesen sein? Womöglich eine harmlos aussehende Frau so wie Ann? Und schon wieder stellten sich meine Haare auf.

28

Tina war nach der Arbeit müde, hörte jedoch gebannt zu, als Katja ihr am Telefon von den üblen Taten ihrer Nachbarin berichtete. Sie hatte bereits mehrmals über den Gartenzaun mit der alten Dame gesprochen und sie zwar etwas überkandidelt gefunden, aber eigentlich ganz nett. Doch nun hatte die Polizei Ann verhaftet und bereits ihr ganzes Haus durchsucht.

Aufgeregt sprudelte Katja hervor:

„Ann schien immer so hilfsbereit und fröhlich zu sein. Ich will es gar nicht glauben, dass sie eine heimtückische Diebin ist! Vielleicht hat sie auch schon was von uns geklaut!"

„Meinst du? Habt ihr denn irgendetwas vermisst?", fragte Tina bestürzt.

„Na ja, ich kann es natürlich nicht beweisen, aber ich hatte einen Fünfzig-Dollar-Schein in einer Küchenschublade, und nun ist er weg. Und Sam schwört, dass er das Geld nicht genommen hat. Aber außer Ann war in den letzten Tagen niemand zu Besuch hier."

„War sie denn in eurer Küche?"

„Nee, wir haben draußen gesessen. Aber sie musste irgendwann zum Klo und war ziemlich lange im Haus. Also hätte sie theoretisch auch den Geldschein stibitzen können."

„Das wäre ja fies! Ich bin froh, dass meine Nachbarn so ehrlich und zuverlässig sind! Wenn Michael und ich früher in Urlaub gefahren sind, haben sie immer unsere Gartenpflanzen gegossen, und wir haben ihnen jedes Mal einen Schlüssel für unser Haus gegeben, so dass sie im Notfall nach dem Rechten sehen könnten. An einem langen Wochenende haben sie auch mal Nellie und das Haus für uns gehütet. Die beiden sind total lieb!"

Katja seufzte. „Tja, wer hätte so was von Ann erwartet! Jedenfalls traue ich ihr nicht mehr über den Weg."

„Muss sie nun ins Gefängnis? Und was soll dann mit ihrer kleinen Bella passieren?", fragte Tina.

„Das weiß ich auch nicht! Bella gehört eigentlich Anns Schwester, doch die ist ja im Altersheim und kann sich nicht mehr um sie kümmern. Vermutlich muss also jemand anders Bella adoptieren."

„Wie traurig diese ganze Geschichte für Hazel sein muss! Eine grässliche Vorstellung, von der eigenen Schwester beklaut zu werden!" Tina runzelte die Stirn.

„Ja, und sie soll sich immer so über die Besuche von Ann und Bella gefreut haben. Aber nun wird Ann garantiert Hausverbot dort haben, selbst wenn sie nicht ins Gefängnis muss und nur eine Geldstrafe aufgebrummt bekommt. Übrigens, hast du inzwischen mal deine Schwiegermutter besucht?"

„Ähm, nee ..." Tina wurde rot. Wie sollte sie es Katja erklären?

Schließlich rief sie: „Ich hasse Altersheime! Es ist so frustrierend, Menschen altern zu sehen, und ich kann es nicht mitansehen, wenn ..."

„Du bist gemein, Tina!", fuhr Katja sie unerwartet an. „Stell dir vor, du säßest im Heim und würdest immerzu allein in einem winzigen Zimmer hocken, völlig einsam und von aller Welt vergessen!"

„Marie hat ja ihren Michael! Der ist momentan jeden Tag bei ihr, glaube ich. Und letztens waren auch Patrick und Sarah bei ihr ..."

„Das ist keine Entschuldigung! Manchmal bist du doch sehr egoistisch, Tina!", schnaubte Katja.

Tina erblasste. Erst letztens hatte Michael ihr alles Mögliche vorgeworfen, und nun stellte sich auch noch ihre beste Freundin gegen sie. Patzig wollte sie etwas entgegnen, doch dann brach sie in Tränen aus.

„Na, na, nun weine doch nicht!", versuchte Katja sie wieder aufzumuntern. „Geh doch einfach mal am Wochenende zu Marie und bring ihr leckere Pralinen oder einen hübschen Blumenstrauß, da wird sie sich bestimmt freuen!"

Tina fühlte sich elend. Schon immer hatte sie Krankenhäuser und Altersheime verabscheut, die sterilen Wände, den merkwürdigen Geruch und insbesondere den Anblick von alten Leuten, die nur noch ins Leere starrten, vor sich hin sabberten oder Unsinn redeten. Als Kind hatte sie es jedenfalls arg beklemmend gefunden, ihren geistig verwirrten Opa im Heim zu besuchen, obwohl sie ihn immer sehr gern gehabt hatte. Er hatte dauernd nach seiner Frau gefragt, die gar nicht mehr lebte, und zudem waren ab und zu klagende Laute oder sogar heisere Schreie aus einem Nebenzimmer gedrungen, die ihr jedes Mal eine Gänsehaut versetzt hatten. Aber Katja und Michael hatten sie zu Recht beschimpft. Sie war viel zu egoistisch! Sogar auf der Arbeit versuchte sie immer wieder, anderen lästige Aufgaben aufzudrücken, die sie eigentlich selbst erledigen sollte. Energisch putzte sie sich die Nase, wusch ihr Gesicht mit kühlem Wasser und beschloss, sich zu ändern. Und zwar sofort!

* * *

Ich hatte gerade mein Geschirr gespült und wollte es mir mit einem Krimi auf der Couch gemütlich machen, als das Telefon klingelte. Ob es Sylvie war? Bei dem Gedanken klopfte mein Herz ganz wild, und mir wurde es warm und kalt zugleich. Doch es war bloß meine Frau.

„Hallo, Tina! Was gibt's?", fragte ich nicht besonders freundlich.

Zu meinem Entsetzen hörte ich ein verzweifeltes Schluchzen. Na, so barsch war ich doch auch wieder nicht gewesen, oder?

„Hey, Tina! Was ist denn passiert?"

Ob sie sich mit ihrem neuen Lover gestritten hatte?

„Ach, Michael! Ich ..."

Wieder vernahm ich nur ihr Geheul und ein Schnaufen.

„Ja?" Allmählich wurde ich besorgt.

Nellie, die mir gegenüber auf meinem alten Sessel saß, spitzte ihre Ohren und schaute mich aufmerksam an.

„Ich möchte mich bei dir entschuldigen! Ich bin tatsächlich furchtbar egoistisch und egozentrisch, ich bin ein Idiot und mache alles verkehrt!", stieß Tina hervor und putzte sich geräuschvoll die Nase.

„Warum?", fragte ich perplex.

„Ich gehe allem aus dem Weg, was irgendwie unangenehm sein könnte, und ich behandle meine Kollegen wie den letzten Dreck, wenn sie nicht sofort nach meiner Pfeife tanzen. Es stimmt, dass ich immer nur meinen Spaß haben möchte und der Boss sein will. Und außerdem hatte ich Schiss, deine Mutter zu besuchen. Ich finde Altersheime nämlich absolut gruselig, aber es ist so unfair von mir, Marie komplett zu ignorieren!", sprudelte Tina hervor.

Noch bevor ich irgendetwas erwidern konnte, fuhr sie fort:

„Und ich habe auch dich oft gemein behandelt. Dabei warst du immer so gutmütig und hast mich sogar in unserem Haus wohnen lassen ..." Tinas Stimme wurde heiser. „Bitte verzeihe mir, Michael!"

Was sollte ich dazu sagen? Ich war vollkommen baff.

Endlich entgegnete ich: „Ach, Tina, ganz so dominant und schrecklich bist du nun auch wieder nicht, sonst hätte ich es bestimmt nicht so lange mit dir ausgehalten! Und normalerweise kommst du doch gut mit deinen Kollegen klar."

Ich räusperte mich kurz. „In gewisser Weise verstehe ich es auch, dass du meine Mutter noch nicht im Heim besucht hast. Ihr habt euch ja noch nie besonders gut verstanden, und es ist wirklich nicht immer einfach, mit ihrer Demenz umzugehen. Sogar manche ihrer besten Freundinnen haben sich von ihr abgewendet, seitdem sie an der Alzheimer Krankheit leidet."

Bei dem Gedanken stieg mir allerdings bittere Galle in die Kehle, und ich lachte höhnisch. „Tolle Freundschaft, wenn man jemandem den Rücken kehrt, nur weil er krank wird!"

Da schluchzte Tina schon wieder los. „Ich habe Marie auch im Stich gelassen, anstatt ihr zu helfen! Aber ich werde sie am Samstag besuchen, das verspreche ich!"

„Das wäre nett! Möchtest du meine Gesellschaft? Falls ja, könnten wir uns um halb 10 im Altersheim treffen."

„Okay! Danke, Michael! Und schlaf schön!", sagte Tina und legte auf.

Mit gemischten Gefühlen dachte ich an das bevorstehende Treffen. Wie würde meine Mutter auf Tina reagieren, die sie schon lange nicht mehr gesehen hatte? War es schlau, sie zusammen zu besuchen, obwohl Tina und ich uns auseinander gelebt hatten und immer noch ab und zu stritten?

Ich merkte, dass ich weiterhin einen Groll gegen bestimmte Verhaltens-muster von Tina hegte und es noch nicht fertigbrachte, ihr alles zu verzei-hen. Doch wenigstens hatte sie sich gerade entschuldigt, was ihr sicherlich nicht leicht gefallen war. Nachdenklich betrachtete ich Nellie, die inzwischen selig schlummerte. Konnten Hunde eigentlich dement werden? Um mich von den Gedanken an Tina abzulenken, griff ich nach meinem Smartphone und googelte dieses Thema. Ja, anscheinend konnten auch Hunde im Alter vergesslich, ängstlich und orientierungslos werden!

Erst als ich schon im Bett lag, fiel mir etwas ein. Ach du Schreck, ich Schussel hatte vergessen, dass ich am Samstag nach Brisbane fahren würde! Es war schon ziemlich spät, und daher schrieb ich Tina nur rasch eine SMS, um meine Verabredung mit ihr abzusagen. Sie müsste meine Mutter also diesmal ohne mich besuchen. Irgendwie fühlte ich mich erleichtert.

29

Tina war es mulmig zumute, als sie am Samstag Morgen im Altersheim ankam. Michael hatte ihr eingeschärft, seiner Mutter bloß nichts von der Haushaltsauflösung in Brisbane zu verraten und auch nicht zu erwähnen, dass Simon nun in die Wohnung seiner Oma einziehen wollte. Hoffentlich würde sie sich nicht verplappern! Sie holte tief Luft, bevor sie an die Tür ihrer Schwiegermutter klopfte. Als sie ins Zimmer trat, sah sie zu ihrer Überraschung zwei andere Besucher vor sich: Bryan und Julie. Alle schauten sie erstaunt an und hatten offenbar keine Ahnung, wer sie sein könnte.

Tina erschrak ein wenig, wie blass und dünn Marie aussah, doch sie sagte in fröhlichem Tonfall:

„Guten Morgen! Hallo, Marie!" und gab ihrer Schwiegermutter einen leichten Kuss auf die Wange. Dann reichte sie ihr eine hübsche Topfpflanze. „Michael hat mir erzählt, dass du ein Blumenregal hast. Findest du wohl noch einen Platz für diese Pflanze?"

„Ja, danke!", strahlte Marie und umklammerte den Topf mit beiden Händen.

Bryan sah Tina mit gerunzelter Stirn an. „Wir kennen uns doch, oder?"

„Na klar, ich bin Michaels Frau!" Rasch plapperte sie weiter: „Übrigens, Bryan, ich habe dich letztens in einem Café gesehen, aber da habe ich dich gar nicht erkannt. Wie schön, dass ihr nun auch hier wohnt, so nah bei Marie! Wann seid ihr denn eigentlich an die Sonnenscheinküste gezogen?"

Julie fragte: „Was? Kannst du lauter reden?"

„Das ist Tina, Mickies Frau!", brüllte Bryan. „Oder nee, seine Ex!"

Tina grinste verlegen. „Na ja, offiziell geschieden sind wir noch nicht. Aber wir leben schon eine Weile getrennt."

„Ach wie schade, Kindchen!", rief Julie mitleidig.

Marie guckte die beiden Frauen verwirrt an und stand auf, um die neue Pflanze auf die Veranda zu bringen.

Tina folgte ihr, schaute sich um, schnupperte an einem blühenden Strauch und meinte bewundernd: „Das ist ja richtig klasse! Toll, dass du einen Garten hast und draußen sitzen kannst!"

Julie trat neben sie und schlug vor: „Tina, wir wollten Marie eigentlich nur abholen und bei uns zu Hause ein zweites Frühstück abhalten. Hast du Lust, mitzukommen? Dann kannst du direkt mal sehen, wo wir nun wohnen."

„Ja, gern!", willigte Tina ein. Obwohl ihr das Altersheim viel besser gefiel als jemals vermutet, war sie dennoch froh, es rasch wieder zu verlassen.

Auf dem Weg durch die Parkanlage hakte Julie sich bei Marie unter und quatschte munter auf sie ein, und nach einer Weile sangen beide ein Kinderlied. In einem Baum stimmte ein Vogel mit ein.

Bryan grinste amüsiert und sagte leise zu Tina: „Meine Frau ist zwar etwas schwerhörig, singt aber immer noch gerne. Leider oft zu laut, und ich frage mich, was unsere Nachbarn davon halten."

Tina lachte und erwiderte: „Vielleicht hören die ja auch nicht mehr so gut oder freuen sich über die Musik. Immerhin hat Julie eine schöne, melodische Stimme!"

„Ja, die hat sie, auch wenn sie inzwischen etwas heiser klingt. Und ab und zu spielt sie sogar noch Gitarre." Bryans braun gebranntes, hageres Gesicht nahm unvermittelt einen traurigen Ausdruck an. „Du hast sicher auch von der ermordeten Gitarrenspielerin gehört, oder?"

„Ja, die arme Maureen, so eine furchtbare Geschichte! Und verrückt, dass ausgerechnet du in Verdacht geraten bist!", sagte Tina.

Eine frische Brise ließ sie erzittern, obwohl es ein warmer, sonniger Morgen war. Im Gebüsch neben ihr raschelte es, und dann sah sie eine große Echse davonhuschen.

„Wer hätte gedacht, dass ich mal berühmt-berüchtigt werden würde!", scherzte Bryan, doch sein Lächeln wirkte verkrampft. „Leider war der Zeitungsartikel, der von meiner Unschuld berichtete, viel kleiner als der erste, in dem ich als Mörder beschuldigt wurde."

Unwillkürlich fasste er sich ans Kinn und dachte an den unerwarteten Angriff am Strand, der ihm mehr Angst und Schrecken eingejagt hatte, als er sich eingestehen wollte.

„Glaubst du, dass es ein Raubüberfall war?", fragte Tina. „Grauenhaft, dass eine Touristin in unserer Gegend sterben musste! Seitdem fühle ich mich hier nicht mehr so sicher wie früher. Und gestern hat meine Freundin Katja mir erzählt, dass zwei junge Frauen aus China, die bereits eine Unterkunft bei ihr gebucht hatten, nun abgesagt hätten und ihren Urlaub lieber an der Gold Coast verbringen wollten."

„Na, das ist ja Quatsch!", meinte Bryan. „Schließlich kann man überall das Pech haben, den falschen Leuten über den Weg zu laufen."

Die beiden Frauen vor ihnen schritten zur Seite, um einem Mann im Rollstuhl Platz zu machen, der ein paar freundliche Worte mit ihnen austauschte und dann weiterfuhr. Kurz darauf erreichten sie das Haus von Julie und Bryan. Tina und Marie wurden herzlich bewirtet und regelrecht verwöhnt. Julie, die offensichtlich auch etwas vergesslich war, erzählte zwar eine lustige Geschichte doppelt, brachte aber auch beim zweiten Mal alle damit zum Lachen.

30

Katja war sauer und putzte die Fenster mit mehr Kraft als nötig. Sie ärgerte sich über die Absage der beiden Chinesinnen, die ursprünglich eine ganze Woche in ihrer Ferienwohnung bleiben wollten. Sie hatte sich schon darauf gefreut, ein bisschen über ihr Heimatland zu erfahren, da sie und Sam bisher noch nie Besucher aus China gehabt hatten. Sie hatte sogar Essstäbchen und eine neue Teekanne gekauft. Als das Telefon klingelte, schleuderte sie ihren Lappen so heftig in den Eimer, dass etwas Wasser herausschwappte.

„Mist!", murmelte sie, wischte sich kurz die nassen Hände an ihrer Jeans ab und ergriff den Telefonhörer.

„Hallo, Katja! Ich bin's, Tina!", sprudelte ihre Freundin hervor. „Könnt ihr neue Gäste gebrauchen? Unser Hotel ist momentan vollkommen ausgebucht, doch ich habe gerade einen Anruf von einer Familie bekommen, die demnächst eine spezielle Trauerzeremonie in Coolum Beach abhalten möchte und schon ganz frustriert ist, da zur Zeit nichts frei zu sein scheint. Es sind die Eltern und die Schwester von Maureen."

„Von der jungen Frau, die getötet worden ist?", fragte Katja erstaunt.

„Ja, genau!"

„Wann wollen sie denn kommen und wie lange wollen sie bleiben?"

„Ähm, ich habe mir ihre Handynummer geben lassen, hast du was zum Schreiben da?" Tina ratterte eine Nummer herunter und fuhr fort:

„Am besten besprichst du alles selber mit ihnen, okay? Tschüss, ich muss rasch ein verstopftes Klo reinigen! Es stinkt schon gewaltig!"

Katja grinste. Tina konnte zwar manchmal etwas herrisch sein, hatte aber echtes Talent im Organisieren und war bestimmt eine gute Hotelmanagerin. Aber seit wann kümmerte sie sich selbst um verstopfte Toiletten?

Nachdenklich sah sie auf die blitzblanke Fensterscheibe und wählte dann die Nummer, die sie flugs auf eine Zeitung gekritzelt hatte. Nach dem dritten Klingeln meldete sich eine müde klingende Frau namens Judith, die sofort eine Buchung für drei Nächte und drei Leute vornahm und am folgenden Donnerstag Vormittag ankommen wollte.

Was für ein trauriger Anlass, an unsere schöne Sonnenscheinküste zu reisen!, dachte Katja mitleidig. Als sie später Sam von ihren neuen Gästen berichtete, meinte der ganz lapidar:

„Wenigstens werden die wohl keine laute Party veranstalten!"

* * *

Als ich in Mamas alter Wohnung in Brisbane ankam, waren mein Bruder und seine Familie bereits zum Frühstück in der kleinen Küche versammelt. Mir war eher flau zumute, doch ich zwang mich dazu, ebenfalls ein Brötchen mit Honig zu verdrücken. Simon war gutgelaunt und freute sich offenbar darauf, bald hier einzuziehen – zum ersten Mal würde er das Elternhaus verlassen! Es war wirklich ein guter Zeitpunkt, da er nun direkt sämtliche Möbel und viele Dinge von seiner Oma übernehmen konnte, die sie selbst ja nicht mehr im Altersheim verwenden könnte. Seine beiden jüngeren Geschwister suchten sich ein paar Sachen aus, die sie gerne haben wollten, so zum Beispiel viele Bücher und allerhand Schnickschnack. Alle waren eher zaghaft statt fordernd, und es gab keinerlei Streitereien.

Patrick und ich begannen damit, den Kleiderschrank im Schlafzimmer auszuräumen, während Sarah und die Kinder im Wohnzimmer herumkrosten. Einiges packten wir für Mama in einen großen Koffer, doch viele Klamotten wollten wir an einen Second Hand Laden verschenken. Zu unserem Erstaunen fanden wir noch einige Hemden, Socken und Schuhe von unserem Vater, eine alte Pudelmütze von Patrick und einen abgewetzten Teddybären, der mir gehört hatte und den ich mir direkt gierig schnappte. Als ich das Stofftier an mich drückte, stiegen mir heiße Tränen in die Augen, und dann musste ich losschluchzen. Patrick weinte mit, und wir umarmten uns für einen Moment.

Kurz darauf mussten wir schmunzeln, als Nellie uns einen Fußball vor die Füße legte, der wohl noch aus unserer Kindheit stammte. Manche Gegenstände waren uralt, andere sahen nagelneu aus. Zudem fanden wir so viele Handtücher, die noch unbenutzt und wunderbar weich waren, dass ich auf die Idee kam, Taschen für andere Verwandte und unsere besten Freunde mit all den Dingen zu füllen, die ihnen eventuell gefallen würden. Für Sylvie wählte ich eine hübsche, ungewöhnliche Holzschale, für Tina eine schicke Vase, für meine netten Vermieter Einmachgläser und eine Flasche Likör. Auch für Mamas Nachbarn fanden wir Geschenke. Wir alle krosten herum, sortierten und packten in friedlicher Eintracht.

Auf diese Weise fiel es uns ein bisschen leichter, Mamas Haushalt aufzulösen, obwohl wir immer wieder zwischenzeitlich weinen mussten – sogar Simon. Nellie schleckte Sarahs nasses Gesicht ab und brachte sie damit zum Quieken, und später brüllten wir vor Lachen, als meine Hündin uns erwartungsvoll eine Nudelrolle brachte. Unser Gelächter war zwar etwas hysterisch, aber dennoch befreiend.

Abends waren wir (außer Nellie) vollkommen erschöpft – es war ein sehr emotionaler Tag gewesen. Und ich muss gestehen, dass Patrick, Sarah und ich nach dem Abendessen viel zu viel von dem köstlichen Rotwein tranken, den ich mitgebracht hatte. Die beiden verbrachten die Nacht im Doppelbett meiner Eltern, die drei Jugendlichen schliefen auf Iso-Matten im Wohnzimmer und Nellie und ich auf einer dünnen Matratze im Flur.

Am nächsten Morgen brummte mir der Kopf, meine Hüften schmerzten, und ich fühlte mich ziemlich alt. Doch Nellie stupste mich schon ungeduldig an – das Leben ging weiter.

31

Katja sah sich zufrieden um. Die Bude war aufgeräumt, die Betten frisch bezogen, und es duftete unaufdringlich nach Honig und frischen Zitronen. Sie hatte sogar einen Blumenstrauß auf den Tisch im Gästewohnzimmer gestellt, um es besonders gemütlich zu gestalten. Dennoch war ihr beklommen zumute, da sie und Sam diesmal keine unbeschwerten Urlaubsgäste beherbergen würden, sondern eine Familie in großer Trauer. Was könnte sie zur Begrüßung sagen? Sollte sie ihr aufrichtiges Mitleid beteuern oder lieber alle Themen vermeiden, die mit dem schrecklichen Mord zu tun hatten? Einen Augenblick bereute sie es fast, dass Tina ihr diese Leute aufgeschwatzt hatte, doch dann riss sie sich zusammen. Was für ein Quatsch! Tina hat es doch bloß gut gemeint, dachte sie und lächelte. Ihre Freundin war in der letzten Zeit sowieso ungewöhnlich aufmerksam und hilfsbereit. Anscheinend hatte sie ihre Kritik tatsächlich zu Herzen genommen. Oder ob es Philipps Einfluss war? Jedenfalls freute Katja sich, dass Tina endlich ihre Schwiegermutter im Altersheim besucht hatte.

Das Geräusch eines knatternden Motorrads verriet ihr die Ankunft des Postboten. Nach einem letzten kritischen Blick verließ sie die Ferienwohnung und ging zu ihrem Briefkasten im Vorgarten, als ein grünes Auto auf ihre Einfahrt fuhr. Ihre neuen Besucher waren da.

„Hallo! Willkommen in Coolum Beach!", sagte sie spontan und schüttelte allen die Hände.

Judith, eine kleine Frau mit leicht ergrauten rötlichen Locken, wirkte blass und verhärmt, hatte jedoch einen erstaunlich festen Händedruck. Ihr Mann David war ein hagerer, ellenlanger Mann mit warmen braunen Augen und kurzen dunklen Haaren. Ihre Tochter Hannah sah der ermordeten Maureen so ähnlich, dass es Katja einen Stich gab. Waren es wohl Zwillinge?, schoss es ihr durch den Kopf.

„Kommt herein, ich zeige euch direkt die Wohnung!", sagte sie und ging den Gästen voran ins Haus.

„Es sieht sehr gemütlich aus!", meinte Judith anerkennend, und ihr Mann nickte zustimmend und legte ihr die Hand auf die Schulter.

„Wer ist das?", fragte Hannah und deutete auf ein Bild, das in einem Holzrahmen an der Wohnzimmerwand hing. Es war mit Wasserfarben gemalt und zeigte eine junge Frau, die am Strand Gitarre spielte und verträumt lächelte. Ihre blonden Haare schienen im Wind zu wehen.

Katja errötete. O nein, warum hatte sie das Bild nicht gegen ein anderes ausgetauscht? So was Dummes! Rasch erwiderte sie:

„Sam, mein Mann, hat es vor einigen Jahren von einem Foto unserer Tochter abgemalt, aber es gefällt ihr nicht besonders. Sie meint, ihre Nase sei darauf viel zu scharf geschnitten. Doch ich finde, es ist so eine schöne, friedliche Stimmung mit dem Morgenrot und den zarten Wolken."

Zu ihrer Erleichterung lächelte Hannah. „Mein Stiefvater ist auch ein Künstler und malt beeindruckende Landschaften, aber seine Porträts sehen den wirklichen Leuten meistens überhaupt nicht ähnlich!"

Stiefvater?, dachte Katja.

David schmunzelte. „Na ja, Malen ist ja nur ein Hobby von mir, und meine Porträts sind erst ein neuer Versuch."

„Übung macht den Meister!", sagte Katja. „Möchtet ihr einen Tee oder Kaffee? Ihr findet alles neben dem Wasserkocher, und ich habe euch auch ein paar Kekse hingestellt."

„Vielen Dank!", sagte Judith. „Aber wir waren gerade schon in dem Café, in dem Maureen anscheinend das letzte Mal in der Öffentlichkeit Gitarre gespielt hat, und haben dort ..." Ihre blauen Augen füllten sich mit Tränen, und ihre Stimme erstarb.

Ihr Mann zog sie liebevoll an sich. Auch seine Augen schimmerten verdächtig, während Hannah einen trockenen Schluchzer ausstieß und ihre Hände zu ihrem Mund flogen. In Katja stieg heiße Wut auf. Sie hatte die Gitarrenspielerin ja damals, als sie munter mit Tina und Philipp geplaudert und gelacht hatte, selbst gesehen und gehört, wenn auch nur im Hintergrund. Warum hatte jemand Maureen nur wenige Tage später umgebracht? Eine so junge, sympathische Frau!

„Ich hoffe, der Mörder wird bald gefasst!", sagte sie grimmig.

Dann setzte sie sanfter hinzu:

„Aber nun ruht euch erstmal aus, denn nach der langen Fahrt müsst ihr ja hundemüde sein. Klopft einfach bei mir an, wenn ihr irgendetwas braucht, ich werde heute den ganzen Tag zu Hause sein."

Leise zog sie die Tür hinter sich zu.

32

Am Donnerstag Abend schrieb ich in mein Tagebuch:

Nachdem wir letzten Sonntag unsere Autos vollgeladen und Mamas Wohnungstür abgeschlossen hatten, verabschiedeten wir uns von den Nachbarn. Linda und Ken winkten uns hinterher, als wir abfuhren, und ihre Kinder warfen uns Kusshändchen zu. Nellie winselte leise, und mir war elend zumute. Ich hatte das Gefühl, selbst ein Stück Heimat verloren zu haben. Nie wieder würde ich meine Eltern in diesem Haus besuchen, in dem sie viele Jahre gelebt hatten; nie wieder würde meine Mutter mir mit dem BH überm Pulli die Tür öffnen oder früh morgens neben mir stehen; nie wieder würden wir einträchtig in ihrem Garten arbeiten oder abends bei einem rührseligen Film weinen.

Und doch bin ich unsagbar froh, dass Simon und kein Fremder demnächst in ihre Wohnung einziehen wird. Für ihn ist es ein spannender Neubeginn, und ich werde meiner Mutter irgendwann berichten, dass ihr Enkel nun dort wohnt und sich gut um alles kümmert. (Jedenfalls hoffe ich, dass der junge Bengel keine zu wilden Partys veranstalten wird.)

Bisher hat Mama kein einziges Mal nach ihrer Wohnung, ihren Nachbarn oder Freundinnen in Brisbane gefragt, und ihre Gedanken scheinen meist in ihre eigene Kindheit zu schweifen.

Letztens habe ich endlich herausgefunden, warum das Seniorenheim den Namen „Puzzlehaus" bekommen hat. Es war die Idee eines Mannes, deren Frau an Demenz erkrankt war. In ihrem frühen Stadium der Alzheimer Krankheit hatte sie ihm erklärt, es fühle sich so an, als ob ihr Gehirn aus lauter Puzzleteilen bestände und sie immer mehr Mühe hätte, sie richtig zusammenzusetzen. Einige Lücken würde sie leider gar nicht mehr schließen können.

Doch laut Lesley soll dieser ungewöhnliche Name vor allem an schöne Zeiten und vergnügte Puzzlespiele erinnern. Mir gefällt der Name „Puzzlehaus", obwohl ich nie besonders gut beim Puzzlen war! Das war eher Tinas Ding gewesen.

Tina hat mich gestern besucht und mir ausführlich von ihrem Besuch bei Mama, Bryan und Julie erzählt, und sie hat sich über die Vase gefreut. Zum Schluss hat sie mich freundschaftlich umarmt und gesagt:

„Super, dass du dich so toll mit deinem Bruder und dessen Familie verstehst! Manche Familienmitglieder streiten sich ja furchtbar oder begehen gar einen Mord, wenn es um eine Erbschaft geht!" Dabei musste ich an die alte Dame denken, die sogar ihre eigene Schwester im Altersheim beklaut hatte. Zu meinem Erstaunen kannte Tina die ganze Geschichte schon von ihrer Freundin Katja, die Ann als Nachbarin hat. Kleine Welt!

Nachdenklich legte ich den Kugelschreiber zur Seite. Tina hatte außerdem erwähnt, dass sie und Philipp eventuell in Anns Haus einziehen und auch ihren Hund hüten könnten, falls Ann für längere Zeit ins Gefängnis müsste. Sollte das wohl nur ein Scherz sein? Aber offenbar gefiel Philipp sein jetziger Wohnort doch nicht so ganz. Ich seufzte, als ich an den ganzen Papierkram dachte, der mir noch bevorstand. Bei Mamas Geldangelegenheiten wollte mein Bruder mir helfen, so gut es ging, aber ich musste mich auch um meine bevorstehende Scheidung und die Gütertrennung kümmern. Sollten Tina und ich wirklich unser Haus verkaufen? Nochmals seufzte ich, und Nellie guckte mich fragend an.

„Okay, lass uns 'ne Runde spazierengehen!", schlug ich vor, und sofort sprang Nellie begeistert auf und tänzelte wie ein verspielter Welpe um mich herum. Seitdem ich wieder arbeiten musste, war Nellie tagsüber allein und freute sich besonders über alle Ausflüge. Es war schon dunkel, als wir unsere

Wanderung begannen. Eine Fledermaus flog über uns hinweg, und in der Ferne bellte ein Hund. Nach einer Weile setzte ein sanfter Nieselregen ein, und ich spannte rasch meinen Knirps auf, den ich vorsichtshalber mitgenommen hatte. Im selben Moment verstärkte sich der Regen. Glück muss man haben! Trotzdem beschloss ich, eine Abkürzung zu machen, und bog in eine andere Straße ab als ursprünglich geplant. Schon vor langer Zeit hatte man hier eine Reihe von Bäumen gepflanzt, die wegen einer Stromleitung dauernd einseitig gestutzt wurden und dadurch eine merkwürdige Wuchsform entwickelt hatten. Mehrmals streifte mein Schirm die untersten Äste, und einmal musste ich mich sogar ducken, da man beim letzten Rückschnitt offenbar nicht an die Fußgänger unter den Bäumen gedacht hatte.

„Wusstest du, Nellie, dass es früher verpönt war, als Mann einen Schirm zu benutzen?", fragte ich meine Hündin. „Das hat Tinas Mutter mal irgendwann behauptet."

Nellie ignorierte mich und sprang munter durch eine Pfütze.

„Ziemlich blöde, oder? Jedenfalls bin ich froh, nicht schon wieder pitschnass zu werden", quasselte ich weiter und musste grinsen, als ich an die Szene im Swimmingpool dachte. Mit sämtlichen Klamotten war ich ins Wasser gesprungen, um Sylvie zu retten, und hatte sie dann zum ersten Mal geküsst. Wie wunderbar, dass sie meinen Kuss erwidert hatte! Während mein Herz einen frohen Hüpfer machte und Nellie aufgeregt an einem Baumstamm schnüffelte, verfing sich mein Schirm schon wieder an einem niedrig hängenden Ast. Ich rüttelte ihn frei, sah nach oben und erstarrte. Nellie bellte aus Leibeskräften. Ich hatte das Gefühl, mein Blut würde in den Adern gefrieren, und mein Mund wurde ganz trocken. Vor meiner Nase baumelte ein menschlicher Arm!

Mit zittrigen Fingern knipste ich meine Taschenlampe an und hielt den Atem an, Schreckliches befürchtend. Doch ich leuchtete bloß in das Gesicht einer Schaufensterpuppe, die mich mit einem leicht amüsierten Ausdruck anzustarren schien. Die lebensgroße, glatzköpfige Puppe war nackt und hing wie ein Äffchen auf dem Ast, und nur ihr linker Arm baumelte herunter.

Im nächsten Moment hörte ich ein unterdrücktes Kichern und sah zwei Kinder davonrennen. Mannomann, hatten die mir einen Schrecken eingejagt! Was waren das für Kinder, die bei dem miesen Wetter und um diese Uhrzeit solch einen Schabernack trieben?

„Kim! Daniel! Wo seid ihr? Kommt sofort nach Hause!", rief eine Frau in der Nähe.

Die Stimme kam mir bekannt vor. Nellie bellte erneut, aber diesmal klang sie regelrecht verzückt. Wir gingen weiter und trafen kurz darauf Yolanda, die ebenfalls mit Schirm und Taschenlampe ausgerüstet war.

„Yolanda! Was machst du denn hier?", fragte ich sie erstaunt.

„Hallo, Michael! Ich suche nach den Kindern von meiner Schwester. Die beiden sind mal wieder ausgerissen. Jedes Mal, wenn ich babysitten soll, stellen sie irgendetwas an! Diese frechen Kleinen tanzen mir dauernd auf der Nase herum!", schnaubte sie. Dann grinste sie schelmisch. „Ich passe lieber auf alte Leute auf, irgendwie komme ich mit denen besser klar!"

Sie pfiff laut auf ihren Fingern und versetzte mir damit einen neuen Schreck. Nellie spitzte erwartungsvoll die Ohren, und die Kinder kamen nun tatsächlich brav angetrabt.

„Na, endlich! Ihr sollt doch abends nicht allein auf die Straße!", schimpfte Yolanda, klang jedoch eher erleichtert als ärgerlich.

Das Mädchen und der Junge, die sicherlich noch keine zehn Jahre alt waren und schmutzig und durchnässt aussahen, schauten mich neugierig an, und dann kicherten sie wieder.

Ich lächelte. „Hallo, ich bin der Michael! Habt ihr die Puppe in den Baum gesteckt? Da könnt ihr ja anscheinend gut klettern!"

Der kleine Daniel, dessen dunkle Locken fast so lang wie die seiner Schwester waren, zeigte auf Kim.

„Meine Schwester ist hochgeklettert, und ich habe ihr geholfen!"

Kim erzählte eifrig: „Wir haben die Puppe auf einem klapprigen Holzstuhl am Straßenrand entdeckt. Und noch viel mehr Sachen. Dort hinten, wo letztens das schäbige alte Haus abgerissen worden ist. Wollt ihr mal gucken gehen?"

Daniel streichelte Nellie behutsam über den Rücken und sagte:

„Da war auch eine Gitarre!"

Yolanda fuhr sich durch ihre rötliche Haarmähne und erwiderte:

„Also gut, ihr seid ja eh schon völlig nass und dreckig! Aber nur ganz kurz, und danach geht's zack, zack nach Hause und unter die heiße Dusche, okay?"

„Zack, zack!", wiederholte Daniel und lachte vergnügt.

Die Kinder flitzten voraus, und Yolanda stöhnte. „Ich bin immer viel zu gutmütig! Meine Schwester ist viel strenger."

Ich zwinkerte ihr zu. „Na, die beiden machen aber einen netten Eindruck! Wohnt deine Schwester hier in der Straße?"

„Ja, seit circa zwei Monaten, in dem Neubau da drüben!"

Yolanda wies auf ein Gebäude, das mir bereits vor einiger Zeit aufgefallen war und gut gefiel. Es hatte eine ungewöhnliche Fassade und einen hübsch gestalteten Vorgarten.

„Dann sind wir ja fast Nachbarn. Ich wohne direkt um die Ecke."

„Na, prima! Ich sollte dich meiner Schwester Debbie vorstellen, so dass du demnächst das Babysitten übernehmen kannst!", scherzte Yolanda.

Kim und Daniel blieben vor einer Ansammlung von Trödel stehen. Auf der Rasenfläche ausgebreitet sahen wir verschiedene Möbelstücke, einen zerfledderten Läufer, eine Kiste mit Büchern, einige Blumentöpfe und Küchenutensilien.

„Warum verschenken die Leute ihre Sachen nicht an Second Hand Läden, statt alles hier im Regen zu ruinieren?", rief ich erzürnt.

Die Bücher waren natürlich bereits völlig aufgeweicht, was mir als begeisterter Leser in der Seele weh tat. Doch ich bückte mich zu einem hübschen Topf. Den könnte ich bepflanzen und meiner Mutter schenken!

Yolanda entdeckte die Gitarre und nahm sie an sich. „Ob die noch funktioniert?"

„Hier ist ja noch so eine riesige Puppe!", schrie Kim, die mit ihrem kleinen Bruder neugierig an einer schwarzen Plane gezerrt hatte, um darunter zu schauen.

Yolanda richtete ihre Taschenlampe auf die Figur, die mit seltsam verrenkten Gliedmaßen auf dem Boden lag und bereits einen Arm verloren hatte. Und auf einmal musste ich an die tote Maureen denken, die Bryan halbnackt unter einer Plastikplane gefunden hatte.

33

Yolanda sagte ganz sachlich: „Ich wusste noch gar nicht, dass wieder Sperrmüll abgeholt wird. Mein Schwager freut sich jedes Mal, wenn die Leute alles Mögliche an den Straßenrand stellen. Er ist zwar kein armer Schlucker, fährt aber gern herum, um Dinge zu sammeln. Seine ganze Garage ist bereits voller Zeug, was er meistens gar nicht gebrauchen kann."

„Gut, dass er ein großes Haus hat!", entgegnete ich und dachte an mein winziges Miethäuschen.

„Ja, er hat einen Batzen Geld geerbt und damit das Haus gebaut! Glück muss man haben!!"

Auf der anderen Straßenseite wurde ein Licht eingeschaltet, und Yolanda sagte nun: „Wir können die Gitarre ja mal mitnehmen, denn hier im Regen wird sie eh bloß vergammeln. Also los, Kinder, ruckizucki!"

An mich gerichtet, fuhr sie fort: „Komm doch mit, Michael! Wir können einen Tee trinken und ein bisschen quatschen."

„Ja, warum nicht?"

Etwas verlegen ergriff ich den Blumentopf und forderte die Kinder auf, die Plane wieder zum Schutz über die anderen Sachen auszubreiten.

„Vielleicht gibt es ja noch mehr Sammler, die hier ihren persönlichen Schatz finden!"

Zu meiner Überraschung gehorchten sie sofort und machten sich eifrig an die Arbeit. Unterwegs fiel mir wieder die Schaufensterpuppe im Baum ein. Die sollten wir lieber entfernen, bevor jemand vor Schreck einen Herzinfarkt bekam! Also zog ich sie herunter, und Kim und Daniel trugen sie gemeinsam nach Hause.

Erst an der Eingangstür bemerkte ich, dass Nellie einen Flummi im Maul trug. Sie fand dauernd Bälle aller Art! Ich rubbelte sie tüchtig mit einem Handtuch ab, und Yolanda begleitete die Kinder ins Badezimmer.

„Fühl dich ganz wie zu Hause!", rief sie mir zu. „Ich komme gleich!"

„Sie ist nett, ne?", murmelte ich zu Nellie.

Tja, sollte ich in die Küche gehen und Tee kochen? Zaghaft öffnete ich verschiedene Schranktüren, um nach Tassen und Tee zu suchen. Die Küche war super modern und blitzblank, und ich fühlte mich etwas unwohl in meiner feuchten Kleidung und mit der immer noch recht nassen Nellie im Schlepptau. Den Ball hatte ich ihr vorsichtshalber abgenommen, da sie sonst damit durchs Haus toben würde.

Gerade hatte ich verschiedene Teesorten gefunden, als mich eine tiefe Stimme ansprach: „Guten Abend!"

Rasch drehte ich mich um und sah einen mittelgroßen Mann vor mir stehen, der schlank und doch muskulös gebaut war, eine Hakennase und schüttere hellbraune Haare hatte und mich neugierig musterte.

„Hi, ich bin Michael!", stellte ich mich vor.

„Bist du Yolandas Freund?", fragte der Kerl unverblümt.

„Nee, ich bin …", setzte ich an, als Yolanda in die Küche kam, kurz erstarrte und den Mann stürmisch umarmte.

„Ich dachte, du würdest erst im nächsten Monat zurückkommen!", rief sie.

„Das dachte ich auch, Schwesterchen!" Der Mann grinste breit und reichte mir die Hand. „Hallo, ich bin Tony!" An Yolanda gewandt, fuhr er fort:

„Debbie und Mark wussten Bescheid und haben mich am Flughafen abgeholt, doch wir wollten dich und die Kinder überraschen!"

Yolanda strahlte. „Spitze! Dieses Wochenende und am Montag habe ich frei, also ein gutes Timing!"

„Ja, ich weiß! Debbie und Mark haben mir unterwegs schon viel berichtet. Auch, dass du seit Kurzem einen neuen Freund hast und du ..."

Mit einer unwilligen Grimasse unterbrach Yolanda ihn und erklärte mir hastig: „Michael, das ist mein Bruder. Er hat ein ganzes Jahr lang in Alaska gelebt."

„Echt? Das muss ja eisig gewesen sein!", sagte ich verblüfft und nicht besonders geistreich.

Tony lachte. „Ja, das war's!"

„Willst du auch einen heißen Kräutertee, Tony?", fragte Yolanda.

„Gern! Ich werde von der dünnen Luft im Flugzeug immer ganz durstig!"

Sie gab Teebeutel und kochendes Wasser in die vier Tassen, die ich bereits aus dem Schrank geholt hatte, und stellte drei weitere dazu.

„Onkel Tony!"

Die Kinder stürzten sich begeistert auf ihn. Beide waren bereits in bunte Schlafanzüge gekleidet, sahen allerdings überhaupt nicht schläfrig aus.

Tony umarmte sie nacheinander und schwenkte Daniel hoch in die Luft. Dann setzte er ihn wieder ab und stöhnte übertrieben.

„Du bist ja viel zu schwer geworden! Vor einem Jahr warst du noch ein Federgewicht!"

Er zwinkerte Kim zu, und sie grinste.

Und dann erschallten weitere Stimmen: „Hallo, wir sind zurück! Puh, was für ein mieses Wetter! Und natürlich gab es wieder einen grässlich langen Stau auf der Autobahn!"

Ein Paar erschien jetzt an der Küchentür, und ich erkannte sofort, dass die Frau Yolandas Schwester sein musste. Obwohl Debbie etwas größer, schlanker und flachbrüstiger war, hatte sie das gleiche freundliche Lächeln und ähnlich gewellte rötliche Haare.

„Oh, wer ist das denn?" Sie bückte sich zu Nellie, um sie zu streicheln.

„Na, ist die Überraschung gelungen?", fragte ihr Mann und lächelte Yolanda und mich an.

Er war groß und füllig, mit einem blonden Haarschopf und grau-blauen Augen. Er setzte zwei riesige Pizzaschachteln auf der Küchentheke ab, und sofort duftete es verlockend.

„Ja!", sagte Yolanda. „Übrigens, das ist Michael, den ich im Altersheim kennengelernt habe und der in der Nähe wohnt."

„Guten Abend! Vielleicht sollte ich lieber gehen!", sagte ich verlegen. „Ich möchte ja nicht bei dem Familientreffen stören!"

„Ach Quatsch!", sagte Mark und beugte sich ebenfalls zu Nellie hinunter.

„Yolandas Freunde sind hier immer willkommen! Und solch ein süßer Hund auf jeden Fall!"

„Ja, bleib doch zum Abendessen. Wir haben unterwegs Pizza gekauft, die reicht garantiert für uns alle", schlug Debbie vor.

„Nein, Danke!", sagte ich rasch. „Ich habe bereits zu Hause gegessen, und außerdem bin ich Vegetarier."

„Genau wie Mama!", rief Daniel. „Und wir haben vorhin schon so eine komische Suppe gegessen, aber ..."

Yolanda protestierte: „Meine Suppe war lecker und gar nicht komisch!"

Daniel fuhr fort: „Aber Pizza kann man immer essen."

„Kein Wunder, dass du so ein dicker Klops geworden bist!", scherzte Tony.

In Wirklichkeit war der Junge spindeldürr. Aber er hatte offenbar einen guten Appetit, und ich blieb doch noch eine Weile da und aß ebenfalls ein

Stückchen Pizza. Wir saßen im gemütlichen Wohnzimmer, und nach meiner anfänglichen leichten Beklommenheit fühlte ich mich schon bald heiter und beschwingt und gar nicht wie unter Fremden. Tony erzählte sehr anschaulich von seinem Leben in Alaska, wo er als Zahnarzt gearbeitet hatte. Auch die Kinder hörten gebannt zu und stellten unzählige Fragen. Daniel wollte wissen, wie viele Elche er gesehen hatte, und sein Onkel musste genau beschreiben, wie die Tiere aussahen.

„Und warum bist du schon eher nach Australien zurückgekommen?", fragte Yolanda.

„Hast du jemandem den falschen Zahn gezogen und musstest dich deswegen aus dem Staub machen?", scherzte Kim.

Ihre Mutter rollte mit den Augen und schob einen abgewetzten Teddybären zur Seite. Im Gegensatz zu der ordentlichen Küche war das Wohnzimmer voller Kram. Auf dem Sofa waren lauter Kissen, Stofftiere und Puppen, auf einem Seitentisch stapelten sich Magazine und Bücher, und auf dem Fußboden lagen verschiedene Brettspiele wie Backgammon und Monopoly. Nellie hatte eine Weile neugierig an dem Fernsehtisch geschnüffelt und sich dann auf einem Läufer ausgestreckt.

Tony lachte amüsiert und kniff Kim leicht in die Wange. „Nee, zum Glück nicht! Aber ich habe eine neue Stelle als Zahnarzt angenommen und soll da schon bald anfangen. Und ratet mal, wo!"

„In Alaska?", fragte Daniel.

„Du Dummkopf", rief Kim. „Dann wäre er ja nicht hier bei uns!"

„In Coolum Beach! Eine Zahnärztin ist vor Kurzem mit ihrem Freund nach Westaustralien gezogen, und ich werde ihre Stelle in der Praxis übernehmen." Tony zwinkerte den Kindern zu. „So werdet ihr mich wohl demnächst öfter zu sehen bekommen!"

„Super!", jubelte Yolanda, und ihre blauen Augen strahlten.

Offenbar hatte sie ihren Bruder sehr gern. Auch Debbie wirkte zufrieden. Sie lächelte ihre Geschwister liebevoll an, und ihre grünlichen Augen wirkten warm und gütig. Doch zu meiner Verwunderung ertappte ich ihren Mann dabei, wie er ganz kurz und fast verächtlich die Mundwinkel verzog. Ob Mark sich nicht so gut mit seinem Schwager verstand?

Tony gähnte laut und ungeniert. „Kinder, ich muss ins Bett! Und morgen früh werde ich mit der Wohnungssuche beginnen, damit ich euch nicht zu lange auf den Wecker falle."

Mit einem Seitenblick zu Mark fügte er hinzu: „Aber keine Sorge, ich habe ab Montag schon eine vorübergehende Unterkunft gebucht."

„Wo denn?", fragte Debbie erstaunt. „Ich dachte, du würdest in unserem kleinen Gästezimmer bleiben, bis du was findest."

„Nee, ich habe im Internet eine Wohnung in der Nähe von der Praxis entdeckt, und zwar bei einem Paar namens Katja und Sam. Normalerweise nehmen die nur Feriengäste für maximal eine Woche, aber ich habe lange mit der Frau telefoniert, und anscheinend konnte sie meinem Charme nicht widerstehen."

Er lachte vergnügt und auf solche Weise, dass ich unwillkürlich mitlachen musste.

„Jedenfalls darf ich ihre Wohnung für einen ganzen Monat übernehmen."

„Das ist ja ein Ding, das sind Freunde von mir!", platzte ich heraus. „Die beiden sind echt nett, da wird es dir bestimmt gefallen!"

Tony und seine Schwestern lächelten, doch Mark starrte mit einem merkwürdigen Gesichtsausdruck auf die Gitarre von dem Sperrmüll, die Yolanda an einen Schrank gelehnt hatte.

34

Katja schlürfte nachdenklich ihren Kaffee und zuckte zusammen, als sie ein schrilles Kläffen hörte. Offenbar waren Ann und Bella wieder daheim. Von einer anderen Nachbarin hatte sie erfahren, dass Ann eine Geldstrafe zahlen musste und eine Zeitlang bei Verwandten im Hinterland gelebt hatte. Trotz ihrer gemeinen Diebstähle verspürte Katja Mitleid mit der alten Dame und überlegte, wie sie ihr nun gegenübertreten sollte. Früher hatten sie und ihr Mann sie ganz gern gemocht. Aber konnten sie ihr jemals wieder vertrauen?

Katja seufzte und beschloss, ihren geplanten Hausputz auf einen anderen Tag zu verschieben und stattdessen den Rasen zu mähen. Die Sonne lachte vom Himmel, doch für die nächsten Tage waren Regenschauer angesagt. Ihre Gäste Judith, David und Hannah waren vor einer Woche wieder nach Sydney zurückgefahren, und Katja fühlte sich jedes Mal den Tränen nahe, wenn sie an den Grund ihrer Reise dachte. Nach ihrer speziellen Trauerfeier im Park war sie ihnen im Vorgarten begegnet, und sie hatten dermaßen elend ausgesehen, dass es ihr tief ins Herz geschnitten hatte. Und es war die ganze Zeit furchtbar still im Haus gewesen. Nun sehnte sie sich nach neuen Gästen und fröhlichem Gelächter. Leider hatten sie und Sam schon lange keine Nachfragen mehr zu ihrer Ferienwohnung erhalten. Ob der grausige Mordfall in ihrem Ort nicht nur die beiden Chinesinnen, sondern auch andere Touristen vergrault hatte? Sollte sie einfach abwarten oder versuchen, mehr Werbung zu machen? Vielleicht hatte Tina eine Idee.

Mitten in ihrer Grübelei rief ein junger Mann aus Alaska an, der ihre Ferienwohnung direkt für einen ganzen Monat mieten wollte. Er klang so nett und lustig, dass sie ihm rasch zusagte und ihm spontan sogar einen ermäßigten Preis anbot.

Am Montag Morgen goss es in Strömen, als Yolanda ihren Bruder zu seiner neuen Unterkunft fuhr.

„Gut, dass wir bei dem Wetter keine Möbel schleppen müssen!", sagte Yolanda und stellte die Scheibenwischer auf volle Touren.

Tony entgegnete: „Ja, das wäre fies. Und allmählich gewöhne ich mich daran, möblierte Wohnungen zu mieten. Allerdings wird es für mich das erste Mal sein, dass die Besitzer direkt nebenan hocken. Hoffentlich sind Katja und Sam keine absoluten Kontrollfreaks oder Leute, die dauernd ein Schwätzchen mit mir halten wollen!"

„Die beiden sind doch Freunde von Michael, also werden sie bestimmt in Ordnung sein."

„Zuerst dachte ich, Michael wäre dein Liebhaber, obwohl er mir viel zu alt für dich erschien", meinte Tony. „Aber nun erzähl mir doch mal was von deinem neuen Freund!"

Yolanda runzelte die Augenbrauen und starrte angestrengt durchs Fenster. „Ach, das ist schon wieder vorbei. Der Typ hatte eine Macke! Irgendwie habe ich kein Glück mit den Männern."

Sie fuhren durch eine tiefe Pfütze, so dass das Wasser hoch aufspritzte. Yolanda kicherte und sagte: „Aber meine Kollegin Sylvie ist mit Michael zusammen, und sie ist total in ihn verliebt! Ich freue mich riesig, denn ich weiß, wie traurig sie nach dem Tod ihres Mannes war. Sie hat zwar nie viel von ihm gesprochen, doch ich hatte oft das Gefühl, dass sie ihn doll vermisst hat und einsam war."

Kurz darauf kamen sie an ihrem Zielort an, und kaum hatten sie geparkt, eilte Katja ihnen mit einem riesigen Schirm entgegen.

Tony flüsterte: „Siehste, sie hat anscheinend schon auf uns gelauert!"

Yolanda guckte jedoch zum Nachbarhaus, wo gerade eine weiß-gelockte Frau mit einem kleinen Hund an der Leine aus der Tür trat. Das war ja Ann, die ihre Schwester Hazel beklaut hatte! Und die wohnte hier? Mit einem gezwungenen Lächeln winkte sie der alten Dame zu. Ob sie ihren Bruder vor der Diebin warnen sollte?

Katja strahlte Tony an. „Guten Morgen! Aus Alaska hatten wir ja noch nie Besuch!"

Tony lächelte. „Na ja, ursprünglich komme ich aus Brisbane. Und später habe ich eine Weile in Townsville gelebt und war nur für ein Jahr in Alaska. Aber jetzt bin ich froh, wieder in Australien zu sein und so nah bei meinen Geschwistern zu wohnen. Das hier ist meine kleine Schwester Yolanda."

„Hallo, Yolanda! Kommt schnell rein, es regnet ja wie aus Kübeln!"

Die zierliche Katja nahm Yolanda energisch am Arm, hielt ihren Schirm hoch über sie und führte sie ins Haus. Tony nahm seinen schweren Koffer aus dem Auto und folgte etwas langsamer. Ann beobachtete ihn neugierig, und ihr Pudel bellte aufgeregt.

* * *

Als ich aufwachte, war es noch ziemlich dunkel, und der Regen prasselte aufs Dach. Ich wunderte mich über das ungewöhnlich laute Geräusch, bis mir bewusst wurde, wo ich war. Sylvie lag neben mir und schlief selig, auf der Seite und mit der Bettdecke bis über die Ohren. Ich streckte mich wohlig aus und stieß mir dabei schmerzhaft den Kopf. Autsch! An Sylvies Bett musste ich mich noch gewöhnen! Es war zwar riesig und super bequem, doch schon letzte Nacht, mitten beim Sex, hatte ich mich an dem Kopfteil aus solidem Holz gestoßen und vor Schreck laut geschrien. Sylvie und ich hatten herzhaft gelacht und uns inniger als je zuvor geküsst und umschlungen. Unser Liebesspiel war wunderschön gewesen, zunächst sanft und vorsichtig, dann immer begieriger und wilder, zum Schluss wieder ganz sanft, harmonisch und zärtlich. Ich hatte mich völlig gehen lassen, alle Barrieren und Ängste abgeworfen, einfach nur Sylvies warmen, weichen Körper und unsere Berührungen genossen. Noch nie zuvor hatte ich mich so erotisch, ekstatisch und gleichzeitig so frei, natürlich und vollkommen akzeptiert gefühlt.

Ich liebe dich, Sylvie!, dachte ich beglückt und verwundert.

Als ob Nellie meine Gedanken gespürt hätte, legte sie mir besitzergreifend eine Pfote auf den Arm.

„Dich liebe ich auch, Nellie!', flüsterte ich und tätschelte sie am Kinn. „Du bist und bleibst meine kleine Süße!"

Sylvie drehte sich um und stöhnte leise. „Seid ihr beiden immer so furchtbar früh wach?", murmelte sie schlaftrunken.

Nellie lief geschwind zu ihrer Seite des Bettes, um sie zu begrüßen, und begab sich anschließend wieder brav in ihr Hundebett in der Zimmerecke. Sylvie kuschelte sich an meinen Rücken, legte eine Hand auf meine nackte Brust und begann, mich zu streicheln. Und schon bald schwebte ich wieder auf Wolke sieben.

Sylvie wohnte in einem alten Steinhaus, das von hohen Bäumen und dichten Büschen umgeben war und von außen kleiner wirkte als es war. Es war geräumig und gemütlich, könnte jedoch einige Reparaturen gebrauchen. Die Fliesen in der Küche und im Esszimmer drohten, sich abzulösen, die Wände im Wohnzimmer sowie die Tür zur Waschküche müssten gestrichen werden, das Garagendach war löchrig, der Briefkasten hing schief an einem Pfosten, und ein gepflasterter Gartenweg war holprig und voller Unkraut. Doch ich fühlte mich von Anfang an pudelwohl in Sylvies Haus.

Sylvie feierte heute einen Teil ihrer vielen Überstunden ab, und ich hatte mir den Morgen freigenommen. Wir gingen eine Runde mit Nellie spazieren und frühstückten danach ausgiebig auf der überdachten Veranda. Wir scherzten und lachten gerade ausgelassen, als mein Handy klingelte. Es war die Managerin aus dem Altersheim — und sofort befürchtete ich das Schlimmste. Meiner Mutter musste etwas passiert sein! Ein dicker Klumpen schien meinen Magen auszufüllen, als ich Lesley zuhörte. Ich raufte meine Haare und merkte jetzt erst, dass ich eine Beule am Kopf hatte.

Sobald ich das kurze Telefonat mit Lesley beendet hatte, sah ich Sylvie verzweifelt an und sprudelte hervor: „Ich muss sofort zum Krankenhaus fahren! Meine Mutter ist gestürzt! Doch ausgerechnet heute habe ich eine wichtige Besprechung bei der Arbeit und muss einen Raum für ein Seminar vorbereiten und ..."

„Wo ist sie denn? Und was genau ist passiert?", unterbrach Sylvie meinen hektischen Wortschwall.

„Sie ist ganz allein im Park am Heim spazierengegangen und dann hingefallen! Sie konnte nicht aufstehen, aber zum Glück hat Henry sie gefunden und ihr geholfen."

„Hat sie sich was gebrochen?"

„Nee, aber sie war arg konfus und soll nun genauer untersucht werden."

Sylvie drückte mitfühlend meine Hand. „Es war sicher ein Schock für sie, plötzlich auf dem Boden zu liegen. Aber ruf doch mal im Krankenhaus an, um mehr zu erfahren. Vielleicht ist es gar nicht so schlimm."

„Ja, gute Idee!"

Sylvie strich mir liebevoll über den Rücken und begann, das Frühstücksgeschirr ins Haus zu tragen. Nellie kuschelte sich an meine Beine, während ich telefonierte und voller Bange in den grauen Himmel schaute. Der Regen hatte kurz nach der Morgendämmerung aufgehört, doch immer noch fielen einzelne dicke Tropfen von den alten Bäumen und von einer undichten Stelle in der Regenrinne. Es dauerte ewig, bis ich mit einer Person verbunden wurde, die mir etwas mitteilen konnte.

Nach dem Gespräch seufzte ich erleichtert und rief Sylvie zu:

„Mama soll schon heute Nachmittag wieder aus dem Krankenhaus entlassen werden, und momentan ist sie am Schlummern. Sie hatte anscheinend Kreislaufprobleme und ist ein bisschen dehydriert, aber insgesamt soll es ihr relativ gut gehen. Sie hat nur ein paar Schürfwunden an den Knien."

„Prima! Da hat Marie ja Glück gehabt!" Sylvies blaue Augen strahlten. „Und super, dass sie nicht länger im Krankenhaus bleiben muss. Sonst wäre ich gleich zu ihr gefahren."

„Das hättest du gemacht?", fragte ich erstaunt. „An deinem freien Tag?"

„Na klar! Immerhin ist sie ja nun fast meine Schwiegermutter, ne?"

Sie grinste mich spitzbübisch an.

35

Katja lehnte sich gemütlich zurück und schloss einen Moment die Augen. Nach Tonys Einzug war sie zum Einkaufen in die Stadt gefahren und war nun hundemüde vom vielen Herumlaufen, Gucken und Anprobieren. Zum Schluss hatte sie nur ein T-Shirt für ihren Mann, eine schicke Hose für sich selbst und ein paar Leckereien ergattert. Sie schaltete den Fernseher ein und war mit einem Schlag wieder hellwach. In den Nachrichten wurde ein Bild von Peter gezeigt! Sie traute kaum ihren Augen. Der sympathische Tourist, der einige Tage bei ihnen gewohnt hatte und den sie gern über Maureen ausgefragt hätte, wurde als vermisst gemeldet.

„Sam!", rief sie ihrem Mann zu, der in der Küche herumhantierte. „Peter ist spurlos verschwunden!"

„Welcher Peter?", fragte ihr Mann und reichte ihr ein Glas Bier.

„Na, der Deutsche, der mal bei uns gewohnt hat!" Katja war ganz aufgebracht. „Hoffentlich ist ihm nichts Schlimmes passiert! Er war doch so ein fröhlicher, aufgeschlossener Bengel!"

„Vielleicht ist er wieder betrunken schwimmen gegangen und hatte diesmal keine Retter in der Nähe", erwiderte Sam unfreundlich. Er hatte sich bei der Arbeit mit einem Kollegen gestritten und war immer noch sauer. Dieser arrogante Dummkopf!

„Psst!", zischte Katja und hörte gespannt zu, was über Peter berichtet wurde.

Laut der Aussage von zwei deutschen Freunden hatte Peter vorgehabt, sie nach seinem Aufenthalt in Nordqueensland am Bahnhof in Nambour zu treffen. Sie hatten jedoch vergeblich auf ihn gewartet und schließlich am nächsten Tag die Polizei verständigt. Denn auch seine Eltern und Geschwister in Deutschland hatten schon lange nichts mehr von ihm gehört.

„Peter hatte eine Menge Flausen im Kopf! Bestimmt hat er seine Pläne einfach spontan geändert und gondelt weiterhin unbekümmert durch die Gegend. Vielleicht mag er die Tropen und ist immer noch in Cairns, denn da wollte er doch unbedingt hin", meinte Sam und wollte sich gerade setzen, als es klingelte. Bella, der kleine Hund im Nachbarhaus, bellte sofort in den höchsten Tönen. Kurz darauf hörten sie, dass jemand das Gartentor öffnete und schloss.

„Wer kommt denn jetzt noch zu Besuch?", murrte Sam und schlurfte griesgrämig zur Tür.

„Hallo, Sam!", sagte ein junger Mann mit einer blonden, zerzausten Mähne und einem riesigen Rucksack auf dem Rücken.

„Peter!", staunte Sam und schüttelte ihm die Hand.

„Peter?" Katja sprang wie von der Tarantel gestochen auf und rannte zu dem unerwarteten Gast. Sie umarmte ihn stürmisch und rief:

„Hey, ich dachte, du wärest tot! Verunglückt oder ermordet!"

„Was? Wie kommst du denn darauf?"

„Na, du wirst als vermisst gemeldet! Wir haben gerade die Nachrichten gesehen!"

„Echt? Ach du je!" Peter schlug sich an die Stirn.

„Komm doch rein!", schlug Sam vor, der seine schlechte Laune vergessen hatte.

„Ähm, ich wollte fragen, ob ich zwei Nächte bei euch übernachten könnte", sagte Peter und wirkte plötzlich verlegen.

„Oh! Nee, das geht nicht! Wir haben die Ferienwohnung für einen ganzen Monat vermietet", erklärte Tina.

„Ach so! Na, ja, also … ich habe eh kaum noch Geld und …", stotterte der Deutsche und sah betreten auf seine ausgelatschten Turnschuhe.

„Nun setz dich erstmal. Möchtest du was zu essen? Wir haben noch Reste vom Abendessen. Oder ein Bier?", fragte Sam.

„Ja, gern!" Peter lächelte dankbar.

Sam wärmte rasch das Nudelgericht auf, während Katja eine Bierflasche öffnete und Peter reichte. Danach sahen sie belustigt zu, mit welchem Appetit der Junge sein Essen verschlang.

Peter erzählte ihnen ausführlich von seiner langen Reise. Erst hatte er eine Weile auf einem Bauernhof nahe Bundaberg gearbeitet, später war er unter anderem in Mackay, auf Magnetic Island und in Cairns gewesen. Voller Begeisterung berichtete er von hübschen Schildkröten, blauen Krabben, gefährlich aussehenden Krokodilen, wunderschönen Regenwäldern, tosenden Wasserfällen und malerischen Stränden. Er hatte viele nette Touristen und Einheimische kennengelernt und seinen Urlaub rundum genossen. Aber dann begann eine Pechsträhne. Aus heiterem Himmel rief ihn seine Freundin Kathrin aus Deutschland an und teilte ihm mit, dass sie sich in jemand anderen verliebt hätte. Vor lauter Kummer betrank er sich sinnlos, fiel besoffen in einen Graben und verletzte sich dabei am Bein. Am nächsten Abend verlor er bei einem Kartenspiel eine hohe Geldsumme. Nur wenige Tage später ging sein Handy bei einer Bootstour über Bord.

„Und so konnte ich niemanden mehr erreichen", sagte Peter zum Schluss und trank einen Schluck Bier.

„Das verstehe ich nicht!", sagte Katja. „Du hättest doch irgendein Handy ausleihen oder in einem Internetcafé an deine Freunde und Verwandten schreiben können!"

Sam runzelte die Stirn und musterte Peter nachdenklich. Er war ein schlanker und doch muskulöser, großer Mann, neben dem die zierliche Katja wie ein Zwerg erschien. Aber dennoch sah er momentan fast wie ein kleiner Schuljunge aus, mit verletzlichen Gesichtszügen, wuscheligen Haaren und traurigen blauen Augen.

„Nun ja, irgendwie war ich völlig neben der Spur, nachdem Kathrin mit mir Schluss gemacht hatte. Ich wollte mit niemandem mehr reden, schon gar nicht mit meinen Verwandten oder Freunden. Ich war furchtbar deprimiert, und eine Zeitlang hatte ich sogar Selbstmordgedanken. Fast wünschte ich mir, von einer dieser winzigen und doch so giftigen Quallen gebissen zu werden und zu sterben. Bescheuert, ne?" Peter räusperte sich. „Komisch, dass ich euch das alles erzähle!"

Nach einer kurzen Pause fuhr er fort: „Nun ja, irgendwann habe ich mich zusammengerissen und beschlossen, meine letzte Woche in Australien zu genießen. Und eigentlich wollte ich sowieso noch zwei Freunde aus meiner Schulzeit treffen. Ich habe nur ganz zufällig herausgefunden, dass sie ebenfalls eine Australienreise geplant hatten und vor Kurzem in Brisbane gelandet sind. Aber ich Dummkopf bin im Zug eingeschlafen und erst in irgendeinem kleinen Kaff hinter Nambour wieder aufgewacht. Und da musste ich feststellen, dass jemand meinen kleinen Rucksack mit meinem Portemonnaie geklaut hatte! Zum Glück hatte ich meinen Reisepass in meinem großen Rucksack und noch etwas Geld und auch meinen Führerschein in einem Bauchgurt, sonst wäre alles noch viel schlimmer. Aber ich musste nach Nambour trampen, was eine Ewigkeit gedauert hat. Und meine Freunde waren natürlich längst wieder weg! Ich war stinksauer und habe dann beschlossen, nach Coolum Beach zu fahren, bin aber erstmal in Maroochydore gelandet und habe dort eine Nacht bei einem netten Paar als Couchsurfer verbracht."

„Deine Freunde haben sich offenbar schreckliche Sorgen gemacht und die Polizei verständigt!", sagte Katja unwirsch. Sie verstand immer noch nicht, warum er sich nicht bei ihnen gemeldet hatte.

„Ich habe versucht, sie anzurufen! Doch ich hatte ihre australische Handy-Nummer nirgendwo aufgeschrieben und konnte mich nicht mehr richtig daran erinnern. Und mein Handy war ja futsch!", verteidigte sich Peter.

Sam musste lachen. „Was für eine Geschichte! Aber ich denke, wir sollten der Polizei mitteilen, dass du gesund und munter bist!"

Katja rief: „Genau! Und zwar auf der Stelle!"

„Ja, okay!" Peter grinste etwas schief.

„Und frag sie auch nach der Handynummer von deinen Freunden, die dich als vermisst gemeldet haben. Oder gib ihnen unsere Nummer!", schlug Sam eifrig vor.

„Gute Idee!" Peter lächelte, wirkte beim Telefonat jedoch etwas kleinlaut. Hinterher sagte er: „Ich soll morgen früh zur Polizeiwache kommen und mich ausweisen!"

„Die in Coolum Beach? Kein Problem! Ich kann dich dorthin fahren", sagte Katja.

„Und was nun? Hast du die Nummer von deinen Freunden gekriegt?", fragte Sam.

„Ja, der Polizist war sehr nett. Erst wollte er nicht damit herausrücken, von wegen Privatsphäre und so, aber dann hat er sie mir doch gegeben. Ich rufe sie besser sofort an."

Katja und Sam gingen in die Küche, damit Peter ungestört telefonieren konnte.

„Schade, dass Peter nicht ein paar Tage eher zu uns gekommen ist, dann hätte er wieder in unserer Ferienwohnung bleiben können," flüsterte Katja.

„Er kann ja eine Nacht auf unserer Couch schlafen", meinte Sam. „Aber warten wir erst mal ab, was er nun vorhat."

„Jedenfalls bin ich froh, dass Peter wieder aufgetaucht ist!", sagte Katja. „Er sollte aber auch seine Familie in Deutschland benachrichtigen!"

Nach mehreren Textmeldungen und drei langen Telefonaten erklärte Peter:

„So, das wäre erledigt! Zum Glück konnte ich meine Mutter erreichen, und sie ist total erleichtert! Sogar mein Vater war wohl bereits in schierer Panik, dabei hat der normalerweise die Ruhe weg. Und meine kleine Schwester wollte schon losfliegen, um mich selbst in Australien zu suchen, echt süß! Meine beiden Freunde sind zur Zeit in Noosa, aber sie wollen morgen nach Coolum Beach fahren. Also werde ich die nächsten Tage mit ihnen verbringen, bevor ich wieder nach Deutschland zurückfliege."

„Super!" Katja strahlte. „Wenn du magst, kannst du diese Nacht gern in unserem Wohnzimmer schlafen."

„Oh, das ist ja klasse, vielen Dank!"

„Sollen wir noch ein Bierchen trinken? Wir müssen ja deine Rückkehr feiern!" Sam lächelte verschmitzt.

„Vielleicht möchte Tony sich auch zu uns gesellen?", überlegte Katja. Und schon lief sie zur Ferienwohnung und klopfte an die Tür ihres neuen Gastes.

36

Tony gefiel seine vorübergehende Wohnung, die blitzblank und sehr praktisch eingerichtet war. Er hatte gerade damit begonnen, die Autobiografie einer Psychologin in Südamerika zu lesen, als Katja anklopfte und ihn einlud, sich zu ihnen zu gesellen. Er war überrascht und sogar ein bisschen verärgert, denn eigentlich hatte er überhaupt keine Lust auf Unterhaltung. Aber er willigte rasch ein, da er Sam noch gar nicht kennengelernt hatte und Katja recht nett fand – wenn auch etwas hektisch und zu bemutternd.

Sobald er ins Wohnzimmer seiner Gastgeber trat, wurde er herzlich von Sam begrüßt. Katja stellte ihm Peter vor und lächelte beide an, wobei Tony insgeheim ihr fast perfektes, weißes Gebiss bewunderte. Als Zahnarzt guckte er den Menschen automatisch in den Mund. Er fand Katja ausgesprochen hübsch, während Sam seiner Meinung nach eher durchschnittlich aussah. Zudem hatte er arg buschige Augenbrauen und eine ziemlich dicke Knubbelnase. Aber seine braunen Augen wirkten freundlich und warmherzig. Der junge Tourist aus Deutschland war braungebrannt und sah sportlich und durchtrainiert aus, hatte allerdings tiefe Schatten unter den Augen. Seine sandfarbenen Shorts und sein blaues T-Shirt hatten ein paar Flecken.

Katja bot Tony Bier, Wein oder Saft an, der jedoch lieber ein Glas Wasser haben wollte. Sie stellte eine kleine Schüssel mit Erdnüssen und eine größere mit Chips auf den Tisch und wandte sich dann an Peter:

„Ich habe vor einiger Zeit versucht, dich anzurufen, konnte dich aber nicht erreichen. Kannst du dich noch an Ann, unsere Nachbarin, erinnern? Sie hat uns erzählt, dass du Maureen damals im Zug auf dem Weg von Brisbane nach Nambour kennengelernt hast. Du hast bestimmt gehört, dass die junge Frau ermordet worden ist, oder?"

Peter nickte. „Ja, einfach unfassbar! Sie war so eine Nette! Warum bloß wurde sie abgemurkst? Ich habe sie übrigens noch einmal in Coolum Beach wiedergetroffen, als sie mit einer anderen jungen Frau Gitarre am Strand gespielt hat. Ich war mit ein paar Bekannten am Meer und habe ihr nur kurz zugewinkt."

Nachdenklich drehte er sein halbvolles Bierglas in den Händen und stellte es dann wieder ab, ohne zu trinken.

„Ach ja, mir ist damals ein Mann aufgefallen, der mit einem übergewichtigen Hund in der Nähe saß und ihnen zuhörte."

Katja verschluckte sich fast an ihrem Bier. „Wie sah der aus?", krächzte sie.

„Warum interessiert dich das denn?", fragte Sam verwundert.

„Es ist sicher Quatsch, aber Tina und ich haben Maureen mal in einem Café Gitarre spielen gehört. Später hat Tina einen rundlichen Mann mit einem dicken Hund erwähnt, der ebenfalls dort war und … na ja, der ihr irgendwie unheimlich war. Der Typ soll Maureen immerzu angeglotzt haben. Und noch dazu hat er direkt nach ihr das Café verlassen."

Peter kratzte sich am Kopf.

„Tja, wie soll ich den Kerl am Strand beschreiben? Er war so Anfang oder Mitte vierzig, schätze ich, groß und kräftig, mit hellen Haaren. Er wäre mir normalerweise kaum aufgefallen, wenn er die Frauen nicht so angestarrt hätte. Aber vielleicht mochte er bloß deren Musik. Sie haben Blueslieder gespielt und gesungen."

Grinsend fuhr er fort: „An den Hund kann ich mich besser erinnern, denn der kam schwanzwedelnd auf uns zu und wollte gestreichelt werden. Es war eine Kreuzung von einem Labrador und einer Bulldogge, eigentlich eher hässlich und doch richtig niedlich!"

Tony wollte sich gerade eine Handvoll Chips nehmen und hielt nun inne.

„Genauso einen Mischling kenne ich auch! Mein Schwager kümmert sich nämlich öfter um den Hund eines Freundes, wenn der beruflich verreisen muss. Ernie ist ein liebes Tier, doch ein schwerer Klops! Schon mehrmals hat Mark auch das Haus für seinen Freund gehütet, um den Hund dort zu betreuen, einmal sogar für zwei Wochen. Da war Debbie, meine Schwester, etwas sauer."

Er lachte.

„Denn ihre Kinder sind manchmal ziemlich aufmüpfig, und sie denkt sowieso schon, dass Mark ihr viel zu viel von der Hausarbeit und Erziehung überlässt. Sie hätte es bevorzugt, den Hund zu sich zu nehmen, aber das wollte der Besitzer nicht. Ernie möchte eben lieber in seiner vertrauten Umgebung sein. Er wird wohl ganz schön verhätschelt."

„Ernie? Ja, genau! Das muss derselbe Hund sein! Der Mann hat ihn nämlich nach einer Weile zurückgerufen, als er mit uns allen geschmust hat", rief Peter.

„Und wie sieht Ernies Besitzer aus?", wollte Sam von Tony wissen.

„John? Der ist ein winziger, spindeldürrer Mann", erwiderte Tony. „Er ist ein alter Schulfreund von Mark, und früher haben sich ihre Mitschüler oft über die beiden lustig gemacht, da sie eben ulkig nebeneinander aussehen. Mein Schwager war schon immer recht kräftig gebaut …"

Tony strich sich über die schmale Nase, ganz in Gedanken versunken. Ehrlich gesagt, hatte er sich öfters über Debbies Geschmack gewundert und mochte ihren Mann nicht besonders. Er konnte lustig und jovial sein, war aber leider auch oft zynisch und rechthaberisch. Auf einmal wurde ihm schwer ums Herz. War es etwa Mark gewesen, der Maureen so offensichtlich für andere angeglotzt hatte, und das mehr als nur ein einziges Mal? Aber warum? Sein Schwager verachtete Blues! Hatte er sie attraktiv gefunden und ihr nachgestellt? Hatte er womöglich etwas mit ihrem Mord zu tun? Aber nee, das war ja eine lächerliche Idee!

Sam dachte an seine eigene Tochter, die früher auch ab und zu Gitarre am Strand gespielt hatte. Bekümmert murmelte er:

„Was für ein grausiges Ende! Warum bloß wurde Maureen umgebracht? Ausgerechnet in unserer friedlichen Gegend, es ist kaum zu fassen! Sicher war es auch ein riesiger Schock für diese andere Musikantin. Ob sie eine alte Freundin oder eine neue Bekannte von Maureen war?“

„Wer weiß?“ Katja zuckte mit den Schultern und drehte sich wieder zu Peter.

„Wirst du denn über die Runden kommen? Hast du noch genug Geld für den Rest deines Urlaubs? Oder sollen wir dir was leihen?“

„Oh! Ähm, würdet ihr das tun?“, fragte Peter verdattert.

Er zwirbelte nervös an einer Haarsträhne herum. Es war ihm sowieso schon peinlich, dass er einfach so bei dem netten Ehepaar aufgekreuzt war und um Unterkunft gebeten hatte. Eigentlich kannte er sie ja kaum. Noch dazu war er sich bewusst, dass er etwas müffelte und kaum noch saubere Wäsche hatte. So ein Mist, dass jemand ihn beraubt hatte! Seine Freunde könnten ihm zwar vielleicht eine geringe Geldsumme leihen, hatten aber den Großteil ihrer Ferien noch vor sich und waren selber nicht gerade betucht. Sie hatten nicht damit gerechnet, dass in Australien alles so teuer war.

Sam schlug vor: „Kannst du uns wohl Geld von deinem Konto in Deutschland überweisen? Das wird zwar sicher eine Weile dauern, aber egal. Und wir geben dir dann morgen ein paar Scheine.“

„Super! An eine Überweisung habe ich gar nicht gedacht!“

Peter lachte vergnügt. Und erst jetzt freute er sich so richtig darauf, seine alten Freunde aus Deutschland wiederzutreffen. Hauptsache, sie würden nicht über Kathrin reden! Ihm war immer noch ganz flau, wenn er an sie dachte. Sie waren schon fünf Jahre lang zusammen gewesen, und er hätte nie erwartet, dass sie ihn einfach so abhaken würde. Nur gut, dass sie getrennte Wohnungen hatten!

Katja betrachtete ihre beiden Gäste und musste unvermittelt an Maureens Familie denken, die ja auch kurzzeitig bei ihnen gewohnt hatte. Wahrscheinlich würden die drei niemals über den brutalen, so sinnlos erscheinenden Mord hinwegkommen. Wie furchtbar, eine geliebte Tochter und Schwester auf diese Weise zu verlieren! Wer hatte Maureen getötet? Ob man den Fall jemals aufklären würde? Hatte Maureen eigentlich einen Freund gehabt? Und auch ihre Freundinnen mussten alle erschüttert sein. Katja seufzte leise.

Sam gähnte laut. „Ich muss ins Bett! Peter, ich gebe dir ein Kopfkissen und ein Laken für das Sofa. Du hast ja deinen eigenen Schlafsack, ne?"

„Ja, klasse, vielen Dank!", entgegnete Peter.

Tony stand auf und verabschiedete sich. Doch dann drehte er sich abrupt um und sagte:

„Wisst ihr was? Peter kann doch diese Nacht in meiner Ferienwohnung schlafen, denn das eine Zimmer ist ja eh frei. Und ein richtiges Bett ist viel bequemer!"

Katja fragte mit zweifelnder Stimme: „Ist dir das wirklich recht?"

„Na klar, kein Problem!"

Mitten in der Nacht wachte Tony auf. Er war in Schweiß gebadet, und sein Herz raste. Hatte er zu viele Chips gegessen? Nur vage konnte er sich an einen fiesen Traum erinnern. Seine Schwester Yolanda war in schrecklicher Gefahr gewesen, doch ihm waren die Hände gebunden, und sein Schwager hatte dröhnend gelacht. Marks weit geöffneter Mund war ihm wie ein gähnendes schwarzes Loch erschienen, das ihn zu verschlingen drohte ...

Tony schaltete die angenehm helle Leselampe neben seinem Bett ein und schaute auf die Uhr. Es war drei Uhr morgens. Viel zu früh, um aufzustehen! Noch dazu war Peter im Nebenzimmer, den er nicht wecken wollte. Der junge Kerl hatte übernächtigt ausgesehen und brauchte sicher seinen Schlaf. Tony warf die Bettdecke von sich ab und dachte an die gestrige Unterhaltung zurück. Seine Gastgeber waren sehr nett und hilfsbereit, und zwischenzeitlich hatten sie sich zärtliche Blicke zugeworfen. So schön! Anscheinend waren sie ein glückliches Liebespaar.

Ob Debbie ihren Mann immer noch liebte? Er hoffte es für sie und ihre Kinder. Er hatte Kim und Daniel, die frechen Schlingel, tatsächlich vermisst, als er in Alaska war. Ob er jemals eigene Kinder haben würde? Genau wie seine jüngere Schwester Yolanda hatte er bisher wenig Glück in der Liebe gehabt. Er fröstelte plötzlich und deckte sich rasch wieder zu, und kurz darauf schlief er ein.

37

Mir war jedes Mal warm ums Herz, wenn ich an Sylvie dachte. Und ich bewunderte sie dafür, wie gut sie ihren harten Job meisterte. In einem Altersheim zu arbeiten, war garantiert kein Zuckerschlecken. Trotzdem war Sylvie immer äußerst liebevoll und geduldig im Umgang mit ihren Schützlingen. Dabei waren manche Heimbewohner sehr undankbar, verbittert, störrisch oder gar aggressiv, andere waren deprimiert und in sich gekehrt. Durch meine häufigen Besuche bekam ich einen guten Einblick in das alltägliche Leben im Puzzlehaus. Zu meiner Verwunderung war meine Mutter der Liebling von mehreren Angestellten geworden, obwohl auch sie ihre Launen und Mucken und – zum Glück nur selten – sogar regelrechte Wutanfälle hatte. Nicht nur Sylvie und Yolanda, sondern auch Leah (die Rezeptionsdame mit dem mächtigen Busen) und ein Arzt namens Adam (ein junger Mann mit einem riesigen Adamsapfel) hatten sie besonders gern.

Henry, der alte Herr, der Mama nach ihrem Sturz im Park gefunden hatte, schien sie ebenfalls zu mögen und ging ab und zu mit ihr spazieren. Leider haperte es mit der Kommunikation, da er schwerhörig war und meine Mutter immer größere Sprachschwierigkeiten hatte.

Tina besuchte sie ebenfalls gelegentlich. Sie blieb zwar nie lange, doch ich rechnete es ihr hoch an, dass sie ihr manchmal etwas vorlas und ihr oft Blumen und Gesundes zum Naschen schenkte.

Wie versprochen, kamen auch Linda und Ken mehrmals mit ihren Kindern zu Besuch, und einmal brachten sie eine alte Freundin aus Brisbane mit. Ob Mama sie erkannte? Ich glaube nicht. Aber es war immer schön, wenn jemand sie zum Schmunzeln brachte. Alle bemühten sich, deutlich und langsam zu sprechen, alle behandelten meine Mutter voller Wärme und Respekt.

An einem regnerischen Abend schrieb ich wieder Tagebuch:

Nun ist Mama schon seit circa sieben Monaten im Altersheim. Obwohl sie dort gut versorgt ist, gibt es so manche niederschmetternde Erlebnisse und Aufregungen. Ich bin heilfroh, Sylvie, Patrick und Sarah zur Unterstützung zu haben.

Vor Kurzem musste Mama wieder ins Krankenhaus, hat sich jedoch rasch erholt.

Ich bin ehrenamtlicher Helfer geworden und besuche neben Mama auch verschiedene andere Heimbewohner. Leider finde ich nur wenig Zeit für die Senioren, doch es ist immer wieder wunderbar, ihre Freude zu sehen, wenn sie mit meiner niedlichen Hündin schmusen. Mamas Zimmernachbarin Ruth war jedes Mal völlig begeistert, Nellie zu sehen, ist aber inzwischen gestorben. Da war ich so traurig!

Vor zwei Wochen gab es ein Kostümfest, bei dem Kinder aus einem Kindergarten Gesang und Tänze vorführten, und danach half ich, der ganzen Truppe Getränke und Kuchen zu servieren. Sowohl die Kinder als auch die Senioren hatten unglaublich viel Spaß! Zum Schluss gab es sogar noch ein richtig ausgelassenes Ballspiel!

Letztes Wochenende haben Sylvie und ich damit begonnen, ihr Haus zu renovieren. Und was für eine Überraschung: Wir können super gut zusammenarbeiten!

(Tina und ich haben uns dagegen früher immer bei allen Zimmeranstrichen und sonstigen Reparaturen gezofft. Sie hat mir dauernd vorgeworfen, viel zu langsam zu arbeiten. Aber ich möchte eben alles ordentlich und gründlich erledigen.)

Tina und ich sind endlich offiziell geschieden! An dem Abend haben wir beide quietschvergnügt mit Sylvie und Philipp gefeiert. Verrückt, oder?

Tina bleibt weiterhin in ihrem Haus wohnen und zahlt mir jeden Monat eine gewisse Summe, bis sie mir meinen rechtmäßigen Anteil ausgezahlt hat. Obwohl ich ihr absolut vertraue, haben wir alles schriftlich in einem Vertrag geregelt, und das Haus ist jetzt in ihrem Namen. Philipp will demnächst bei ihr einziehen.

Ich klappte das Tagebuch zu, schaute mich im Zimmer um und dann zu Nellie, die auf dem Teppich schlief. Es war eine schwere Entscheidung gewesen, das gemeinsame Haus aufzugeben, aber nun fühlte ich mich unsagbar erleichtert. Endlich hatten wir dies erledigt! Trotz aller Meinungsverschiedenheiten hatte ich Tina immer noch sehr gern und wünschte ihr, dass sie mit Philipp glücklich sein würde. Und mein Miethäuschen gefiel mir! Was wollte ich mehr? Ich lehnte mich zurück und schloss für einen Moment die Augen. Das Geräusch des sanften Regens lullte mich ein.

„Hallo!" Eine vertraute Stimme riss mich aus meinem Halbschlaf.

Ich lief rasch zur Tür, wobei ich fast über Nellie stolperte, die ebenfalls aufgesprungen war und fröhlich bellte.

„Hallo, Michael!" Vor mir standen Melissa und Jim, meine Vermieter, die irgendwie betreten wirkten.

„Hast du gerade Zeit? Wir müssen etwas mit dir besprechen", sagte Jim mit Grabesstimme, nahm seinen durchnässten Hut vom Kopf und drehte ihn nervös zwischen seinen von Arthrose verkrümmten Händen.

„Ja, kommt herein, setzt euch!"

Warum guckten die beiden denn so traurig? War etwas Schlimmes passiert? Melissa blieb unschlüssig neben der Tür stehen, während Jim sich auf einen Stuhl fallen ließ und seufzte.

„Wir sind total unglücklich. Aber wir haben beschlossen, deinen Mietvertrag nicht zu verlängern, da unsere Nichte Arya hier einziehen möchte. Sie hat sich nämlich letztens von ihrem Freund getrennt und braucht unbedingt eine Wohnung."

„Wir haben hin und her überlegt, aber Arya ist schon ganz verzweifelt und weiß nicht, wohin. Momentan ist sie bei einer Freundin, und später wird sie für jemanden Haus und Hund hüten. Aber das ist auf zwei Wochen be-

grenzt, und so … ähm, tja, im November läuft ja dein Vertrag aus … und …"
Melissa schluckte.

„Oh!", gab ich von mir, zu geschockt, um etwas Gescheiteres zu äußern.

„Arya neigt sowieso schon zu schweren Depressionen, und deswegen möchten wir ihr gern helfen. Sonst würden wir dich so gern als unseren Mieter behalten!", sagte Jim bekümmert.

Melissa beugte sich zu Nellie hinunter. „Wir werden dich vermissen!", flüsterte sie und küsste ihren Kopf.

Ich gab mir einen Ruck. „Ja, es war wunderschön hier bei euch! Aber keine Sorge, ich werde schon etwas finden."

„Wir hören uns auch um und sagen dir Bescheid, falls wir etwas Passendes entdecken!", versprach Jim und stand auf.

„Gute Nacht, Michael!" Melissa drückte meine Hand.

Sobald sie weg waren, sagte ich verzagt zu meiner Hündin: „Ach, Nellie, das Leben ist doch immer wieder furchtbar kompliziert! Wo sollen wir bloß hin? Es gibt nur noch so wenige freie Wohnungen in dieser Gegend, und alles ist schweineteuer!"

Auf einmal wurde mir flau im Magen. Ich hatte zwar mein Einkommen und zusätzlich die Abzahlungen von Tina, aber der Wohnungsmarkt sah mies aus. Immer mehr Menschen, und nicht nur arme Leute oder Arbeitslose, lebten ohne festen Wohnsitz. Erst vor Kurzem hatte ich in unserem lokalen Blättchen von einer verzweifelten Witwe gelesen, die mit ihren drei Kindern in ihrem kleinen Auto übernachten musste.

Der Regen verstärkte sich nun und peitschte auf der Windseite gegen die Fensterscheiben. Mir war zum Heulen zumute. Nellie kuschelte sich liebevoll an mich, und ich streichelte sie zärtlich.

38

Am nächsten Morgen hatte ich pochende Kopfschmerzen. Eine Weile spielte ich mit dem Gedanken, blau zu machen und im Bett zu bleiben. Doch Schwänzen war noch nie mein Ding gewesen, und so schluckte ich nach dem Gassi-Gehen eine Schmerztablette und zwang mich zum Frühstücken. Der Kaffee schmeckte jedoch eklig bitter und das Müsli wie Sägespäne. In den Nachrichten wurde von Kriegen, Naturkatastrophen, Unfällen und Armut berichtet – nicht gerade aufmunternd, und mir verging das letzte bisschen an Appetit. Nellie dagegen schleckte ihre Schüssel genüsslich leer und sah mich auffordernd an.

„Nee, mehr gibt's nicht, du bist eh schon zu pummelig geworden!", sagte ich und gab ihr frisches Wasser.

Auf dem Weg zur Arbeit regnete es nur noch ganz sanft. Unterwegs sah ich Debbie, die gerade aus ihrem Haus trat, und ich winkte ihr zu, was sie allerdings nicht bemerkte. Als im Radio eins meiner Lieblingslieder gespielt wurde, summte ich erst leise und dann immer lauter mit. Zum Schluss sang ich aus vollem Halse, und meine Laune verbesserte sich schlagartig. Der Arbeitstag verlief recht normal und ohne Stress. Dennoch sah ich häufiger als sonst auf die Uhr, was meiner Kollegin Karen auffiel. Spitzbübisch grinste sie mich an und flüsterte:

„Du kannst es wohl kaum abwarten, deine neue Freundin zu treffen, stimmt's?"

Etwas verlegen lächelte ich zurück.

„Kommt ihr auch zu Lisas Party?", fragte Karen nun mit lauterer Stimme und erntete direkt einen missbilligenden Blick von Maya, unserer Chefin. Denn die Bücherei sollte ein 'ruhiger und angenehmer Lese-, Lern- und Arbeitsort' sein, wie Maya uns immer wieder einschärfte. Ich nickte und grinste. Lisa war eine ältere Kollegin, die demnächst in Rente gehen und am Samstag eine Abschiedsfeier veranstalten würde. Sylvie wollte auch mitkommen. Sie hatte bereits Scherze darüber gemacht, dass ich bei der Arbeit der 'Hahn im Korb' sei, und sie freute sich darauf, meine Kolleginnen kennenzulernen.

Als Sylvie und ich am Samstag Nachmittag beim Gartenfest ankamen, herrschte bereits ein rechter Trubel, und lautes Stimmengewirr mischte sich mit den Klängen eines alten Schlagers. Die meisten Gäste saßen an kleinen Tischen unter Sonnenschirmen, einige standen schwatzend und essend auf der überdachten Veranda. Dort prangten ein hübscher Blumenstrauß und zwei riesige Kuchen auf einem langen Tisch, und zudem gab es verschiedene Salate, Brot, allerhand 'Finger Food' und Getränke. Es roch nach gegrillten Würstchen, geschmortem Gemüse, Bier und Blumen.

„Wahnsinn! So eine große Feier und so viel Essen hatte ich gar nicht erwartet", flüsterte Sylvie beeindruckt.

„Ich auch nicht!", erwiderte ich.

„Hi, Michael!", schrie Karen, sprang von ihrem Stuhl auf und gab mir einen dicken Schmatzer auf die Wange. Dann sah sie Sylvie neugierig an und sagte fröhlich: „Und du bist also Michaels Freundin!"

„Hallo!" Lisa kam auf uns zu und begrüßte uns ebenfalls herzlich. Sie trug ein weinrotes, langes, elegant geschnittenes Kleid, das einen schönen Kontrast zu ihrem grau-weißen Haar abgab.

Ich überreichte ihr unsere Geschenke, selbstgebackene Honigplätzchen und eine Flasche Wein, und musterte sie verblüfft.

„Ich habe dich noch nie in einem Kleid gesehen!"

Lisa grinste verschmitzt. „Mit 66 Jahren wollte ich mich mal wieder so richtig schick machen!"

„Herzlichen Glückwunsch zum Geburtstag, Lisa!", rief nun ein neuer Gast mit einer Mähne von schneeweißem Haar.

„Oh, heute ist also auch dein Geburtstag!", sagte ich und umarmte sie.

„Alles Gute!" Sylvie schüttelte Lisas Hand.

Meine Freundin sah heute besonders hübsch aus, fand ich, einfach zum Verlieben mit ihrem warmherzigen Lächeln, ihren blonden Locken und einer neuen, dunkelblauen Bluse. Da wir mit dem Fahrrad gekommen waren, trugen wir beide Shorts und hatten uns nicht besonders herausgeputzt.

„Bedient euch!", sagte Lisa und zeigte auf das Büfett. „Und Michael, kannst du nachher vielleicht George am Barbecue ablösen?"

„Oh!" Ich guckte betreten zu ihrem Mann. Warum auch immer, übernahmen viele Männer bei Feiern ganz begeistert das Grillen, doch mir als Vegetarier graute es vor wabbeligen Würstchen und blutigen Steaks.

Im nächsten Moment lachte Lisa.

„Keine Angst, ich kenne dich doch, Michael! Ich wollte dich nur veräppeln. Und George liebt seine Arbeit. Also los, ihr beiden, esst tüchtig, es gibt jede Menge Vegetarisches!" Sie zwinkerte Sylvie zu.

„Danke, Lisa!", sagte ich erleichtert und reichte Sylvie einen Teller. „Hmm, das sieht ja alles total lecker aus!"

„Tolle Idee mit den Speiseschildern!", sagte eine ältere Dame, beugte sich zu einem der Kuchen, schob ihre Brille zurecht und las vor: „Glutenfreier Schokoladenkuchen mit Kirschen".

Sylvie nahm sich ein Stückchen Gemüsequiche und ein paar andere herzhafte Happen und erwiderte schmunzelnd: „Den Kuchen werde ich später zum Nachtisch probieren."

„Wenn dann noch was übrig ist!", sagte Maya und häufte sich gleich zwei große Kuchenstücke auf ihren Teller.

Dass meine Chefin Süßigkeiten mochte und nicht gerade bescheiden war, wussten meine Kolleginnen und ich bereits. Ich stellte ihr kurz meine Freundin vor, und dann setzten Sylvie und ich uns zu einer Gruppe in der Ecke des Gartens, wo noch zwei Klappstühle frei waren. Direkt neben uns floss ein kleiner Bach, an dessen Ufer Gräser, hohe Baumfarne, Palmen und verschiedene einheimische, alte und zum Teil recht knorrige Bäume wuchsen.

„Wie malerisch!", schwärmte Sylvie.

Ein pummeliger Mann mit einem buschigen Bart und einem beigen Schlapphut lächelte uns zu, doch die Frau neben ihm, eine Dame mittleren Alters mit ungewöhnlich langen, braunen Haaren und einer weißen Kappe, war sichtlich aufgebracht. Mit erhobener Stimme sprach sie zu einer jünger wirkenden Frau mit einem blonden Kurzhaarschnitt:

„Der Kerl hat sie unsittlich angefasst und sie abgeknutscht, doch kein Mensch wollte ihr glauben! Sogar die junge Altenpflegerin, die mir immer so nett vorkam, hat nur mit den Achseln gezuckt und gemeint, meine Mutter würde es eh vergessen. Was für ein doofer Kommentar! Auch wenn Mama an Demenz leidet, muss man sie doch ernst nehmen und respektieren!"

Sie schob sich ihre Kappe aus der Stirn, und ihre blauen Augen blitzten zornig.

„Nun schreie doch nicht so laut, Noelene!", ermahnte der Mann mit dem Schlapphut sie mit fester und doch freundlicher Stimme. „Es war furchtbar, aber wir sind doch heute hier, um Lisas Geburtstag zu feiern."

Er legte ihr mitfühlend eine Hand auf den Arm.

Noelene schüttelte ihn wütend ab und fauchte ihn an: „Und du hast auch nichts unternommen!"

„Was sollte ich denn tun? Ich habe doch mit der Managerin gesprochen!", protestierte er.

Ob er ihr Ehemann war?, fragte ich mich.

Sylvie war sofort hellhörig. „Ist deine Mutter im Altersheim?", fragte sie Noelene. „Ich arbeite auch in einem. Was ist denn passiert?"

Noelene erklärte: „Meine Mutter ist seit einigen Wochen in einem Altersheim in Brisbane. Und vor Kurzem war sie am Weinen, als ich sie besuchte. Ein anderer Heimbewohner … dieser alte Sack! … hat sich an sie herangemacht, sie grob in eine Ecke gedrängt, betatscht und geküsst! Stellt euch das mal vor! Dabei ist sie so eine zierliche, gebrechliche Dame! Sie ist doch schon 85 Jahre alt!" Nur mit Mühe unterdrückte sie ein Schluchzen. „Und ich weiß nicht, ob sie es so leicht vergessen kann. Vielleicht erlebt sie diesen Augenblick immer wieder und hat nun ständig Angst!"

„Das ist ja grässlich!", platzte ich heraus.

Sylvie sah mich traurig an. „Leider gibt es viel mehr sexuelle Misshandlungen, als die meisten glauben wollen, und selbst hohes Alter schützt einen nicht!"

Dann wandte sie sich an Noelene und den Mann: „Wie hat die Managerin denn reagiert?"

Noelene schnaubte sich gerade die Nase, und der Mann antwortete rasch: „Sie hat versprochen, sich darum zu kümmern und mit dem Kerl zu reden. Aber ob es was nützen wird?"

„Was sollen wir denn bloß tun? So schnell finden wir doch kein anderes Heim für Mama!", jammerte Noelene.

Sylvie drückte mitleidig ihre Hand.

„Wenn du möchtest, werde ich unsere Managerin mal fragen, ob sie dir einen Tipp geben kann. In unserem Heim hatten wir übrigens letztens ein Seminar über sexuellen Missbrauch – ein Thema, das immer noch ein großes Tabu ist. Obwohl ich schon jahrelang Altenpflegerin bin, war mir gar nicht bewusst, wie häufig es auch in Altersheimen dazu kommt. Demente und geistig behinderte Menschen sind besonders gefährdet, weil sie oft nicht mehr richtig sprechen können." Sie seufzte.

„Leider ist es wirklich schwierig, die Situation zu verbessern. Denn in vielen Fällen sind sogar Verwandte, Heimmitarbeiter und Polizisten überhaupt nicht dazu bereit, den Betroffenen zuzuhören und ihnen Glauben und Respekt zu schenken. Wenn es keine sichtbaren Verletzungen gibt, kann man es eben schlecht beweisen. Oftmals sind die Opfer gar nicht fähig oder viel zu verängstigt oder auch beschämt, um sich auszusprechen. Wir alle – Mitarbeiter, Angehörige und Heimbewohner – können nur versuchen, aufmerksam zu sein und nachzuforschen, wenn jemand sich anders als sonst verhält oder verdächtige Blutergüsse oder andere Verletzungen hat. Zudem gibt es die Möglichkeit, sich an eine Organisation wie zum Beispiel 'Demenz Australien' oder die 'OPAN' zu wenden, oder vielleicht auch an die 'Salvation Army' oder 'Lifeline'."

„Die OPA… was?", fragte der bärtige Mann und runzelte die Stirn.

„Das ist die Abkürzung für 'Older Persons Advocacy Network', eine Organisation, die alten Menschen helfen möchte. Nicht nur in Bezug auf sexuelle und physische Angriffe, sondern auch bei psychologischem Missbrauch, finanzieller Ausbeutung oder Vernachlässigung …"

„Ja, davon habe ich auch schon gehört!", sagte die kurzhaarige Frau, die sich noch gar nicht zu Wort gemeldet hatte, seitdem Sylvie und ich uns zu der Gruppe gesellt hatten.

„Wer möchte noch ein Würstchen?", rief George, Lisas Mann, der nun mit einem Teller voller Bratwürstchen an unseren Tisch kam.

„Danke, gern!", sagte die Blonde und nahm sich eins.

George strahlte uns an. „Ich hoffe, ihr unterhaltet euch gut! Irgendwie seht ihr alle so traurig aus. Vielleicht sollte ich ein Glas Gurken aufmachen."

„Gurken?", fragte der Bärtige verblüfft.

„Gurken machen lustig! Wusstest du das noch nicht, Richard?", scherzte George.

Sylvie lachte. „Ich hole mir lieber schnell ein Stück Kuchen! Soll ich jemandem was mitbringen?"

„Ja!", schrien alle im Chor.

Sylvie ergatterte noch genügend Stücke sowohl von dem Schokoladenkuchen als auch von dem Nusskuchen für unsere Runde. In einem hohen Baum nahebei turnten unzählige Fledermäuse herum und machten einen Mordspektakel. Schliefen die nicht normalerweise um diese Zeit? In meinem Kopf schwirrten unzählige Gedanken, und wieder einmal machte ich mir um meine Mutter Sorgen. Doch ich versuchte, sie zu verdrängen und stattdessen die Party zu genießen.

39

Spät abends kamen Sylvie und ich leicht beschwipst an meinem Häuschen an, und alles war mucksmäuschenstill. Diesmal gab es kein freudiges Begrüßungsgebell, da Nellie das ganze Wochenende bei Tina und Philipp verbringen würde. Die beiden hatten mir angeboten, sie öfter mal zu betreuen, wenn ich was vorhätte. Sylvie und ich stellten die Fahrräder in den Schuppen und gingen zum Eingang, als ich ein leises Stöhnen vernahm. O nein, war Tina oder Nellie womöglich etwas passiert? Oder wer könnte das sein?

Sylvie hatte anscheinend nichts gehört und kicherte.

„Es war ein toller Anblick, dich mit deiner Chefin tanzen zu sehen! Ich wusste gar nicht, was für ein guter Tänzer du bist, und Maya wirkte regelrecht verzückt! Dabei hast du doch immer ..."

„Psst!", zischte ich. „Irgendetwas stimmt hier nicht!"

Ich schlich zur Tür und stellte fest, dass sie nicht abgeschlossen war. Mist, offenbar hatte ich das am Nachmittag versäumt! Ich zögerte sekundenlang, gab mir dann einen Ruck und öffnete sie mit Schwung.

„Hallo!", rief ich laut und knipste das Licht an.

„Was zum Teufel – ja wer bist du denn?", schrie ich.

Auf meinem Sessel kauerte eine junge Frau mit einem dunklen, verstrubbelten Kurzhaarschopf. Sie schrak auf, rieb sich die Augen und sagte verlegen:

„Ich bin Arya. Ähm, dieses Haus gehört Verwandten von mir, und ich ... ich..."

Im nächsten Moment schluchzte sie los. „Ich wusste nicht wohin! Und meine Tante Melissa und Onkel Jim waren nicht zu Hause. Mir war richtig schlecht vor Angst!"

Sylvie fragte mitfühlend: „Was ist denn passiert?"

Verwundert runzelte ich die Stirn. Komisch, Melissa und Jim waren um diese Uhrzeit eigentlich immer daheim. Ich blieb wie angewurzelt an der Tür stehen, während Sylvie sich nach kurzem Zaudern auf die Couch setzte. Arya fuhr sich mit einer hektischen Geste über die Haare und blickte uns nacheinander an. Sie sagte jedoch keinen Piep, und ihre kastanienbraunen, tränenverschleierten Augen erschienen mir wie die eines scheuen Rehs.

„Vor wem hattest du Angst?", fragten meine Freundin und ich wie aus einem Mund.

Arya wischte sich nochmals über die Augen und sagte:

„Ich habe jemanden umgebracht! Dabei war sie doch schon vorher tot!"

„Blödsinn!", platzte ich heraus.

„Was?", fragte Sylvie entsetzt.

Ich starrte die Frau an und wusste nicht, was ich tun sollte. Die Polizei anrufen? Mich beschützend vor Sylvie stellen? Nach einer Waffe suchen, um meine Freundin und mich zu verteidigen? War diese Frau geistesgestört?

Arya schluchzte schon wieder los. „Ich habe es ja nicht gewollt. Aber … aber …" Vor lauter Tränen versagte ihr die Stimme.

Sylvie stand auf und reichte ihr eine Packung Taschentücher.

„Hier, putz dir mal die Nase! Und heulen kannst du später. Jetzt sag uns erstmal genau, was passiert ist. Wo warst du?"

Sylvie konnte sehr resolut sein! Wie in Trance nahm Arya die Tempos entgegen und schnäuzte sich kräftig. Sylvie setzte sich wieder hin, und ich füllte drei Gläser mit Wasser, bevor ich mich neben meiner Freundin auf dem Sofa niederließ.

Arya atmete mehrmals tief ein und aus, und erst jetzt bemerkte ich ihre Alkoholfahne und einen unangenehm säuerlichen Geruch. Sie trank gierig von ihrem Wasserglas und erzählte schließlich:

„Ich war bei einem Mann, dessen Haus ich demnächst für zwei Wochen hüten sollte. John hatte mich zum Abendessen eingeladen, so dass ich alles genauer mit ihm besprechen könnte. Vor allem sollte ich Ernie, seinen Hund, kennenlernen, der …" Arya hielt inne und putzte sich nochmals die Nase.

„Also, der Hund ist echt süß, und John schien ihn absolut zu vergöttern. Das machte ihn mir eigentlich sympathisch. Doch er war ein komischer Kauz. Ich glaube, er wollte mich betrunken machen. Jedenfalls hat er immer wieder mein Weinglas aufgefüllt, während er selbst nur an seinem Glas genippt hat. Aber das fiel mir erst später auf, und auf dem Weg hierhin musste ich kotzen. Ich bin so ein Dummkopf, so viel zu trinken!", schrie sie plötzlich los und sprang auf.

Ich erschrak über ihr wutverzerrtes Gesicht, doch Sylvie blieb ganz ruhig. „Was hat John getan?", fragte sie.

Arya stand vor dem Sessel und griff nach der Tischkante, als ob sie Halt suchen würde. Mit heiserer Stimme fuhr sie fort:

„John zeigte mir alle Zimmer im Haus und erklärte mir auch, wo ich im Notfall das Wasser abstellen könnte, den Strom abschalten und so weiter. Er quatschte wild drauf los und kicherte mehrmals merkwürdig. «Der Typ hat eine Macke!», dachte ich. Allerdings fand ich ihn eher ulkig als Furcht einflößend, und zudem ist John sehr dünn und relativ klein, also gar nicht bedrohlich wirkend. Doch als wir ins Schlafzimmer gingen …"

Ihre Nasenflügel bebten, und sie plumpste wie ein nasser Sack in den Sessel. „Als wir …", krächzte sie.

„Hat er dir etwas angetan?", fragte ich mitleidig.

Arya riss die Augen auf.

„Nee, aber … da stand eine Frau, die ein Gewehr auf uns richtete!"

„Was?", fragte Sylvie ungläubig.

„Das kann doch nicht wahr sein!", rief ich.

Arya sagte tonlos: „Ich habe sie umgebracht!"

„Was? Wie denn?" Ich fühlte mich wie in einem schlechten Film.

„Alles ging so schnell und kam mir doch vor wie in Zeitlupe. John knipste sofort das Licht aus, und es war stockdunkel. Er gab mir einen heftigen Schubs, und dann ging ein Schuss los …"

Arya schluckte hart und setzte fort:

„Ich flog längelang auf den Boden und knipste dabei irgendwie eine Stehlampe an. John schrie, und ich sah, dass er neben mir lag und am Arm blutete. Die Frau kam noch einen Schritt näher, zielte schon wieder auf John … und … ihr könnt nicht glauben, wie hasserfüllt sie aussah! Ernie winselte kläglich und begann dann, laut zu knurren. Und da wirkte die Frau auf einmal unschlüssig, ob sie den Hund oder John erschießen sollte, und so bin ich aufgesprungen, habe blitzschnell die Stehlampe gepackt und sie ihr über den Kopf gehauen!" Arya stieß einen Schluchzer aus und sagte:

„Sie fiel um und war mausetot!"

„Bist du sicher, dass sie tot war?", fragte Sylvie zweifelnd.

„Und dann?", fragte ich gespannt.

„Erst jetzt wurde mir bewusst, wer sie war. Mir wurde speiübel, denn es war … es war … die ermordete Maureen! Ich habe sie wiedererkannt, da sie mal in einem Café Gitarre gespielt hatte, bei dem ich damals als Kellnerin angestellt war."

„Unsinn!", meinte Sylvie vehement.

Aryas Augen blitzten vor Zorn, und ich roch erneut ihre starke Alkohol-fahne. Wie viel hatte sie bloß getrunken? Oder hatte sie wohl noch irgend-welche anderen Drogen eingenommen?

„Es war Maureen! Oder ihr Geist! Und da habe ich die absolute Panik ge-kriegt und bin geflüchtet!", stieß Arya mit schriller Stimme hervor.

„Wir müssen auf jeden Fall die Polizei verständigen", sagte Sylvie.

„Ja, und am besten auch eine Ambulanz! Hoffentlich ist John nicht zu schwer verletzt!", meinte ich besorgt.

Arya wimmerte plötzlich. „Ach, ich habe ihn im Stich gelassen! Ich hätte mich um ihn kümmern müssen. Doch ich will nicht ins Gefängnis!" Und sie begann wieder, heftig zu weinen.

Nur mit Mühe gelang es Sylvie, ihr die Adresse von John zu entlocken.

Nachdem ich mit der Ambulanz und der Polizei telefoniert hatte, saßen wir eine Weile stumm da. Und dann fiel mir plötzlich ein, was Tina mir vor Kurzem erzählt hatte.

„Ich hab die Lösung! Es muss Hannah gewesen sein, die ältere Schwester von Maureen!", rief ich. „Katja hat nämlich erwähnt, wie verblüffend ähnlich die Schwestern ausgesehen hätten, fast wie Zwillinge. Hannah war letztens mit ihrer Mutter und ihrem Stiefvater für ein paar Tage bei Katja und Sam. Aber komisch, ich dachte, sie wären alle schon längst wieder abgereist."

„Und wie kommt sie an ein Gewehr? Wir leben doch nicht in Amerika!", meinte Sylvie.

Arya brach in ein hysterisches Lachen aus.

Ich fühlte mich hilflos und ein bisschen panisch. Was sollten wir mit die-ser jungen Frau anstellen, die einfach so in unser Haus eingedrungen und sichtlich verstört war? Wie lange würden wir auf die Polizeibeamten warten müssen, die sie verhören wollten? Ich raufte mir die Haare, und in meinem Magen und Darm rumorte es verdächtig.

Sylvie lächelte mir beruhigend zu. „Ich mache uns einen Tee!", sagte sie.

In dem Moment klopfte jemand an die Tür. Es war jedoch nicht die Polizei, sondern meine Vermieter Melissa und Jim, und sofort fiel Arya ihrer Tante weinend um den Hals.

„Ach, mein Kindchen!", sagte Melissa. „Was ist denn passiert? Wir waren bis gerade auf einer Geburtstagsfeier und haben jetzt erst deine Nachricht auf dem Anrufbeantworter entdeckt. Natürlich kannst du bei uns übernachten! Doch vor wem fürchtest du dich?"

Noch während Arya ihnen alles berichtete, kamen direkt mehrere Polizeibeamte in mein kleines Miethäuschen. Sie wirkten sehr ernst, fast grimmig, und lehnten einen Tee ab.

Der Morgen begann schon zu dämmern, als Sylvie und ich endlich wieder allein waren und völlig erschöpft in einen unruhigen Schlaf fielen.

40

John fühlte sich benommen, und er hatte Schwierigkeiten, den Verband um seinen verletzten Arm zu wickeln. Obwohl er Pharmazeut war, wurde es ihm immer etwas übel, wenn er Blut sah, vor allem, wenn es sich um sein eigenes handelte. Nachdenklich betrachtete er die Frau, deren Platzwunde am Kopf er ebenfalls verarztet hatte und die immer noch reglos auf dem Boden lag. Zur Sicherheit hatte er ihr rasch mit einer Hundeleine die Hände zusammengebunden und das Gewehr in einen Schrank gesperrt. Dort hatte er eine alte Wäscheleine entdeckt, damit ihre Fußgelenke umwickelt und an einem Bettpfosten befestigt. Was für ein Segen, dass ihr Schuss nicht sein Herz getroffen hatte! Aber wer war sie? Warum hatte sie auf ihn geschossen? Und wie war sie unbemerkt in sein Schlafzimmer gekommen?

Ernie leckte ihm mitleidig über die Hand, und John streichelte ihn zärtlich. „Gut, dass dir und Arya nichts passiert ist!", flüsterte er.

Er konnte Aryas panische Flucht gut verstehen und war unendlich dankbar, dass sie ihn und Ernie gerettet hatte. Doch was hatte sie da zum Schluss gerufen? So etwas wie: „Jetzt ist sie schon zum zweiten Mal getötet worden!"

Was konnte das bedeuten? Hatte Arya sturzbetrunken Blödsinn von sich gegeben? Er musste zugeben, dass er ihr beim Abendessen zu viel Wein eingeschenkt hatte. Doch sie war ihm anfangs etwas verkrampft und schüchtern erschienen, und er hatte es nur gut gemeint. Sie machte einen netten Eindruck, und auch Ernie hatte sie auf Anhieb gemocht. Er würde sie gern wie geplant als Haussitterin einstellen, aber nach diesem verrückten Attentat würde sie garantiert nie wieder einen Fuß über seine Schwelle setzen.

Ungeduldig sah er auf seine Uhr. Wann würde die Polizei endlich eintreffen? Er hatte sie doch schon vor einer Viertelstunde angerufen!

Die gefesselte Frau bewegte sich nun und schlug die Augen auf. Zunächst war ihr Blick verschwommen, und sie stöhnte. Doch dann blickte sie John an, und er erschrak über den ungezügelten Hass in ihrer Miene. Was hatte sie gegen ihn? Sie kam ihm vage bekannt vor, und doch war er sich ganz sicher, sie niemals zuvor gesehen zu haben. Es war unbegreiflich! Ob sie ihn mit jemand anderem verwechselte?

Oder konnte es an seinem Beruf liegen? Vor Kurzem war eine Gruppe von Tierschützern in ein Labor eingebrochen und hatte viele Tiere befreit. Dabei war ein Bekannter von ihm verletzt worden, den er schon seit der Studienzeit kannte. Doch das war in einer anderen Stadt geschehen, und er selbst war gar kein Forscher und hatte überhaupt nichts mit Tierversuchen zu tun, sondern arbeitete als Pharmareferent.

Oder lag es etwa an jenem Medikament, das er eine Zeitlang überschwänglich angepriesen hatte und das später wegen seiner schlimmen Nebenwirkungen vom Markt genommen wurde? Es hatte nicht nur Atemnot und Herzbeschwerden bei kleinen Kindern ausgelöst, sondern sogar einige Todesfälle verursacht! Aber was hatte diese junge Frau damit zu tun? War ein Kind von ihr wegen der Medizin gestorben? Wollte sie sich daher an ihm rächen? Doch wie war sie an seine Adresse gekommen? Nichts ergab einen Sinn!

Die Frau wollte jetzt aufstehen und merkte, dass ihre Beine an dem hölzernen Bettpfosten angebunden waren. „Mach mich los!", keifte sie und versuchte, sich aus ihren Fesseln zu winden.

Ernie knurrte drohend.

John warnte sie: „Sei vorsichtig! Du hast eine böse Kopfwunde, die genäht werden muss!"

Und dann fragte er: „Warum hast du auf mich geschossen?"

„Weil du meine Schwester auf dem Gewissen hast, du mieser Schweine-hund!", schrie sie.

„Deine Schwester? Wer soll das sein?"

„Du verlogener Kerl! Sie hat einem alten Freund erzählt, dass sie für eine Woche als Haussitterin hier in Marcoola wohnen wollte, und zwar genau in dieser Straße! Sie sollte sich abends persönlich bei jemandem vorstellen, und sie wusste noch gar nicht, ob ihre Bewerbung Erfolg haben würde, schwärm-te jedoch bereits im voraus über ihre kostenlose Unterkunft so nah am Meer. Doch am nächsten Morgen lag sie tot im Park! Unter einer schäbigen Plastik-plane! Ermordet!", schluchzte sie.

John konnte es kaum glauben. Sein Arm schmerzte höllisch, und ihm war flau. „Ah, das war deine Schwester? Das tut mir leid! Ja, ich habe damals von dem Mord gehört. Was für eine schreckliche Tragödie! Doch ich habe sie nie kennengelernt und hatte schon lange keine fremden Haussitter mehr hier, sondern nur einen guten Freund!"

„Lügner!", schrie die Frau und kämpfte wieder gegen die Fesseln an. „Ich habe deine letzte Annonce im Internet gesehen. Und gerade war ja schon wieder eine junge Frau zum Vorstellen hier. Wolltest du sie auch umbringen? Ach, ich wünschte, ich hätte besser gezielt!"

Sie bäumte sich auf und wand sich dermaßen wild am Boden, dass John instinktiv zurückwich. Er war noch nie besonders mutig gewesen und hatte sich schon als Kind immer hinter seinem kräftigen Freund Mark versteckt.

Mark! Er hatte ja oft seinen geliebten Hund Ernie betreut. Ob er eine Ahnung hatte, was es mit dieser Geschichte auf sich haben könnte? Sollte er ihn rasch anrufen?

„So ein Quatsch!", murrte er. Zu seiner Erleichterung hörte er nun Poli-zeisirenen in der Nähe, und dann verlor er das Bewusstsein.

Als John wieder zu sich kam, war er im Krankenhaus. Ihm war übel und schwindelig, und er hatte Mühe, einen klaren Gedanken zu fassen. Hatte eine wildfremde Frau tatsächlich versucht, ihn zu erschießen? Noch dazu in seinem eigenen Schlafzimmer? Oder steckte er in einem schlechten Traum?

„Hallo, John!", flötete eine mollige junge Krankenschwester fröhlich. „Bleib schön liegen, du musst dich noch schonen. Doch nur keine Sorge, der Arm wird gut verheilen!"

„Aber Ernie … wo ist mein Ernie?", entgegnete John ängstlich.

„Wer ist Ernie? Keine Ahnung! Aber jemand wartet bereits ganz ungeduldig draußen im Gang, ich hole ihn mal schnell rein!"

John hatte fast erwartet, seinen Freund Mark zu sehen, doch stattdessen trat ein älterer Polizist zu ihm, der ihm die Hand schütteln wollte und es sich anders überlegte, als sein Blick auf den verbundenen Arm fiel. Er stellte sich höflich vor, setzte sich auf einen Stuhl neben seinem Bett und begann, ihn auszufragen. Ab und zu kritzelte er Notizen in ein Heft. Zum Schluss erfuhr John, dass die Frau mit dem Gewehr Hannah hieß und durch ein offenes Schlafzimmerfenster geklettert war, um ihn zu töten. Beim Eintreffen der Polizei hatte sie sofort ein volles Geständnis abgelegt und war verhaftet worden. Die andere Frau namens Arya war ebenfalls bereits vernommen worden und hielt sich momentan bei Verwandten auf.

„Ich muss mich um meinen Hund kümmern!", krächzte John weinerlich.

Der Polizist lächelte ihn beruhigend an. „Keine Sorge! Dein Nachbar Wayne hat ihn zu sich genommen. Er kam gerade nach Hause, als wir bei dir eintrafen und dich bewusstlos am Boden fanden, und dein Hund lief sofort freudig auf ihn zu."

„Ja, Ernie ist immer viel zu freundlich zu allen und würde sogar einem Einbrecher die Füße lecken." John grinste schief. „Immerhin hat er Hannah angeknurrt, als sie zum zweiten Mal auf mich schießen wollte. Aber ohne Arya wäre es sicher böse ausgegangen!"

„Ja, du hast wirklich Glück gehabt!", sagte der Polizist und verabschiedete sich, als eine Ärztin ins Krankenzimmer kam und ihn schon allein mit ihrem grimmigen Gesichtsausdruck vertrieb. Durch den hohen Blutverlust und den Schock über den unerwarteten Angriff war John sehr geschwächt und schlief bald wieder ein.

Erst am nächsten Morgen rief er seinen Nachbarn an, um sich bei ihm zu bedanken. Wayne, ein Mann mittleren Alters, hatte sich vor ein paar Monaten von seiner Frau getrennt und ging seitdem oft in eine Kneipe, um seine Einsamkeit zu vergessen. Wayne beteuerte nun, dass es überhaupt kein Problem sei, Ernie eine Weile zu betreuen. Zufällig habe er gerade Ferien. Und sein Vater, der für eine Woche zu Besuch gekommen war, sei ebenfalls sehr tierlieb. John freute sich. Er hatte schon mit dem Gedanken gespielt, Mark zu bitten, auf Ernie aufzupassen, solange er im Krankenhaus bleiben müsste. Doch anscheinend war sein Hund in guten Händen.

Erleichtert legte er sich wieder hin, als es ihm plötzlich heiß und kalt zugleich wurde. Wenn er sich richtig erinnerte, war er zum Zeitpunkt von Maureens Mord gerade auf einer Dienstreise gewesen, und Mark hatte zwei Wochen lang als Hundehüter in seinem Haus gelebt. Nach seiner Rückkehr hatte John zu seiner Verwunderung eine nicht mehr nagelneue, aber schöne Gitarre in seiner Garage entdeckt. Als er seinen Freund darauf angesprochen hatte, hatte Mark behauptet, sie für seine Tochter gekauft zu haben. Er hätte sie bis zu ihrem Geburtstag dort aufbewahren wollen und vergessen, ihm davon zu berichten. Doch dabei war er ihm eigenartig nervös erschienen.

Konnte es sich etwa um Maureens Gitarre handeln? Hatte Mark etwas mit ihrem Tod zu tun? John wurde kreideweiß.

41

Als ich aufwachte, war es bereits 10 Uhr. So lange hatte ich schon ewig nicht mehr geschlafen! Im Badezimmerspiegel sah ich ein bleiches Gesicht mit tiefen Schatten unter den Augen, und ich fand mich recht hässlich. Außerdem hatte ich einen grässlichen Geschmack im Mund und einen leichten Muskelkater in den Beinen. Beim Zähneputzen beschloss ich, erstmal ausgiebig zu duschen.

„Guten Morgen!", rief Sylvie mir zu. „Ich habe schon Kaffee gekocht!"

„Super!", nuschelte ich, den Mund voller Zahncreme.

Gerade hatte ich mir die Haare mit Shampoo eingeschäumt, als ich Stimmen vernahm. Nanu, wer kam da schon wieder zu Besuch? Ich spitzte die Ohren, konnte jedoch bei dem lauten Wasserrauschen nichts verstehen. Auf einmal wurde das Wasser eiskalt. Mist! Anscheinend war die Gasflasche leer! Kalte Duschen hatte ich noch nie gemocht.

„Sylvie!", rief ich. „Kannst du schnell die andere Gasflasche anschließen?" Leider schien sie mich nicht zu hören.

Missmutig, aber erfrischt, trat ich endlich ins Wohnzimmer und grummelte: „Ich wünschte, meine Vermieter würden auch das Wasser mit Sonnenenergie heizen, denn …" Ich stockte, als ich Sylvie und Yolanda eng umschlungen auf der Couch erblickte. Sie weinten, und sofort wurde ich von panischem Schrecken gepackt. Meiner Mama musste etwas geschehen sein! In der letzten Woche war sie gar nicht gut dran gewesen.

„Ist meine Mutter gestorben?", platzte ich heraus.

Beide schauten mich verwirrt an.

„Was? Nee! Tony ist verschwunden!", sagte Yolanda mit zittriger Stimme.

„Echt? Seit wann? Und wo …", stammelte ich.

Insgeheim fühlte ich mich erleichtert, dass sie nicht wegen meiner Mutter heulten, und schämte mich gleichzeitig dafür. Die arme Yolanda war ganz aufgelöst! Ich hatte ja gemerkt, dass sie ihren Bruder sehr gern hatte. Und Sylvie heulte sicher aus lauter Mitgefühl für ihre jüngere Kollegin mit. Sie saß da wie ein Häufchen Elend und wirkte arg blass und übernächtigt. Kein Wunder nach der letzten Nacht!

Beide Frauen putzten sich die Nasen, und Yolanda erklärte:

„Wir hatten gestern Abend eine Familienfeier bei Debbie und Mark, und Tony wollte natürlich auch dazukommen. Aber er ist nicht aufgetaucht, und wir konnten ihn nicht auf seinem Handy erreichen. Vor allem Kim war sehr enttäuscht, weil es ihr Geburtstag war, aber nach einer Weile waren wir alle total besorgt. Wo kann er denn bloß stecken?"

„Habt ihr Katja und Sam angerufen?"

„Ja, doch die wussten auch nichts. Tony wäre schon gestern Morgen aus dem Haus gegangen, und danach hätten sie ihn nicht mehr gesehen. Vorhin bin ich sogar dorthin gefahren, aber keine Spur von Tony."

Yolanda schniefte laut.

„Und noch dazu sind die Kinder heute früh ausgebüxt! Debbie und Mark sind völlig verzweifelt, und wir haben schon ganz viele Straßen abgesucht! Irgendwann kam ich auf die Idee, dich, Michael, zu fragen, ob du eventuell irgendetwas bemerkt hast, da du ja in der Nähe wohnst."

Ich kratzte mich ratlos am Kopf. „Das ist ja furchtbar! Und sicher ist es noch zu früh, die Polizei zu alarmieren, oder?"

Yolanda lächelte gezwungen.

„Debbie hat das bereits getan, aber nur Tony als vermisst gemeldet. Wir sind uns sicher, dass die Kinder eine Weile nach ihm suchen und bald wieder nach Hause zurückkehren! Ach, dieser Blödmann! Vielleicht hat er einfach irgendwo eine nette Frau aufgegabelt und uns vergessen!"

„Ist er denn so unzuverlässig?", fragte Sylvie.

„Nee, überhaupt nicht!" Yolanda schluchzte wieder los.

Unvermittelt dachte ich an Arya, John und seinen Hund Ernie und die Frau mit dem Gewehr. Davon sollten wir Yolanda besser nicht erzählen, sonst würde sie sich noch mehr Sorgen machen. Diese Geschichte war eh unglaublich und klang nach einer aus dem wilden Westen! Woher hatte Hannah – falls es wirklich Maureens Schwester war – wohl das Gewehr? Und warum hatte sie auf John geschossen?

Sylvie stöhnte. „Dieses Wochenende hat es in sich! Erst eine wild schießende Frau, und nun gleich mehrere Vermisste!"

„Was?", fragte Yolanda überrascht.

Und schon begann Sylvie, ihr alles brühwarm zu berichten, was wir am Vortag von Arya erfahren hatten. Ich verdrehte die Augen.

„Ich mache uns allen Frühstück, okay?", schlug ich vor. „Wie wäre es mit Toast und Honig? Oder selbstgemachter Marmelade von Melissa?"

Yolanda lehnte erst ab und blieb dann doch da, und ich staunte über ihren unbändigen Appetit. Nach einem letzten Schluck Tee stand sie auf, um sich zu verabschieden, als ihr Handy klingelte. Debbie berichtete, dass ihre Kinder wieder zu Hause waren. Aber Tony blieb spurlos verschwunden.

42

Katja hatte sich erschrocken, als Yolanda am Sonntag in aller Herrgottsfrühe bei ihnen anklingelte, um nach Tony zu fragen. Später beim Frühstück sagte sie zu ihrem Mann:

„Sollen wir nachher mal herumfahren und nach seinem Auto Ausschau halten? Vielleicht war er schwimmen und ist ertrunken! Oder ob er einen Autounfall hatte? Diese uralte Kiste, die er sich da letztens gekauft hat, sieht ja schon arg klapprig aus! Dabei müsste er als Zahnarzt eigentlich ordentlich Knete haben und sich was Besseres leisten können!"

Sam meinte jedoch: „Ach was, Tonys Auto ist doch robust, und er wird schon okay sein. Peter wurde ja auch vermisst und ist dann wieder aufgekreuzt. Du machst dir immer viel zu schnell Sorgen!"

Katja grinste etwas schief. „Das stimmt! Aber komisch ist es schon. Tony wollte doch gestern Morgen ein Geschenk für seine Nichte kaufen. Und dann geht er nicht zu ihrer Geburtstagsparty?"

Sam rieb sich über die Nase. „Das ist echt merkwürdig! Aber vielleicht gab es irgendeinen Notfall in seinem Freundeskreis oder so."

„Dann hätte er doch bestimmt seine Familie verständigt! Also ich fahre jedenfalls gleich mal zum Strand und gucke nach seinem Auto!", sagte Katja resolut.

„Na gut!", seufzte Sam. „Ich komme mit!"

Als Katja das Auto aus der Garage fuhr, eilte Ann auf sie zu und schrie:

„Hallo, wartet mal! Fahrt ihr zum Einkaufen auf den Markt? Könnt ihr mir vielleicht Kartoffeln mitbringen?"

Sam kurbelte das Fenster herunter und entgegnete:

„Nee, wir suchen nach Tony!"

„Tony? Der ist doch gestern verreist!" Ann stützte sich schwer atmend auf den niedrigen Zaun ihres Vorgartens. Sie hatte ein rosafarbenes Kleid an, und auch ihre Wangen glühten in einem tiefen Rosa.

„Verreist? Wie kommst du denn darauf?", rief Katja erstaunt.

„Na, ich habe mittags gesehen, wie er einen Koffer in seinen Kofferraum gepackt hat!", erklärte Ann.

"Das kann doch wohl nicht wahr sein!", meinte Sam erbost. "Tony hat unsere Ferienwohnung für einen ganzen Monat gemietet und nichts davon erwähnt, dass er schon eher ausziehen würde."

„Hat er denn wenigstens im voraus bezahlt?", wollte Ann wissen.

Katja musste grinsen. „Ja, das hat er!"

„Wann genau hast du Tony gestern gesehen, Ann?", fragte Sam.

„Ja, also, es war so um eins rum, glaube ich. Ich hatte gerade mein Mittagessen beendet und hörte ein lautes Piepen. Da wollte ich mal gucken, was los war. Es war aber bloß irgendein Lieferwagen beim Rückwärtsfahren. Und dann hab ich den Tony auf dem Weg zu seinem alten Flitzer gesehen, den er auf der Straße geparkt hatte."

„Neugierige Tussi!", flüsterte Sam seiner Frau zu.

„Er scheint so ein netter Mann zu sein!", schwärmte Ann nun. „Und er ist so stark, denn er hatte gar keine Probleme damit, den riesigen Koffer zu tragen."

Katja runzelte die Stirn. Sie konnte sich nicht vorstellen, dass Tony verreisen würde, ohne sich von ihnen oder seiner Familie zu verabschieden. Und er war doch erst vor Kurzem aus Alaska zurückgekehrt und hatte bereits seine neue Stelle als Zahnarzt angetreten. Nee, es musste ihm etwas passiert sein!

„Wir fahren jetzt los und sagen dir Bescheid, falls wir etwas herausfinden! Tschüss!", sagte sie zu Ann.

Katja und Sam klapperten die Parkplätze von verschiedenen Stränden ab, ohne Tonys Auto zu entdecken. Überall herrschte bereits ein reger Betrieb, da es ein Sonntag mit herrlichem Wetter war. Jede Menge Touristen und Einheimische flitzten herum, viele halbnackt und barfuß, mit Kindern, Hunden und Bällen, Handtüchern, Sonnenhüten und ‚Boogie Boards‘. Aus einem Hotel, an dem sie vorbeifuhren, erschallten laute Musik und Gelächter. Sam sehnte sich plötzlich nach einem kalten Bier und ärgerte sich, durch die Gegend zu fahren und Benzin zu verplempern.

„Das hat doch gar keinen Sinn!", schimpfte er.

„Na ja, es war eben nur so eine Idee. Denn leider kommt es ja allzu oft vor, dass jemand im Meer ertrinkt, und auch Peter musste schon mal aus einer starken Strömung gerettet werden", murmelte Katja.

„Tony ist bestimmt schlau genug, um auf sich aufzupassen", meinte Sam.

„Warte mal ab, er wird schon wieder putzmunter bei uns auftauchen! Vielleicht macht er ja einen spontanen Wochenendausflug und besucht irgendwelche Freunde."

Nach einem Blick auf die Uhr fragte er:

„Wie wär's, sollen wir zu Tina und Philipp fahren?"

„Ja, gute Idee!" Katja lächelte ihren Mann kurz an und versuchte, ihre Beklemmung abzuschütteln, was ihr jedoch nicht gelang. Sie hatte so ein unbestimmtes Gefühl, Tony helfen zu müssen! Aber wie?

* * *

Tina saß gemütlich auf ihrer Veranda und las einen Liebesroman, als ihre Freunde eintrafen. Nellie, die das Wochenende bei ihrem alten Frauchen verbrachte, begrüßte sie freudig und flitzte los, um nach einem Ball zu suchen.

„Was liest du denn da?", fragte Katja amüsiert, sobald ihr Blick auf den Buchtitel fiel. „Einen Roman mit heißen Sexszenen? Du hast doch sonst immer nur Krimis oder Thriller gelesen."

Tina errötete. „Ach Quatsch! Das Buch ist eher altmodisch und kitschig, aber so schön romantisch! Einfach mal eine nette Abwechslung zu Mord und Totschlag. Denn das wahre Leben ist eh schon grausam und brutal genug."

Sam grinste. „Und wo ist Philipp?"

„Der spielt Golf mit irgendwelchen Typen, die ich noch gar nicht kenne." Ihr Gesicht verdüsterte sich. „In der letzten Zeit macht er dauernd was ohne mich."

„Na, ist doch super, wenn er neue Freundschaften schließt und ihr nicht ständig zusammenhockt!", entgegnete Katja.

Sie betrachtete ihre Freundin aufmerksam. Tina wirkte angespannt, und um ihren Mund spielte ein bitterer Zug. O je, war die Liebe zwischen ihr und Philipp etwa schon verblasst? Sie hatte sich so für Tina gefreut, als sie sich frisch verliebt hatte!

„Demnächst will Phillip für eine ganze Woche nach Sydney reisen und hat mich gar nicht gefragt, ob ich mitkommen möchte", sagte Tina traurig. „Ob er seine Ex treffen will?"

„Aha, du bist eifersüchtig!", stellte Katja fest.

Sam beobachtete eine winzige Spinne auf der Fensterbank, die in einem Höllentempo um eine riesige Ameise herumrannte und diese in ihrem Spinnennetz einfing. Trotz ihrer Größe schien die Ameise ihren verzweifelten

Kampf zu verlieren. Das Leben kann brutal sein!, dachte er und bemitleidete die Ameise.

Tina lächelte gezwungen. „Na ja, es ist bestimmt Unsinn, mir solche Gedanken zu machen, und ich kann mir momentan sowieso keinen Urlaub nehmen." Dann stand sie auf und schlug vor: „Kommt ihr mit in die Küche? Ich mache uns einen Kaffee! Oder wollt ihr lieber was Kaltes?"

„Hast du ein Bier?", fragte Sam.

Tina sah ihn überrascht an. „Jetzt schon? Normalerweise trinkst du doch frühestens am späten Nachmittag Alkohol!"

„Tja, unser Abendessen war gestern wohl zu scharf gewürzt, jedenfalls habe ich heute einen höllischen Durst!"

„Was habt ihr denn gegessen?"

„Sam hat ein neues indisches Rezept ausprobiert!", erklärte Katja schmunzelnd.

„Das hätte Michael sicher gut geschmeckt!", sagte Tina. „Übrigens haben wir gerade telefoniert, und er hat mir berichtet, dass euer Gast verschwunden ist."

Sofort wurde Katja wieder ernst. „Ja, ich habe ein ungutes Gefühl im Bauch."

„Blödsinn!", schnaubte Sam. „Du benimmst dich fast wie eine Glucke! Tony ist doch nicht dein Kind, sondern ein erwachsener Mann! Kann er nicht mal am Wochenende verreisen, ohne dir gleich sagen zu müssen, was er vorhat?"

Seine sonst so warmen braunen Augen funkelten dermaßen grimmig, dass Tina in Gelächter ausbrach.

„Ich glaube, du bist auch eifersüchtig, Sam!"

Sams buschige Augenbrauen schossen unwillig in die Höhe. Aber dann musste er selbst lachen.

„Du hast recht, Tina! Dabei finde ich es eigentlich richtig klasse, dass Katja unsere Feriengäste immer bemuttert und verwöhnt! Und Tony ist wirklich ein netter Kerl!"

Sam schaute seine Frau nun wieder liebevoll an, und sie zerzauste ihm kurz die Haare.

Tina öffnete den Kühlschrank. „Habt ihr auch Hunger? Ich habe noch jede Menge Kartoffelsalat und ein paar Frikadellen von gestern übrig."

„O ja, gerne!", erwiderte Katja, und Sam nickte eifrig.

Tina hatte sich schon oft gewundert, warum ihre beste Freundin trotz ihres guten Appetits so gertenschlank blieb, während sie selbst viel zu schnell zunahm. Je älter sie wurde, desto schlimmer wurde es. Zu ihrem eigenen Entsetzen hatte sie inzwischen einen dicken Bauch und 'Rettungsringe' angesetzt und fragte sich, ob Philipp sie jetzt hässlich finden würde. Ob er sich deswegen in der letzten Zeit von ihr distanzierte? Fast wütend biss sie in ihre Frikadelle.

Beim Essen erzählte Sam: „Manche Leute haben echt Schwein! Tony hat mir vor ein paar Tagen erzählt, dass Mark, sein Schwager, gerade in finanziellen Schwierigkeiten steckte, als ein Onkel von ihm verstarb und ihm einen ganzen Batzen Geld vermachte. Und so konnte er sein Haus in Sydney behalten, sich ein zweites Grundstück kaufen und das Haus bauen lassen, in dem er jetzt mit seiner Familie wohnt."

„Warum hatte er denn finanzielle Probleme?", nuschelte Tina mit vollem Mund.

„Laut Tony ist er Arzt und ziemlich reich, hatte jedoch eines Tages einen riesigen Verlust an der Börse", sagte Sam und trank einen Schluck Bier. „Anscheinend hatte er zu viel Geld in irgendeine Firma investiert, deren Aktien dann dramatisch abstürzten."

„Hm, der Kartoffelsalat ist köstlich!", lobte Katja, die sich noch nie besonders für den Aktienmarkt interessiert hatte.

„Was für eine Firma war das denn?", fragte Tina neugierig. Sie hatte auch etwas Geld in Aktien angelegt.

Sam zuckte mit den Schultern. „Den Namen habe ich schon wieder vergessen. Es hatte irgendwas mit Pharmazeutischer Forschung und Technologie zu tun."

Nach einer Weile fügte er hinzu:

„Tony hat auch erwähnt, dass Mark seinen gut bezahlten Job in Sydney gekündigt hat, nachdem eine Krankenschwester ihn des Mordes an einer alten Patientin bezichtigte. Er war zwar vollkommen unschuldig, hatte jedoch das Gefühl, alle Kollegen würden ständig über ihn tuscheln. Und daher ist er an die Sonnenscheinküste gezogen."

Katja verschluckte sich beinahe.

„Das gibt's doch gar nicht!", schrie sie. „Warum hast du mir das nicht eher erzählt, Sam? Erinnerst du dich denn gar nicht mehr daran, was Peter damals auf der Zugfahrt von Maureen erfahren hat?"

Sam guckte bekümmert. „Ach du Schreck, ich hatte Tony versprochen, niemandem etwas davon zu sagen. Denn sein Schwager war doch unschuldig und wollte hier ein neues Leben anfangen!"

„Ja, aber Maureen ist ermordet worden! Und zwar hier in unserer Nähe! Vielleicht hat dieser Mark etwas damit zu tun! Und nun ist Tony verschollen!", rief Katja aufgeregt.

Tina grinste. „Katja, ich glaube, du liest zu viele Krimis! Du hast ja eine lebhafte Fantasie!"

43

Mark konnte es kaum glauben, dass diese verflixte Gitarre an seinem Wohnzimmerschrank lehnte. Er hatte John angelogen und sie gar nicht gekauft, sondern sie neben der toten Maureen gefunden und spontan an sich genommen. Ihm wurde immer noch flau, wenn er an sein unglaubliches Erlebnis vor vielen Monaten dachte:

Zu der Zeit hatte er in Johns Haus in Marcoola gewohnt, um Ernie zu betreuen, da sein Freund beruflich verreist war. Obwohl das Haus relativ nah am Flughafen gelegen war, war es eine schöne Wohnsiedlung und weit genug entfernt von der Flugschneise. Normalerweise fühlte Mark sich pudelwohl dort. Doch in jener Nacht hatte er schlecht geträumt und danach nicht wieder einschlafen können. Ob seine fiesen Träume daran lagen, dass er Maureen ein paar Tage zuvor am Strand und später in einem Café gesehen hatte, wo sie Gitarre spielte und sang? Er hatte so gehofft, sie niemals wiederzusehen! Diese blöde Krankenschwester, die ihn ganz dreist bezichtigt hatte, eine nette alte Dame getötet zu haben! Zudem hatte sie irgendwie von seiner Erbschaft erfahren und im Krankenhaus das weitere Gerücht verbreitet, er habe auch seinen Onkel abgemurkst! So eine gemeine Frau! Sie hatte ihm das Leben schwer gemacht, und nur wegen ihr waren er und seine Familie aus Sydney weggezogen. Zum Glück hatte er in Noosa schnell eine neue Stelle als Arzt gefunden. Doch kaum war es ihm gelungen, Maureen aus seiner Erinnerung zu verbannen, musste er ihr wieder hier an der Sonnenscheinküste begegnen. War es ein dummer Zufall? Oder Schicksal? Wie auch immer, er hatte sie immerzu anstarren müssen, es aber nicht fertig gebracht, sie anzusprechen. Was hätte er auch sagen können?

Ganz spontan beschloss er in jener schlaflosen Nacht, einen kleinen Spaziergang mit dem Hund zu machen. Vielleicht würde er sich dadurch ein wenig entspannen. Die Nachtluft war angenehm kühl, und der Mond war wie eine Sichel geformt und spendete kaum Licht. Schon nach wenigen Minuten hob Ernie sein Beinchen an einem Baum, und beim Weitergehen stolperte Mark über einen großen Gegenstand. Er fluchte leise und knipste seine Taschenlampe an – und sah einen Rucksack, eine Gitarre und daneben eine tote Frau! Sie lag zwischen zwei Bäumen auf dem Rasenstreifen, mausetot!

Oder konnte er sie noch retten? Als er sie rasch untersuchte, erkannte er voller Grauen, dass es Maureen war, und er musste sich beinahe übergeben. Seine Gedanken überschlugen sich, und Panik befiel ihn. Er fror und schwitzte zur gleichen Zeit, und nur mit Mühe unterdrückte er ein verzweifeltes Schluchzen. Ausgerechnet Maureen! Sollte er die Polizei rufen? Nee, auf keinen Fall! Alle würden glauben, er hätte sie umgebracht! Ernie schnüffelte interessiert am Rucksack. In der Nachbarschaft war es still.

Was sollte er tun? In Windeseile rannte Mark mit dem Hund zurück zu Johns Haus, ließ den verwundert blickenden Ernie dort und holte sein Auto. Er fuhr zurück, lud die junge Frau, ihren Rucksack und die Gitarre in sein Auto und brachte sie zu einem Parkplatz in Coolum Beach.

Um diese Stunde war auch dort alles ruhig und dunkel. Im Zentrum der Stadt würde die Polizei vielleicht vermuten, jemand hätte Maureen beraubt, so hoffte er. Er legte sie sanft auf den Boden und fühlte sich entsetzlich. Erst im letzten Moment dachte er daran, alle Spuren zu beseitigen, die auf ihn hinweisen könnten. Er zog sich Gummihandschuhe an, die er für einen Notfall immer im Auto hatte, und zog ihr die Kleidung bis auf einen Schlüpfer und den BH aus. Trotz seines früheren Hasses wurde er plötzlich von Mitleid erfüllt, und er strich ihr zum Abschied zärtlich über die langen Haare.

Sie war noch so jung! Unsinnigerweise kam es ihm gemein vor, sie so entblößt auf dem Boden liegen zu lassen. Aus einem Container lugte eine Plastikplane, die er daher vorsichtig über sie ausbreitete. Er war wie in Trance und konnte sich hinterher kaum noch an die Rückfahrt erinnern. Erst viel später dachte er voller Schrecken an Überwachungskameras. War seine verrückte Tat etwa beobachtet worden? Aber nun konnte er nichts mehr dran ändern, sondern nur hoffen, dass er nicht auffliegen würde! Und was war eigentlich geschehen? Hatte jemand anders Maureen so abgrundtief gehasst, dass er sie umgebracht hatte? Wer könnte das sein? So nah bei John! Kannte er etwa den Täter? Am liebsten wäre er direkt ausgezogen und in sein eigenes Haus oder sonstwohin geflüchtet, aber er musste sich ja um Ernie kümmern.

In den nächsten Tagen entsorgte er den Rucksack und all ihre Habseligkeiten, behielt jedoch ihr Bargeld und die Gitarre. Es tat ihm zu leid, so ein schönes Musikinstrument wegzuwerfen. Er könnte sie doch seiner Tochter schenken! Ihr Geburtstag war erst in weiter Ferne, so dass bestimmt niemand mehr eine gebrauchte Gitarre mit Maureen in Verbindung bringen würde.

Anfang November, also kurz vor Kims Geburtstag, holte er das Instrument endlich von John ab, der es so lange für ihn verwahrt hatte. Doch sofort befiel ihn wieder totale Panik. Nee, das Ding musste weg! Kurzerhand warf er es zu dem Sperrmüll, den irgendein Nachbar in seiner Straße — recht weit von seinem eigenen Haus entfernt — bereits angesammelt hatte. Es war ein düsterer, verregneter Abend, und er glaubte nicht, dass jemand bei dem miesen Wetter in dem Kram herumwühlen würde. Sicherheitshalber rückte er rasch einen Läufer, einen Stuhl und eine riesige nackte Puppe über die Gitarre, um sie zu verstecken.

Was für ein Hammer, dass seine eigenen Kinder und Yolanda diese Gitarre (und auch die hässliche Puppe) am nächsten Tag entdeckten und ins Haus brachten! Er war ein Volltrottel! Warum hatte er Maureens Gitarre nicht woanders entsorgt oder zu einem Second Hand Laden gebracht? Und welche Lügengeschichte könnte er John auftischen? Denn die Kinder würden ihm bei seinem nächsten Besuch garantiert aufgeregt von ihrem Fund erzählen, und John würde sich wundern!

Voller Bange starrte er jetzt, an einem warmen Novembersonntag mit heiterem Wetter und einem Tag nach Kims so gar nicht heiterer Geburtstagsfeier, auf die verflixte Gitarre am Wohnzimmerschrank und hörte kaum, was Debbie sagte.

„Mark!", schrie sie erzürnt, und er zuckte zusammen. „Wo steckst du bloß dauernd mit deinen Gedanken?", schimpfte sie. „Ich weiß ja, dass du und Tony euch nicht so super versteht, aber wir müssen doch etwas unternehmen! Wir müssen ihn suchen!"

Mark blickte sie verzagt an. „Aber wo denn? Im Krankenhaus ist er jedenfalls nicht, da habe ich schon angerufen."

„Ich weiß es nicht! Yolanda ist sogar zu seiner Ferienwohnung gefahren, aber seine Vermieter hatten auch keine Ahnung. Wo kann er nur sein?", fragte Debbie verzweifelt.

Ihr Bruder war einer der zuverlässigsten Menschen, die sie je kennengelernt hatte, und wenn er sagte, er würde zu einer bestimmten Uhrzeit kommen, dann tat er das auch. Und er hatte Kim und Daniel so gern! Auf Kims Wunsch und Tony zuliebe hatten sie diesmal eine kleine Familienfeier statt einer großen Kindergeburtstagsparty geplant, und dann erschien er nicht!

Was war am vorigen Tag passiert? Schon zigmal hatte Debbie sein Handy angerufen, aber ohne Erfolg.

Mark ließ sich ermattet aufs Sofa fallen. Sein Magen schmerzte, und ihm war schon wieder übel. Trotz seiner imposanten Größe war er im Grunde eher ein ängstlicher, nervöser Mann, was er gern mit einem arroganten Gehabe zu vertuschen versuchte. Er war zwar ein erfolgreicher Arzt, ja sogar Chefarzt, geworden, fühlte sich jedoch schnell überfordert und gestresst. Und seine spontanen Reaktionen waren oft so dumm, dass er es selbst kaum glauben konnte! Warum um alles in der Welt hatte er eine ermordete Frau heimlich an einen anderen Ort befördert? Er war wirklich bekloppt!

Er könnte im Gefängnis enden! Und diesmal wäre sein Ruf völlig ruiniert! Wie würde seine Familie damit umgehen? Er liebte sie doch und wollte nur das Beste für sie! Sein Leben war im Eimer!

Unvermittelt musste er schluchzen.

Debbie setzte sich neben ihn und lehnte ihren Kopf an seine Schulter.

„Ach, Mark!", flüsterte sie hilflos.

44

Nach dem Mittagessen hatte Tina einen Nachtisch aus frischen Früchten und Vanilleeis zubereitet, den sie und ihre Freunde nun auf der Veranda verzehrten. Eine Weile schwiegen sie, und nur der Ventilator an der Decke über dem Tisch brummte leise. Eine dicke Fliege kam neugierig näher und brummte kurz mit, flog aber rasch wieder davon. Nellie schlummerte tief und selig. Tina freute sich über den Überraschungsbesuch von Katja und Sam, und es tat ihr gut, sich mal wieder auszuquatschen. Katja war sowieso ihre beste Freundin, und sie hatte Sam ebenfalls sehr gern, der ein lieber, geduldiger Mensch war und sie oft zum Lachen brachte. Sie mochte auch Philipps Humor und hatte schon viel mit ihm gelacht, aber in der letzten Woche hatten sie sich dauernd gestritten. Ob es ihre eigene Schuld war?

„Glaubt ihr, dass ich ein Klammeraffe bin und Philipp nicht genügend Freiheit schenke?", fragte Tina ihre Freunde. „Ich finde es nämlich doof, dass er sein Miethaus noch behalten möchte, obwohl er bei mir eingezogen ist und seine Miete in Marcoola schweineteuer ist. Aber anscheinend liebt er sein eigenes Reich und will eine Rückzugsmöglichkeit haben."

„Na ja, jeder hat so seine eigene Vorstellung von Freiheit und Unabhängigkeit", meinte Sam nachdenklich. „Aber wie ein Klammeraffe bist du mir eigentlich nie vorgekommen. Du bist insgesamt sehr eigenständig, hast einen super Job als Managerin und tust oft, was du für richtig hältst, ohne erst andere zu fragen. Und wenn man frisch verliebt ist, ist es doch normal, wenn man möglichst viel zusammen unternehmen möchte."

„Tja, vielleicht ist er nicht mehr in mich verliebt. Denn momentan scheint er auf Distanz zu gehen. Nach der Arbeit radelt er meistens nach Hause und übernachtet dort, und am letzten Wochenende hat er sich auch schon mit anderen Leuten getroffen – ohne mich dabei haben zu wollen!"

„Ach Tina! Warte erst mal ab! Eventuell braucht Philipp einfach eine Pause, denn ihr zwei wart ja wochenlang wie zwei unzertrennliche Turteltauben!", sagte Katja und lächelte ihr aufmunternd zu.

„Vielleicht war sein Einzug bei dir etwas überstürzt! Nach einer Trennung wollen sich ja manche Menschen nicht direkt wieder so eng binden", meinte Sam. „Sind er und Ronnie eigentlich bereits geschieden?"

„Ja klar! Das heißt – hm, na ja, ich hab's eben angenommen! Sonst hätte ich ihm gar nicht vorgeschlagen, bei mir einzuziehen. Das wäre mir irgendwie falsch erschienen", murmelte Tina kleinlaut.

„Wie, du weißt es gar nicht genau?", fragte Katja erstaunt.

„Philipp redet nicht gerne über seine Vergangenheit!", entgegnete Tina patzig.

„Haben die beiden Kinder?", erkundigte sich Sam. „Das wirst du doch wohl wissen, oder?"

Katja blickte ihren Mann überrascht an. Warum klang der normalerweise sanfte, freundliche Sam plötzlich so zynisch?

Tina räusperte sich. „Sie hatten einen geistig behinderten Sohn, der jedoch tragischerweise schon kurz vor seinem fünften Geburtstag gestorben ist. Es war natürlich eine furchtbar schwere Zeit für Philipp und seine Frau. Sie liebten das Kind abgöttisch, obwohl es ein Problemkind war. Oder vielleicht liebten sie ihren kleinen George gerade deswegen noch mehr, weil sie ihn eben immer besonders gut beschützen und, na ja, sein Leben um jeden Preis verschönern wollten," sagte Tina mit brüchiger Stimme und Tränen in den Augen.

„Wie schrecklich!", hauchte Katja. „Woran ist er denn gestorben?"

„Er ist bei einem Spaziergang mit seinen Eltern tödlich verunglückt. Sie wollten eine Verwandte besuchen, die ebenfalls in Sydney wohnte, wohl ganz in der Nähe von ihrer eigenen Wohnung. Philipp ging mit seinem Sohn Hand in Hand einige Meter hinter Ronnie auf dem Bürgersteig, als eine junge Frau den Jungen versehentlich mit ihrem E-Scooter traf und ihn umriss. George wurde schnell ins Krankenhaus gebracht, doch er ist kurz danach an seinen schweren Verletzungen gestorben."

„O nein!", rief Sam bestürzt. „Diese bekloppten Leute, die in einem Affenzahn auf ihren elektrischen Rollern herumflitzen und überhaupt keine Rücksicht auf Fußgänger nehmen! Es kommt immer häufiger zu solchen Unfällen!"

Tina nickte. „Ja, eine Freundin von mir wurde auch schon mal beinahe in Brisbane umgenietet und konnte sich gerade noch mit einem Sprung zur Seite retten. Man sollte diese E-Scooter gar nicht auf Fußwegen erlauben!"

„Ich glaube, in New South Wales ist das auch verboten", meinte Katja und runzelte die Stirn.

„Wurde die Frau in Sydney denn bestraft?", fragte Sam.

„Sie ist glimpflich davongekommen, denn man hat es als einen Unfall angesehen und ihr keine Schuld gegeben. Und sie selbst hatte bloß einige Schürfwunden und eine Prellung. Sie war übrigens gar nicht auf dem Bürgersteig, sondern auf der Straße gefahren, wo sie einem Schlagloch ausweichen wollte und dabei ins Schleudern geriet. Philipp behauptete allerdings, sie sei viel zu schnell daher gedüst. Echt furchtbar!", seufzte Tina. „Philipp und Ronnie konnten es kaum begreifen, dass ihr einziger Sohn tot war. Ihre Familienstruktur war schlagartig zerstört worden, und ihr Leben schien keinen Sinn mehr zu haben. Vor allem Ronnie war deprimiert und verbittert und kapselte sich immer mehr von allem ab. Ihre Verzweiflung und Trauer verwandelte sich in ohnmächtigen Hass und Zorn, den sie auch gegen ihren Ehemann richtete. Zum Schluss konnte Philipp es nicht mehr aushalten und beschloss, sich von ihr zu trennen und sogar weit weg zu ziehen."

„Was für eine grausame Geschichte! Aber warum hast du uns denn nie davon erzählt?", fragte Katja vorwurfsvoll.

„Na ja, Philipp hat mich gebeten, mit niemandem über seinen Sohn zu reden. Er versucht, sein Leben wieder in den Griff zu bekommen, und die Vergangenheit schmerzt ihn noch zu sehr. Sogar über seine Frau will er nie sprechen. Er hat mir das alles in einer Nacht berichtet, in der er ziemlich betrunken und gefühlsduselig war, und da sprudelte es plötzlich nur so aus ihm heraus. Doch am nächsten Morgen schien er es zu bereuen, überhaupt davon angefangen zu haben, und war grässlich zugeknöpft, als ich ihm noch ein paar Fragen stellen wollte."

„Das ist aber auch keine Lösung, seine Vergangenheit einfach zu verdrängen", überlegte Sam.

„Der arme Philipp muss tieftraurig sein! Dabei wirkt er so offen und fröhlich", wunderte sich Katja. „Bei der Arbeit ist er auch immer total nett und freundlich."

„Und warum will er nun nach Sydney fliegen?", fragte Sam.

„Er hat mir nur gesagt, er wolle ein paar alte Freunde und verschiedene Verwandte besuchen. Als ich Genaueres wissen wollte, schnauzte er mich an, dass ich sie eh alle nicht kennen würde. Er kann so gemein sein!", sagte Tina und hatte nun Tränen der Wut in den Augen. „Ich war so verliebt in Philipp! Und meistens ist er liebevoll, charmant und wunderbar! Aber manchmal erscheint er mir wie ein unnahbarer Fremder. War es alles zu schön, um wahr zu sein? Ist er in Wirklichkeit ein ganz anderer Kerl, als ich ihn mir vorgestellt habe?"

Hatte sie immer wieder Pech?, grübelte sie. Lag es an ihrem Aussehen oder an ihrem Verhalten, dass die Männer ihrer überdrüssig wurden? Michael hatte ihr ja vorgeworfen, zu egoistisch zu sein. Oder war sie zu rechthaberisch? Sie guckte in den Garten, ohne wirklich etwas von der Natur wahrzunehmen. Die dicke Fliege kehrte zurück und versuchte, an den Überresten in einem Eisschälchen zu naschen, doch Sam scheuchte sie hastig weg. Nellie missverstand seine Handbewegung und rannte auf die Wiese, da sie auf ein Ballspiel hoffte.

„Ach, Tina!", sagte Katja mitleidig und umarmte ihre Freundin. „Ich hoffe, alles wird gut ausgehen! Ich fand Philipp von Anfang an sehr sympathisch, und ihr scheint so gut zusammen zu passen!"

Sam dachte insgeheim, dass er Michael, Tinas Ex, lieber mochte, schwieg jedoch. Er hatte es schade gefunden, dass sie sich auseinandergelebt hatten, aber genau wie seine Frau hatte er sich sowohl für Tina als auch für Michael gefreut, als diese sich frisch verliebt hatten. Bisher hatten beide so glücklich mit ihren neuen Partnern gewirkt! Doch was nun? Würde Tinas Liebesbeziehung zu Philipp in Streitereien und Unzufriedenheit ausarten? Hatte sie doch nicht ihren Traummann gefunden? Sam war froh, dass er und Katja sich so prima verstanden und nur selten Zoff hatten! Er schaute auf die Uhr und stellte fest, dass sie viel länger als geplant bei Tina gewesen waren, und genau in dem Moment sagte Katja: „Ach du je, so spät ist es schon? Wir müssen los! Kopf hoch, Tina, lass dich nicht unterkriegen!"

„Und denk dran, du kannst dich immer mit uns aussprechen und bist jederzeit bei uns willkommen!", sagte Sam zum Abschied und gab Tina ein Küsschen auf die Wange. Katja umarmte ihre Freundin nochmals herzlich, und dann fuhren sie und Sam nach Hause.

Erst unterwegs dachten sie wieder an Tony.

45

Am Sonntagabend holte ich Nellie von Tina ab und war erstaunt, meine Ex allein anzutreffen, da sie sonst ständig mit ihrem Freund zusammen zu sein schien. Tina erklärte, dass Philipp Golf gespielt hätte und danach vermutlich direkt zu seinem Miethaus gefahren wäre. Sie habe ihn sowieso schon seit Freitag weder gesehen noch telefonisch erreichen können, und sie hatte den Eindruck, er wolle wohl eine Weile auf Abstand gehen. Ich merkte, dass sie ergrimmt war, hakte jedoch nicht nach. Schließlich wollte ich mich nicht in ihre Beziehungsprobleme einmischen! Außerdem war ich hundemüde, und mir schwirrte immer noch der Kopf von allem, was am Samstag passiert war. Tina berichtete mir noch kurz von Katjas Besorgnis über Tony, der jedoch sicher bloß verreist sei, ohne ihnen Bescheid zu sagen.

Als ich am Montag aufwachte, war Sylvie bereits zum Frühdienst aufgebrochen. Nellie lag zufrieden in ihrer Lieblingsecke, und ich freute mich, meine süße Hündin wieder bei mir zu haben. Draußen trällerten die Vögel. Warum waren die eigentlich immer schon im Morgengrauen putzmunter? Ich gähnte herzhaft und versuchte vergeblich, mich an meinen letzten Traum zu erinnern. Recht häufig hatte ich fantastische Träume, nach denen man mühelos einen Krimi oder Abenteuerfilm drehen oder auch einen Science Fiction Roman verfassen könnte! Jedenfalls nahm ich mir dauernd vor, alle interessanten Träume aufzuschreiben, was ich dann doch nie tat. Was meine Mutter wohl so träumte? Ob sie sich hinterher daran erinnern konnte? Wie erlebte sie ihren Alltag? Es war echt schade, dass sie mir kaum noch etwas mitteilen konnte – sie, die immer so redselig gewesen war! Mein Bruder fand es ganz furchtbar, dass er nicht mehr mit ihr telefonieren konnte. Er vermisste ihr Geplauder, ihr gemeinsames Lachen und Mamas herzliche Anteilnahme am Leben seiner Familie. So viele Dinge werden einem oft erst richtig bewusst, wenn sie einem fehlen.

Mein Muskelkater vom vielen Tanzen war verschwunden, und ich machte rasch meine regelmäßigen Yoga-Übungen, wobei Nellie mir neugierig zuschaute. Als sie noch jünger war, hatte sie sich eng an mich geschmiegt, sobald ich mich auf den Teppich legte, was natürlich hinderlich für das Yoga war. Inzwischen wusste sie, dass sie mir manchmal einen gewissen Abstand geben musste. Sylvie hatte einmal einen Film gesehen, in dem ein Border-Collie beim Yoga mitmachte und sich synchron zu den Bewegungen seines Frauchens und zur Musik streckte und reckte! Doch so etwas hatte ich Nellie nie beigebracht.

Nach meinen Übungen begaben wir uns nun auf unseren morgendlichen Spaziergang. Zarte Federwolken verzierten den hellblauen Himmel, und ich träumte vor mich hin, als es einen gewaltigen Knall gab. Instinktiv (und synchron) sprangen Nellie und ich zur Seite, dann zerrte ich Nellie hinter einen Baum und beugte mich schützend über sie. Ein unbekannter Mann winkte mir grinsend aus seinem Auto zu, und ich erkannte, dass es bloß eine Fehlzündung gewesen war! Im nächsten Moment hörte ich schallendes Gelächter und sah Mark vor seiner Eingangstür stehen. Er hatte verwuschelte Haare, war barfuß und trug ein Hemd, das nicht richtig zugeknöpft war und Teile seines kräftigen Bauches zeigte.

„Was ist denn mit dir los, Michael?", fragte er amüsiert. „Bist du immer so schreckhaft? Jedenfalls hast du super schnell reagiert, faszinierend! Das war beinahe filmreif!"

„Na ja, es klang wie ein Schuss!", erklärte ich verlegen.

Anscheinend hatte mich Aryas Erlebnis stärker beeinflusst, als ich gedacht hatte. Mark kam näher, und Nellie wedelte eifrig mit dem Schwanz.

„Hey, geht's dir nicht gut? Du bist ja ganz blass!", sagte er nun besorgt zu mir und streichelte Nellie.

„Ach, ich bin bloß übermüdet", sagte ich.

„Dann bin ich ja beruhigt! Ich kannte mal einen alten Mann, der bei lauten Geräuschen immer gleich in Panik geriet. Aber der war im Krieg gewesen und muss Schreckliches erlebt haben! Er mochte auch kein Feuerwerk, da es ihn an Explosionen, Brände und wilde Gefechte erinnert hat."

„Das kann ich mir gut vorstellen! Normalerweise bin ich nicht so ein Angsthase, aber nach der Geschichte von der schießwütigen Frau …"

„Ja, das war unglaublich! Yolanda hat Debbie und mir gestern davon berichtet."

„Und habt ihr inzwischen was von Tony gehört?", fragte ich.

„Nein, leider nicht!", erwiderte er verzagt.

„Übrigens habe ich gestern Abend erfahren, dass Ann, eine Nachbarin von Katja und Sam, Tony am Samstag Mittag mit einem Koffer gesehen hat. Also ist er wohl verreist?", sagte ich und dachte an die kurze Unterhaltung mit Tina zurück.

„Nee, das war sicher mein eigener Koffer, den ich ihm für seinen Umzug geliehen hatte und den er mir zurückbringen sollte!"

Bevor ich antworten konnte, ertönte wütendes Kindergeschrei im Haus, und Mark sagte rasch: „Kim und Daniel streiten sich schon wieder, ich gehe besser mal gucken, was los ist. Denn Debbie schläft noch. Die Arme war gestern fix und fertig! Tschüss, bis bald!"

„Tschüss! Okay, wir gehen weiter!", sagte ich zu Nellie, die bereits etwas ungeduldig geworden war.

Erst später fiel mir unvermittelt mein Traum der letzten Nacht ein, und ich musste grinsen, da er völlig absurd gewesen war. Aber wenn ich an so manche Begebenheiten dachte, die in der letzten Zeit passiert waren, schien es zu stimmen, was meine Mutter früher oft behauptet hatte:

„Das wahre Leben kann verrückter als ein Traum sein!".

Beim Frühstück kritzelte ich rasch in mein Tagebuch:

Ich wünsche mir so sehr, dass Mama hauptsächlich an Positives in ihrer Kindheit zurückdenkt und nicht dauernd an grässlichen Erinnerungen leiden muss.

Wie furchtbar, wenn Kinder einen Krieg, eine Hungersnot, Misshandlungen oder andere grausame Dinge durchstehen und dann als Erwachsene alles noch einmal – oder sogar wieder und wieder – in ihrem Geist erleben müssen! Kann posttraumatischer Stress eigentlich noch durch die Alzheimer Krankheit verstärkt werden?

Ich bin dankbar für meine überwiegend schöne und sorgenfreie Kindheit – auch wenn ich nicht immer hundertprozentig glücklich war und ich ein paar bestimmte fiese Typen sogar heute noch am liebsten zum Mond schießen würde! Doch ich hatte wirklich tolle Zeiten, vor allem mit meinem Bruder, mit dem ich immer durch dick und dünn gehen konnte. Hoffentlich werde ich mich auch später noch an die Abenteuer mit ihm und unseren Freunden erinnern, an die Urlaube mit unseren Eltern, unseren Spaß beim Radeln, Schwimmen und Spielen, an Papas Gesang und sein verschmitztes Lächeln. In der letzten Zeit habe ich wieder öfter an Papa gedacht. Wie der wohl mit Mamas Demenz umgegangen wäre? Wie kommt man damit klar, wenn die eigene Ehefrau einen nicht mehr erkennt oder gar abweist? Mama hat ja manchmal Angst vor fremden Kerlen, aber ich glaube ganz fest, sie hätte sich genausowenig vor Papa wie vor mir oder Patrick gefürchtet. Und auch dafür bin ich dankbar.

46

Etwas später am selben Montagmorgen bekam Debbie einen Anruf aus dem Krankenhaus. Es war John, der nach Mark fragte.

„Mark ist bei der Arbeit!", sagte Debbie. „Soll ich ihm etwas ausrichten?"

„Ähm, ja, also ich bin angeschossen worden, und …"

„Ja, das haben wir gestern von Yolanda erfahren! Mark wollte sofort zu dir, doch die zuständige Ärztin hat keinen Besuch erlaubt. Und sogar als er ärgerlich erklärte, dass er ja selbst Arzt ist, hat sie es abgelehnt und gesagt, du würdest schlafen. Wie geht es dir denn?"

„Schon besser! Ich hatte so ein Glück, dass diese irrsinnige Hannah nur meinen Arm getroffen hat!"

„Woher hatte sie denn das Gewehr?"

„Von ihrem Vater! Hannah hat der Polizei gestanden, dass sie ihren Vater besucht hat, der irgendwo auf einer Farm lebt und daher eine legale Waffe hatte. Die hat sie ihm geklaut und ist mit voller Mordabsicht zu mir gekommen … in mein eigenes Schlafzimmer, und …" John schluckte geräuschvoll. „Dabei kenne ich sie doch gar nicht!"

„O John, was für ein furchtbarer Schock!", sagte Debbie.

„Aus irgendwelchen Gründen hat Hannah angenommen, ich hätte Maureen um die Ecke gebracht, und da alle Polizeiermittlungen bisher im Sand verlaufen waren, wollte sie die Sache selbst in die Hand nehmen und Rache üben."

„Wahnisnn!", sagte Debbie.

„Gut, dass Hannah das Schießen nicht besser von ihrem Papa gelernt hat!", scherzte John nun. „Aber sie und ihre Schwester haben ihren richtigen Vater wohl nur selten gesehen, weil ihre Mutter sich schon früh von ihm getrennt hat. Sie konnte es angeblich nicht ertragen, auf einem riesigen Bauernhof weit weg von aller Zivilisation zu leben."

Debbies Handy klingelte laut. Ob es Tony war?, dachte sie sofort.

„Entschuldige, John, ich muss einen anderen Anruf annehmen! Ich sage Mark, dass du angerufen hast, okay? Gute Besserung!"

Und schon hatte sie aufgelegt. John wunderte sich, woher Yolanda wissen konnte, dass auf ihn geschossen worden war. Gab es bereits einen Fernsehbericht über Hannahs Tat? Wie es Arya wohl ging? Und seinem Ernie? Er musste Wayne unbedingt genaue Instruktionen über sein Hundefutter geben, das hatte er gestern völlig vergessen. Ach ja, Ernie müsste morgen auch seine monatliche Wurmtablette einnehmen!

Aufgeregt rief John nach der Krankenschwester und fragte, wann er nach Hause dürfe. Dann telefonierte er lange mit Wayne, der ihm sofort versicherte, dass es Ernie gut ginge.

Nachdem Wayne sich geduldig alle möglichen Verhaltensmaßnahmen und Erklärungen bezüglich des Hundes angehört hatte, sagte er:

„Weißt du, was komisch ist? Mein Vater ist gestern Nachmittag mit Ernie spazierengegangen, und an dem einen Grundstück, wo der neue Nachbar wohnt, hat Ernie merkwürdig reagiert, immerzu auf den Gartenschuppen gestarrt und leise gewinselt."

„Welcher neue Nachbar?", fragte John.

„Na, ja, er wohnt nun schon eine Weile da. Der Typ aus Sydney, der bei der Post arbeitet. Ich komme grade nicht auf seinen Namen…"

„Philipp?"

„Ja, genau! Und heute Morgen bin ich mit Ernie Gassi gegangen, und da hat er dasselbe getan. Ich musste ihn regelrecht von dort wegzerren!"

„Tja, Ernie ist nicht mehr der Jüngste und manchmal ganz schön stur. Wenn er sich in den Kopf setzt, in eine bestimmte Richtung zu gehen, dann ist es schwer, ihn umzustimmen." John lachte. „Ich muss zugeben, dass ich zu oft nachgebe und meinem Hund brav folge."

„Vielleicht hat Ernie eine besonders gute Nase und riecht was Leckeres in dem Schuppen, so was wie Dünger oder so", meinte Wayne schmunzelnd.

Er hatte den dicken, zutraulichen Ernie bereits sehr lieb gewonnen. Und mit dem Hund im Haus schien er sich viel besser mit seinem Vater zu verstehen, der sonst immer arg wortkarg und mürrisch war. Zum ersten Mal nach langer Zeit hatten sie sogar mehrmals herzlich zusammen gelacht.

* * *

Das Wochenende war mal wieder im Nu verflogen, und am Montagmorgen hatte Katja schlechte Laune. Noch dazu erschien Philipp nicht zur Arbeit, so dass es sicher stressig würde. War er bereits nach Sydney geflogen? Doch weder ihre Kollegen noch ihr Chef hatten eine Ahnung, wo er steckte. Ob er krank war oder nur verschlafen hatte? Ausgerechnet heute ging es furchtbar hektisch im Postamt zu, und die Kunden standen schon frühmorgens Schlange. Katja ärgerte sich über eine junge Frau, die sich laut und ordinär über den Preis eines Päckchens beschwerte, und hatte Mühe, die Ruhe zu bewahren und freundlich zu bleiben. Blöde Tussi, dachte sie und klatschte die Briefmarken auf das kleine Paket.

„Du hast die Marken ja ganz schief aufgeklebt!", motzte die Frau beim Bezahlen.

„Na und?", gab Katja zurück und rief schnell: „Der Nächste, bitte!"

Zum Glück trat nun ein zierlicher alter Mann an ihren Schalter, den sie bereits vom Sehen kannte und den sie irgendwie richtig niedlich fand. Er war immer extrem höflich und hatte ein bezauberndes Lächeln. Sofort verbesserte sich ihre Stimmung. Irgendwie würde sie den Tag schon überstehen – auch ohne Philipp.

* * *

Auch für Tina verlief der Montagmorgen ziemlich hektisch. Im Hotel gab es so viel zu regeln, dass sie dabei ihren Kummer über Philipp vergaß. Ein griesgrämiger Gast beschwerte sich über eine Familie mit zu lauten Kindern, ein anderer Gast hatte beim Frühstück auf eine tote Fliege in seinem Rosinentoast gebissen und verlangte (vor lauter Ekel fast grün im Gesicht!) einen Preisnachlass für seine Unterkunft. Erst in ihrer Mittagspause entdeckte sie Katjas Nachricht auf ihrem Handy:

„Philipp ist heute nicht zur Arbeit erschienen. Ist er krank? Falls ja, bestell ihm gute Besserung!"

Rasch schrieb sie zurück: „Keine Ahnung! Ich werde heute Abend mal zu ihm fahren."

Was war nur mit ihm los?, dachte Tina besorgt, als jemand in ihr Zimmer stürzte und rief: „Komm schnell, es brennt!"

„Was, wo denn?" Tina sprang entsetzt auf und folgte ihrem Mitarbeiter in ein oberes Stockwerk. Dichter Rauch quoll ihnen schon im Gang entgegen, und ein Alarm ging los. Eine Frau kam ihnen schreiend mit einem Säugling im Arm entgegen, und Tina überlegte krampfhaft, was sie tun sollte. Sie blieb stocksteif stehen, und ihr Gehirn fühlte sich grauenhaft leer an.

„Die Feuerwehr wird gleich kommen!", sagte ihr Mitarbeiter beruhigend zu der verängstigten Frau mit dem Baby und führte sie zur nächsten Treppe. „Geh ganz ruhig zum Ausgang, okay?"

„Es ist alles in Ordnung, wir haben den Brand schon gelöscht!", rief Melinda, eine junge, schlanke Hotelangestellte mit langen schwarzen Haaren, die erst vor einer Woche eingestellt worden war. Sie hatte ein kleines Mädchen an der Hand, und hinter ihr erblickte Tina nun ein Paar mit zwei weiteren Kindern. Die Mädchen guckten erschrocken, der Junge schuldbewusst.

Der Vater erklärte verlegen:

„Meine Kinder wollten mich mit einem Geburtstagskuchen und brennenden Kerzen überraschen. Doch dann ist mein Sohn gestolpert, eine Serviette fing Feuer, und auf einmal war eine Strickjacke auf der Sessellehne in Flammen!"

„Und im Nu brannten die Vorhänge lichterloh! Es war so ein Schock!", schluchzte die Mutter.

Melindas dunkle Augen funkelten aufgeregt. „Ich hörte ein verzweifeltes Geschrei, habe direkt kapiert, was los ist, einen Feuerlöscher an mich gerissen und alles besprüht!", sagte sie. „Dabei wäre das vielleicht gar nicht nötig gewesen, da sich die automatische Sprinkleranlage ja auch sofort eingeschaltet hat."

"Super, Melinda!", lobte Tina. „Das hast du toll gemacht!"

Tina war so erleichtert, dass sie am liebsten getanzt hätte. Obwohl im Hotel schon öfter ein Probealarm stattgefunden hatte und sie theoretisch wissen müsste, was bei einem Brand zu tun wäre, hatte sie den Kopf verloren und war wie erstarrt gewesen. Nun gelang es ihr wieder, die Kontrolle zu übernehmen.

Die Familie siedelte rasch in eine andere Hotelwohnung um, die zwar kleiner war, aber dafür eine schöne Aussicht hatte, und der Brandschaden musste von Fachleuten begutachtet werden. Zum Glück war niemand verletzt worden! Der Gast im Nachbarzimmer, der sich schon vorher über dieselbe Familie aufgeregt hatte und nun durch den Lärm und Brandgeruch aus seinem Mittagsschlaf geweckt wurde, ließ sich jedoch nicht besänftigen und zog wutschnaubend aus.

47

Tina war froh, als sie endlich Feierabend hatte. Der Berufsverkehr war zäh-flüssig, doch sie war so in ihren Gedanken versunken, dass die Fahrt ihr dennoch kurz erschien und sie beinahe die Ausfahrt nach Marcoola verpasst hätte. Wie Philipp wohl reagieren würde, wenn sie vor seiner Tür aufkreuzen würde? Sie hatte ihm noch eine kurze SMS von der Arbeit aus geschickt, jedoch keine Antwort erhalten. Ob er sie schroff abweisen oder liebevoll umarmen würde? Ach, sie wünschte sich so sehr, ihre Beziehung wieder auf die Reihe zu kriegen. Sie konnte gar nicht verstehen, was genau schief gelaufen war!

Sie parkte ihr Auto unter dem mächtigen, malerischen Melaleucabaum vor Philipps Miethaus und nickte einem attraktiven Mann flüchtig zu, der mit einem Hund auf der anderen Straßenseite spazierenging. Der dicke Hund, der stark an der Leine zog und offenbar unbedingt zu ihr kommen wollte, kam ihr bekannt vor, den Mann hatte sie noch nie gesehen. Sie schritt rasch zu dem kleinen Ziegelhaus, das von Palmen und dichten Büschen umgeben war, und klopfte an die Tür.

„Philipp! Ich bin's, Tina!"

Keine Antwort. War er nicht zu Hause? Doch sein Auto stand in der Zufahrt zur Garage. Ihr Herz klopfte plötzlich schneller. War ihm etwas passiert? Hoffentlich hatte er keinen Schlaganfall bekommen! Er war ja auch nicht mehr der Jüngste!

„Hallo!", rief sie laut, und ihre Angst verstärkte sich.

Sie rüttelte an der Haustür, die allerdings verschlossen war. Irgendetwas knarrte, und sie ging durch das Gartentor und weiter zu einem großen himmelblau gestrichenen Schuppen, der auf einer Seite eine hohe Hecke als

Sichtschutz hatte. Philipp hatte immer gern darin herumgewerkelt. Die Schuppentür mit dem hübschen Butzenglasfenster stand einen Spalt weit offen, bewegte sich leicht im Wind und knarrte dabei wieder leise.

„Philipp, bist du da?"

Sie öffnete die Tür und erblasste.

„Nein! Philipp, o nein!", schrie sie entsetzt.

Neben einem Holzschemel vor dem robusten Arbeitstisch lag ihr Freund auf dem Zementboden. Sein Gesicht war wachsbleich, und als sie nach seinem Puls fühlte, schrak sie vor seiner kalten Haut zurück, doch dann warf sie sich weinend über ihn.

„Philipp, mein geliebter Philipp! Das kann doch nicht wahr sein!", jammerte Tina. Ihr Freund war tot!

„Hallo?", rief jemand voller Sorge, und im nächsten Moment war der schlanke Fremde mit dem dicken Hund an ihrer Seite.

„O nein!", sagte er gleich darauf. „Hätte ich doch nur auf Ernie gehört!"

„Was?", murmelte Tina tränenerstickt und richtete sich auf. „Wer ist Ernie? Bist du ein Freund von Philipp?"

„Nein, ich wohne in der Nachbarschaft, nur ein paar Häuser weiter. Und ich betreue zur Zeit diesen Hund hier, der schon mehrmals ganz komisch zum Gartenschuppen gestarrt hat. Er hat sicher gespürt, dass etwas nicht stimmte. Ach, wäre ich doch bloß eher zu Hilfe gekommen, vielleicht hätte ich Philipp noch retten können!"

Er weinte nun auch, und Tina umarmte ihn instinktiv. Überrascht und etwas verlegen drückte er sie an sich und streichelte ihr zart über den Rücken. Ernie winselte kläglich und legte eine Pfote auf Philipps Arm. Tina löste sich von dem Fremden und suchte hastig nach ihrem Handy in ihrer riesigen Handtasche.

„Ich muss einen Krankenwagen rufen", sagte sie.

Und dann wurde ihr schwindelig und übel. Der Mann fing sie auf, bevor sie umfiel, und half ihr, sich auf den Boden zu setzen und gegen die Wand zu lehnen.

„Lass mich das mal erledigen. Hole erstmal tief Luft!", sagte er mit sanfter Stimme. „Übrigens, ich heiße Wayne."

„Ich bin Tina!", krächzte Tina.

Geschwind tippte Wayne auf seinem eigenen Handy herum. Während er mit jemandem von der Ambulanz sprach, erblickte er einen Brief auf dem mit vielen Utensilien beladenen Tisch, der unter einer rostigen Blechdose steckte und mit „FÜR TINA" beschriftet war. Daneben standen ein Trinkglas und eine leere Tablettenpackung. Er reichte Tina den Brief, den sie mit zittrigen Händen aufriss. Sie las:

Meine geliebte Tina!

Es ist Samstagmorgen, und ich habe den Entschluss gefasst, mich von dir zu verabschieden und dir einiges zu erklären. Ich bin mir sicher, dass du mich als Erste hier finden wirst, und ich hoffe, du kannst mir verzeihen! Ich habe dich so sehr geliebt, und ich war eine Zeitlang so glücklich mit dir! Ich wollte dich noch viel besser kennenlernen und wäre gern mit dir alt geworden. Doch ich habe etwas ganz Schreckliches getan und kann einfach nicht mehr damit leben. Daher werde ich gleich eine Überdosis Schlaftabletten nehmen.

Ich habe dir von meinem kleinen Sohn erzählt, der so vollkommen unerwartet gestorben ist. Der tragische Unfall hat sich wieder und wieder in meinem Kopf abgespielt, und ich habe mir immerzu Vorwürfe gemacht, nicht besser auf George aufgepasst zu haben. Und es war nicht nur Ronnies Schuld, dass wir uns in unserer Verzweiflung nicht gegenseitig trösten konnten, sondern uns im Gegenteil immer mehr angefeindet haben. Wir waren beide so deprimiert, so zornig und bitter! Ich habe dunkle Seiten in mir, die ich selbst fürchte und hasse!

Ich wollte mich ändern und ein völlig neues Leben beginnen, und du erschienst mir wie meine Traumfrau. Tina, du bist wunderschön und stark und hast ein gutes Herz! Ich hatte wirklich vor, dich glücklich zu machen! Aber es war mir nicht vergönnt, die Vergangenheit ruhen zu lassen. Ausgerechnet am selben Tag, an dem ich dich kennenlernte, sah ich auch die Frau, die damals meinen George in Sydney angefahren hatte. Ich konnte es kaum glauben! Da spielte diese Maureen unbekümmert Gitarre und sang nette Liedchen in dem Café, als ob sie niemals ein Kind getötet hätte! Nur mit größter Mühe konnte ich meine Wut beherrschen.
Mein innerer Aufruhr wurde nur durch dich und Katja besänftigt, da ich trotz allem so viel Spaß mit euch in dem Café hatte und dich auf Anhieb so klasse fand! Ich glaube, es war Liebe auf den ersten Blick!

Doch die Wege von Maureen und mir kreuzten sich schon wieder, und zwar hier in meiner Straße. Ich stieg gerade aus dem Auto, als sie schwer bepackt an mir vorbeistapfte. Es war schon spät am Abend, aber ich erkannte sie sofort im schwachen Licht der Straßenlampe.
Ohne nachzudenken, fragte ich sie unwirsch:
     „Was machst du denn hier?"

Anscheinend hatte sie keine Ahnung, wer ich war, doch sie plapperte direkt offenherzig drauflos:

„Ich habe mich gerade bei einer Familie vorgestellt, die demnächst spontan ins Ausland fahren und kurzfristig einen Haussitter einstellen möchte. Da drüben in dem weißen Haus mit dem riesigen Pool. Nachdem wir stundenlang geredet haben, meinte die Frau auf einmal, dass sie lieber ein älteres Ehepaar nehmen würden. Das hätte sie mir doch am Telefon sagen können, dann hätte ich mir den Weg gespart!"

Sie wirkte sauer, aber schon im nächsten Moment kicherte sie albern und sagte:

„Ach, was soll's, ich habe letzte Nacht auch schon am Meer unter den Sternen geschlafen. Außerdem habe ich ein paar alte Freunde an der Sonnenscheinküste, bei denen ich bestimmt übernachten kann, bevor ich weiterreise."

Sie lehnte ihre Gitarre gegen einen Baum, setzte ihren Rucksack ab, der recht schwer zu sein schien, nestelte an den Hüftgurten und rieb sich kurz die Schultern. Bevor sie ihn wieder aufsetzte, sah sie mich misstrauisch an und fragte: „Kennen wir uns eigentlich?"

Und ganz plötzlich wurde ich von so einem rasenden Zorn übermannt, wie ich ihn noch nie erlebt hatte. Wie konnte sie quietschvergnügt durch die Gegend reisen, sich am Strand aalen, Musik machen, lachen und Spaß haben, während mein kleiner George im Grab liegt? Nur wegen ihr, weil sie viel zu schnell und rücksichtslos auf ihrem E-Scooter gefahren war!

„Du hast meinen Sohn umgebracht!", sagte ich leise, und sofort wich sie ängstlich zurück.

Da packte ich sie und schüttelte sie – und brach ihr das Genick! Es ging alles so schnell, und ich war wie besessen.

O Tina, du wirst mich nun zutiefst verachten, und ich kann selbst kaum glauben, was ich getan habe. Danach ließ ich sie einfach liegen und bin in mein Haus gerannt, und die ganze Nacht habe ich wach gelegen und voller Angst und Bange auf die Polizei gewartet.

Doch komischerweise wurde Maureens Leiche am nächsten Morgen auf einem Parkplatz an einem anderen Ort gefunden. Ich habe keine Ahnung, wie das geschehen konnte! Eine Weile sah ich das als gutes Omen an und dachte, ich könnte meine grausame Tat verheimlichen. Wollte mir das Schicksal doch noch eine Chance geben? Manchmal glaubte ich fast, es wäre alles nur ein Alptraum gewesen. Ich versuchte, ein freundlicher, offener Mensch zu sein und nie wieder jemandem etwas Böses anzutun. Doch ich hasste mich selbst, und es gelang mir immer weniger, mich zu verstellen.

An den letzten Wochenenden habe ich mich mit keiner Menschenseele getroffen, sondern mich in meinen Schuppen verzogen. Hier habe ich mich immer wohl gefühlt. Es riecht so angenehm nach Holz, Erde und den Blättern von der Zitronenmyrte. Hier finde ich wenigstens ein bisschen Frieden. Und zum Schluss werde ich den majestätischen alten Eukalyptusbaum anschauen, der eigentlich viel zu riesig für diesen Garten ist, und an dich denken. Ich wünsche dir von Herzen, dass du glücklich wirst und einen neuen Freund findest, der dich verdient!

Philipp

P.S. Bitte sag auch Katja und Sam, wie leid mir alles tut! Sie sind wunderbare Menschen! Und auch mein Chef beim Postamt war sehr nett.

Vor einigen Tagen habe ich mein Testament geschrieben und es in meinem Buchregal am Bett versteckt. Du sollst das Meiste von meinem Geld haben. Es ist nicht viel, aber sicher mehr, als du erwartet hättest. Ich war immer gut im Sparen und habe mal einen großen Aktiengewinn gemacht. Einen Teil des Geldes möchte ich an eine Umweltorganisation spenden.

Gestern Nachmittag habe ich bereits einen Abschiedsbrief an Ronnie abgeschickt. Obwohl wir geschieden sind und uns nicht in gutem Einvernehmen getrennt haben, vermache ich auch ihr eine kleine Geldsumme und wünsche ihr eine bessere Zukunft. Ich habe ihr ebenfalls gestanden, dass ich Maureen in einem Anfall von Wahnsinn umgebracht habe.

Übrigens habe ich nur ein einziges Mal im Leben Golf gespielt und war lausig. Ich habe dir nur vorgegaukelt, heute Golf spielen zu wollen. Und ich hatte auch gar nicht die Absicht, demnächst nach Sydney zu fliegen, sondern suchte nur eine Ausrede, um mich für eine Weile von allem zurückzuziehen und eine Lösung zu finden. Doch warum? Ich hatte ja eh schon viel zu lange hin und her gegrübelt, was ich tun könnte. Sollte ich dir alles beichten und mich der Polizei stellen? Oder sollte ich dich verlassen und heimlich in ein anderes Land verschwinden? Nein, das wäre zu gemein! Ich habe eine junge Frau getötet und kann mit diesem Wissen einfach nicht mehr weiterleben.

Verzeih mir, dass ich dich gekränkt und angelogen habe! Ich liebe dich, Tina! Und ich danke dir für die schönen Zeiten, die du mir geschenkt hast!

Philipp

Tinas Augen schwammen in Tränen, und sie fühlte sich, als ob ihr Herz zerreißen würde.

„Ach, Philipp!", stammelte sie wieder und wieder, bis die Ambulanz eintraf und einer der Männer sich um sie kümmerte.

Etwas später kam auch die Kriminalpolizei, um den Tatort zu untersuchen.

Wayne und Ernie gingen traurig nach Hause. Waynes einziger Trost war, dass Philipp schon seit Samstag tot war. Selbst wenn er und sein Vater Ernies Reaktion am Sonntagnachmittag ernster genommen und in den Schuppen geschaut hätten, wären sie zu spät gekommen, um Philipp zu retten. Wayne konnte es gar nicht fassen, dass der sympathisch wirkende Mann einer jungen Frau den Hals umgedreht hatte – solch eine Tragödie in seiner Straße! Und die arme Tina! Wie würde sie mit dem Schock und der tiefen Trauer fertig werden? Obwohl der Brief für Tina bestimmt gewesen war, hatte sie ihn erst ihm und später der Polizei zum Lesen gegeben. Am liebsten hätte er Tina wieder in die Arme genommen, um sie zu trösten.

* * *

Tina fühlte sich wie betäubt, selbst nachdem die Wirkung des Beruhigungsmittels nachgelassen hatte. Tagelang konnte sie kaum etwas essen, und sie war nicht imstande, zur Arbeit zu gehen. Ihr geliebter Philipp hatte sich umgebracht! Und er hatte Maureen das Genick gebrochen! Wie konnte er so brutal sein? Sie wollte es gar nicht glauben! So etwas hätte sie sich niemals vorstellen können! Philipp hatte ihr zwar erzählt, dass er früher verschiedene Kampfsportarten betrieben hätte, aber das war nur ein Hobby gewesen. Er war doch so ein liebevoller und einfühlsamer Mann gewesen, den sie auf Anhieb unwahrscheinlich anziehend gefunden hatte. Ihr wurde ganz flau, als ihr einfiel, dass er sie, Tina, ja schon am nächsten Abend nach seiner furchtbaren Tat zärtlich am Strand geküsst hatte! Wie konnte ein Mensch zwei so verschiedene Seiten haben?

Dennoch brachte sie es nicht fertig, ihn zu hassen. Maureen tat ihr furchtbar leid. Doch Philipp musste so gelitten haben! Erst der Tod seines Sohnes, dann die Ehekrise und nun seine Wahnsinnstat! Und am Ende hatten seine Schuldgefühle ihn in den Selbstmord getrieben.

„Ich verzeihe dir, Philipp!", flüsterte sie.

48

Am Dienstagmorgen wurde ich von einem Telefonanruf geweckt. Es war Tina! So früh am Morgen? Es war stockdunkel, und sogar Sylvie schlief noch, die wieder Frühdienst hatte. Sofort ahnte ich Böses. Tina begann, mir mit einer ungewöhnlich leisen, klanglosen Stimme von Philipp zu berichten, doch ich sagte sofort:

„Ich komme zu dir, Tina!", und schrieb eine kurze Notiz für Sylvie.

Als ich mit Nellie bei Tina ankam, fiel sie mir heulend um den Hals. Es war kaum zu glauben, was sie mir erzählte, und ich wusste nicht, wie ich ihr helfen sollte. Sie war vollkommen erschüttert! Ich konnte nur zuhören, sie umarmen und für sie da sein. Es dauerte lange, bis sie sich ein wenig beruhigte, und meine Schulter war ganz nass von ihren Tränen.

„Ach, Tina, es tut mir so leid! Philipp schien solch ein fröhlicher, netter und warmherziger Mann zu sein! Was für ein furchtbares Schicksal, dass er ausgerechnet derselben Frau wieder begegnen musste, die ungewollt seinen Sohn getötet hatte! Dabei war der Unfall damals in Sydney geschehen, also weit weg von Marcoola! Das Leben kann einem gemeine Streiche spielen!"

Unvermittelt musste ich an Bryan denken.

„Komisch, dass Bryan die Leiche in Coolum Beach gefunden hat!", wunderte ich mich. „Wie ist sie bloß dahin gekommen?"

„Ja, das ist echt ein Rätsel! Immerhin kann Bryan sich freuen, wenn der wahre Täter nun bekanntgegeben wird. In den Nachrichten wird garantiert heute berichtet, dass es Philipp war …" , schluchzte Tina. „Und deswegen … deswegen wollte ich dir persönlich alles erzählen, bevor du davon im Fernsehen oder Radio … ", sie konnte nicht mehr weitersprechen.

Ich strich ihr tröstend über den Rücken und schlug vor:

„Ich mache dir jetzt was zu essen und einen heißen Tee! Möchtest du Toast oder lieber Müsli?"

„Danke, Michael! Ein Tee wäre gut, aber essen kann ich nichts."

Als ich ihr später eine Tasse Tee brachte, saß Nellie auf ihrem Schoß, und Tina streichelte sie liebevoll.

Ganz spontan sagte ich: „Ich lasse Nellie heute bei dir, okay?"

Vielleicht könnte Nellie ihr ein bisschen helfen, mit ihrem unbändigen Kummer fertig zu werden!

Zum Abschied küsste ich Tina kurz auf die Wange.

„Ich muss los, die Arbeit ruft! Aber melde dich jederzeit, wenn du mich brauchst. Oder rufe Katja und Sam an. Wir sind und bleiben deine Freunde, vergiss das nicht und mach nur keinen Unsinn!"

Tina lächelte mich unter neuen Tränen an, drückte meine Hand und wisperte: „Danke, du bist total lieb!"

* * *

Als Tony wieder zu sich kam, fühlte er sich wie benebelt, und sein Kopf, seine Rippen und alles mögliche andere schmerzten. Was war geschehen? Nur dunkel erinnerte er sich daran, dass er zu Kims Geburtstagsfeier fahren wollte und sein Geschenk für sie bereits vorsichtig in Marks Koffer gepackt und ins Auto gelegt hatte. Ach ja, vorher wollte er sich ein Haus anschauen, das zum Verkauf stand. Das Grundstück war zwar eigentlich zu abgelegen für seinen Geschmack und sowieso zu groß für ihn allein, aber es hatte etwas Besonderes an sich. Angucken könnte ja nicht schaden! Das Wetter war perfekt für einen kleinen Ausflug, überwiegend sonnig, aber nicht zu heiß, und er hatte Lust auf eine Tour durchs Hinterland.

Nach einer Weile war er einem gewundenen asphaltierten Waldweg gefolgt, der immer steiler wurde, in einen Kiesweg überging und später wieder steil abfiel. Einmal hatte er kurz angehalten, um einen Schluck Wasser zu trinken und das Fenster am Beifahrersitz herunterzukurbeln. Denn bei seiner alten Kiste ging das noch nicht automatisch. Nur wenige Minuten später hatte er bemerkt, dass er die kleine Flasche anscheinend nicht richtig verschlossen hatte und das auslaufende Wasser bereits eine Pfütze auf dem Boden gebildet hatte. Er hatte versucht, die Flasche aufzuheben, war aber vom Gurt daran gehindert worden. Und dann, ach ja, auf einmal war ihm ein Känguru über den Weg gehüpft, und er hatte zu scharf gebremst, war ins Schleudern geraten, gegen einen Baum geprallt und einen Abhang hinuntergesaust! Sein Auto hatte sich sogar überschlagen, und eine Fensterscheibe war zerbrochen. Einmal hatte er geglaubt, im nächsten Moment von einem Ast aufgespießt zu werden, und er hatte vor Angst laut geschrien. Abbrechende Zweige, Laubwerk und Palmenwedel hatten vor seinen Augen einen wilden Tanz aufgeführt, und es hatte geknirscht und gekracht, bis er einen heftigen Aufprall spürte und danach Ruhe eintrat.

Jetzt fiel ihm alles wieder ein. Zu seiner Verwunderung war die Welt jedoch aus den Angeln geraten! Die Bäume schienen nämlich an der falschen Stelle in den blauen Himmel zu ragen, und nur langsam begriff er, dass sein Auto auf der Seite lag. Mühsam rappelte er sich auf und versuchte, sich aus seinem Sicherheitsgurt zu befreien. Doch er steckte fest! Sein rechter Arm war verletzt und vollkommen nutzlos, und seine linke Hand schmerzte höllisch. Was sollte er tun? Immerhin war sein Auto nicht sofort explodiert und in Flammen aufgegangen! In Filmen schien das ja ständig bei Unfällen zu passieren. Wenn er nur nicht so einen Durst hätte! Wo war seine kleine Wasserflasche? Sie musste hinter den Sitz gerutscht sein! Aber bestimmt war sie inzwischen sowieso leer. Vor seiner Abfahrt hatte er vorsorglich noch eine größere Flasche mit Wasser aus seinem Regenwassertank gefüllt, aber die war im Kofferraum!

Ringsum war alles still. Wie tief war er gefallen? Würde ihn jemand hier finden, mitten im Wald? Musste er etwa sterben? Noch so jung, und als Gefangener in seinem eigenen Auto? Leider hatte er keiner Menschenseele gesagt, dass er sich das einsame Grundstück anschauen wollte. Doch seine Familie würde ihn vermissen und bestimmt bald nach ihm suchen! Und auch seine netten Vermieter würden sich garantiert irgendwann Sorgen machen. Auf einmal sah er im Geiste das hübsche Gesicht von Katjas und Sams Tochter vor sich. Von Anfang an hatte ihn das wunderschön gemalte Aquarellbild ungeheuer fasziniert, das in seinem Zimmer hing. Sam hatte ihm mit leuchtenden Augen erzählt, dass seine Tochter demnächst wieder an die Sonnenscheinküste ziehen wollte. Tony dachte: „Wie schade, wenn ich sie nun gar nicht mehr kennenlernen würde ..."

Und wieder schwanden ihm die Sinne...

* * *

Wayne hatte vorher noch nie eine Leiche gesehen, und die grausige Entdeckung von Philipps leblosen Körper auf dem Boden des Gartenschuppens hatte ihn zutiefst schockiert. Als seine Mutter gestorben war, hatte er sich gerade in Norwegen aufgehalten, und er war erst nach ihrer Beerdigung wieder nach Australien zurückgekehrt. Er hatte sich deswegen zwar mies gefühlt, aber andererseits hatte er wenig Sinn darin gesehen, seinen Flug vorzuverlegen, wenn er seine Mutter sowieso nicht mehr lebend antreffen würde. Doch sein Vater hatte es ihm übel genommen – was er ihm erst vor Kurzem überraschend gebeichtet hatte. In den letzten Tagen hatten sie sowieso sehr offen miteinander gesprochen, und es hatte beiden gut getan. Am vorigen Abend hatte sein Vater ihn liebevoll und tröstend umarmt, nachdem er ihm von Philipps Selbstmord erzählt hatte. Schon lange waren sie sich nicht mehr so nah gewesen!

Am Dienstagmorgen beschloss Wayne, einen kleinen Ausflug mit seinem Vater zu machen, um auf andere Gedanken zu kommen. Denn nicht nur der Anblick des Toten, sondern auch das Bild der völlig verzweifelten Tina hatte sich tief in sein Herz gegraben, und in der Nacht hatte er sich lange ruhelos herumgewälzt.

Nach einem ausgiebigen Frühstück mit Kaffee, Toast und Rührei machten sie sich auf den Weg. Bill, Waynes Vater, der an der Gold Coast lebte, kannte bereits die meisten Orte an der Sonnenscheinküste, und sie hatten auch schon öfter Tagestouren ins Hinterland unternommen. Beide liebten die Natur, und besonders gut gefiel ihnen die malerische Landschaft nahe Montville und Maleny, von wo man die herrliche Aussicht auf die imposanten Glasshouse Mountains genießen konnte. Früher waren sie viel gewandert, und Bill machte immer noch gern kleine Spaziergänge, doch an diesem Tag wollten sie einfach nur ein bisschen herumfahren und neue Gegenden auskundschaften. Es war sonnig und warm, und sie öffneten alle Fenster, um die frische Waldluft hereinzulassen.

„Auf ins Grüne!", rief Wayne, als er in eine schmale Straße abbog.

Ernie saß auf dem Rücksitz und streckte seine Nase neugierig in den Fahrtwind.

„Hier war ich jedenfalls noch nie!", meinte Bill vergnügt, als sich das Auto einen sehr steilen Hügel hochkämpfte.

Wayne blickte ihn kurz an und lächelte. Sein Vater war ein hagerer Mann, der jedoch drahtig und fit für sein Alter war. Seine Haare waren schütter und schneeweiß, seine Haut runzlig und fleckig, aber seine eisblauen Augen funkelten voller Lebenslust. Ein kleiner Ziegenbart sprießte an seinem Kinn.

Wayne, der seinen Vater um Kopfeslänge überragte, hatte blonde, kurze Haare, blaugrüne Augen und war glattrasiert. Er war glücklich, dass sein Vater nicht mehr so miesepetrig wie bei seinem letzten Besuch war, als er ihm rein gar nichts recht machen konnte.

Die Straße verengte sich und erinnerte Bill an alte Zeiten.

„Kannst du dich an unseren Urlaub in Schottland erinnern? Da warst du noch ein klitzekleiner Bengel! Wir fuhren mal auf so einem ähnlich schmalen Weg, aber ganz hoch in den Bergen, wo man vor Kurven immer hupen sollte. Und ausgerechnet deine Mama, die immer so ungern rückwärts fuhr, musste einmal fast hundert Meter oder so zurücksetzen, da sie dem Gegenverkehr Platz machen musste! Danach hatte sie einen steifen Nacken, behauptete sie!" Er grinste. „Dabei ist sie super gut gefahren, aber dennoch habe ich damals Blut und Wasser geschwitzt, obwohl es doch so kalt war! Oder war das bei einem anderen Urlaub in Irland? Denn da gab es auch haarsträubend schmale Straßen mit tiefen Abgründen zu einer Seite! Tja, lang ist's her! Wie alt bist du nun? 51 Jahre? Mensch, damals in Schottland warst du erst neun, glaube ich! Wie doch die Zeit vergeht!"

Genau in dem Moment hupte jemand, und ein Lastwagen donnerte haarscharf an ihnen vorbei.

„Puh, das war knapp! Gut, dass Ernie seinen Kopf auf der anderen Seite des Autos rausgestreckt hat!", meinte Wayne. „John würde mir den Kopf abreißen, wenn seinem geliebten Hund was passieren würde!"

„Ernie ist aber auch klasse! Er ist der freundlichste Hund, dem ich je begegnet bin!", schwärmte Bill, drehte sich um und streichelte ihn.

Wayne konzentrierte sich eine Weile vollständig aufs Fahren. Die Straße war nicht mehr asphaltiert, sondern teils kiesig, teils lehmig und an einigen Stellen etwas vom Regenwasser ausgewaschen. Mal flutete das Sonnenlicht durch die hohen Bäume, mal fuhren sie durch tiefen Schatten. Er schob sich die Sonnenbrille auf die Stirn, um im dunklen Wald besser sehen zu können, und schaltete das Radio an. Kurz darauf hatten sie den Hügel erklommen, und es ging wieder steil bergab. Baumfarne säumten den Straßenrand, und im Unterwuchs sahen sie vereinzelte sattgrüne Palmen. Wayne fuhr langsam und vorsichtig, um Steinschlag zu vermeiden. Bill summte fröhlich, wenn auch arg tief und etwas misstönend, zu einem Lied mit, als er plötzlich eine Bremsspur entdeckte.

„Hey, kannst du mal anhalten? Guck mal da vorne, das sieht so aus, als ob jemand verunglückt wäre!"

„O ja, der eine dünne Baum steht ja ganz schief da!", erwiderte Wayne. „Hier kann ich aber schlecht anhalten. Hm, warte mal, ich fahre noch ein Stückchen weiter."

Er fand eine Stelle, die zwar nicht optimal zum Parken war, aber wenigstens von beiden Seiten aus relativ gut einzusehen war. Rasch gingen sie mit

Ernie zurück, den sie vorsichtshalber an die Leine genommen hatten, und untersuchten die Stelle. Tatsächlich musste hier ein Auto abgestürzt sein! Außer dem beschädigten schiefen Baum sahen sie weitere abgeknickte Äste und frische Spuren an Baumstämmen. Bill sah ängstlich in den Abgrund, und Ernie schnupperte am Boden. Und dann richteten sich seine Ohren auf. Alle lauschten angespannt.

„Hast du auch was gehört?", fragte Bill.

„Es klang so, als ob jemand um Hilfe rufen würde! Aber es war ganz leise!", sagte Wayne besorgt. „Ich muss da runterklettern."

Ernie zog an der Leine, doch Bill hielt ihn fest und sagte: „Nein, du bleibst hier bei mir!"

Wayne begann den Abstieg. Der Hang war dicht bewachsen, aber an einer besonders steilen Stelle mit losem Geröll rutschte er aus und konnte sich gerade noch rechtzeitig an einem mickrigen, halbtoten Strauch festhalten. Er fluchte, als er sich die Hand an einem scharfen Dorn von einer Kletterpflanze anritzte.

Nach einer Weile schrie er aufgeregt: „Jetzt kann ich es sehen! Da liegt ein Auto auf der Seite!"

„Kannst du es erreichen?", fragte sein Vater. „Sei bloß vorsichtig!"

Wayne rief wieder etwas, doch er konnte ihn nicht mehr verstehen, weil sich ein anderes Auto näherte. Sofort stellte Bill sich mitten auf die Straße.

„Halt!", rief Bill und winkte wie verrückt mit beiden Armen.

„Was ist passiert?" Ein alter Mann mit einer wettergegerbten Haut, einem hellbraunen Hemd und einem großen dunkelblauen Schlapphut lehnte sich aus dem Fenster. Der lehmverkrustete, rostige Ford sah so aus, als hätte er auch schon eine Menge durchgemacht.

„Ein Auto ist den Hang heruntergestürzt, und mein Sohn ist auf dem Weg dahin, um zu helfen."

„Ach du Schreck, ich rufe sofort beim Notruf an!", sagte der Mann. „Wie viele Leute sind denn in dem Auto, und sind sie schwer verletzt?"

„Keine Ahnung! Aber mindestens einer muss noch leben, denn wir haben eine schwache Stimme gehört."

Der Fremde war bereits am Telefonieren, und Bill fühlte sich erleichtert. Wenigstens waren er und sein Sohn nicht mutterseelenallein in dieser einsamen Gegend! Und wie gut, dass der Mann sofort auf die Idee gekommen war, Unterstützung anzufordern. Aber es würde sicher schwierig sein, einen Verletzten zu bergen. Ob sie wohl einen Hubschrauber einsetzen müssten? Hoffentlich gab es keine Toten! Der arme Wayne war gestern schon so erschüttert von Philipps Selbstmord und dessen Geständnis, eine Frau abgemurkst zu haben!

„Alles klar, Hilfe ist unterwegs! Allerdings kann es eine Weile dauern, bis ein Rettungstrupp kommt. Ich fahre vorsichtshalber mal ein Stückchen zurück, um ein Warnschild aufzustellen!", sagte der Mann. „Bis gleich!"

„Danke!", sagte Bill und setzte sich auf einen abgesägten breiten Baumstamm. Ernie schnüffelte daran herum und hob unvermittelt sein Beinchen.

„Hey, bepiss mich nicht!", schimpfte Bill und schob Ernies Hinterteil geistesgegenwärtig zur Seite.

Ernie war zu verdutzt, um weiter zu pinkeln. Erst nach einer geraumen Weile kam der Mann mit dem Schlapphut wieder zurück, reichte Bill einen Becher, stellte eine kleine Schüssel auf den Boden und füllte beides mit Wasser aus einer Thermoskanne. Ernie trank direkt gierig.

„Vielen Dank!", sagte Bill und nippte an seinem Becher. „Daran hätte ich gar nicht gedacht. Ich hatte noch nie einen Hund, obwohl ich eigentlich immer einen haben wollte. Übrigens, ich bin Bill, und das ist Ernie. Mein Sohn heißt Wayne."

Der andere, der sich als Geoff vorstellte, lächelte. „Ernie scheint ein nettes Kerlchen zu sein, ist aber viel zu fett! Gehört er deinem Sohn?"

„Nee, wir betreuen ihn nur eine Weile für einen Nachbarn, der ins Krankenhaus musste."

Besorgt spähte Bill in den Abgrund. Hatte Wayne inzwischen das Auto erreicht? Was würde er vorfinden? Ach, sein Sohn hätte besser ein Erste Hilfe Päckchen und eine Flasche Trinkwasser mitnehmen sollen!

„Vielleicht sollte ich auch runterklettern", meinte er und sprang ungeduldig auf.

„Nee, lass mal lieber, sonst brichst du dir noch die Gräten! Für uns alte Knacker ist das nichts mehr", sagte Geoff und musterte Bill unverblümt.

Bill wollte zuerst wütend aufbrausen, aber dann lachte er gutmütig.

„Du hast recht. Ich gehe zwar meistens noch ohne Stock spazieren, aber meine Beine sind schon etwas schwach geworden. Und meine Hüften sind auch ziemlich steif."

Geoff suchte sich ebenfalls einen Platz im Schatten, und dann warteten sie. Ernie döste vor sich hin.

Wayne war unterdessen fast am dem verunglückten goldbraunen Holden angelangt. Das Auto steckte in dichtem Gestrüpp, immer noch viele Meter oberhalb des Talbodens, mit zwei Rädern in der Luft. Ein Felsbrocken hatte anscheinend verhindert, dass es weiter abrutschte. Der Fahrer hing reglos auf seinem Sitz. O nein, kam er schon wieder zu spät? Würde er wieder eine Leiche – oder gar mehrere – vorfinden? Seine Beine fühlten sich auf einmal wie Pudding an. Doch da hörte er eine leise Stimme: „So durstig!"

„Hallo! Bist du verletzt?", fragte Wayne und kämpfte sich weiter durch das Gelände. Erneut stach er sich an Dornen, diesmal von einem großen Lantanen-Busch. Schließlich erreichte er den Mann, der noch recht jung, aber furchtbar elend und ermattet aussah. Wenigstens lebte er!

Tony konnte es kaum glauben, dass endlich jemand zur Rettung kam. Am liebsten hätte er laut gejubelt, doch sein Hals war so ausgedörrt, dass er nur heiser flüstern konnte: „Der doofe Sicherheitsgurt hat sich verklemmt!"

"Das schaffen wir schon!", sagte Wayne beruhigend.

Zum Glück konnte er die Tür ohne Schwierigkeiten öffnen, doch das Auto machte unerwartet einen Ruck, und er schrie vor Schreck auf. Konnte es etwa weiter abrutschen oder gar umkippen? Er beugte sich über Tony und versuchte, ihn zu befreien. So ein Mist, der Gurt ließ sich überhaupt nicht bewegen! Wenn er ein scharfes Messer hätte, könnte er ihn aufschneiden, aber natürlich hatte er keins dabei.

Tony stöhnte: „Durst!" Seine Zunge fühlte sich merkwürdig geschwollen und wie ein steifer Klumpen an.

Ich Dummkopf!, dachte Wayne. Er hatte weder an Werkzeug, Wasserbehälter noch Feuerlöscher gedacht! Allerdings war es auch so schon schwierig genug gewesen, den steilen Hang herunterzuklettern. Tony brabbelte nun etwas über seinen Kofferraum vor sich hin, und Wayne schritt vorsichtig nach hinten. Mit einiger Mühe konnte er einen dicken Ast von dem zerbeulten Wagen wegschieben und den Kofferraum aufmachen. Dort fand er eine Wasserflasche in einer Kühltasche und flößte dem jungen Mann vorsichtig Schluck für Schluck ein.

„Schön langsam, nur nicht zu viel auf einmal!", sagte Wayne und überlegte krampfhaft, was er tun könnte. War es überhaupt richtig, einem Verletzten Wasser zu geben? Und wie könnte er ihm helfen?

Selbst wenn er den Gurt lösen könnte, wäre es ihm allein unmöglich, den Verletzten zur Straße hoch zu tragen. Er verfluchte sich selbst, dass er ohne nachzudenken losgestürmt war, anstatt als Erstes die Polizei oder einen Krankenwagen zu rufen. Doch nun war sein Handy weit weg, nämlich im Handschuhfach seines Autos. Ob sein Vater schlau genug war, danach zu suchen und jemanden zu Hilfe zu rufen?

"Papa!", schrie er laut, doch er bekam keine Antwort.

Erfolglos nestelte er an dem blockierten Sicherheitsgurt, bis seine Finger schmerzten. Später untersuchte er den Kofferraum und hoffte, ein geeignetes Werkzeug darin zu finden, mit dem er den Gurt auftrennen oder lösen könnte. Doch er sah nur einen Wagenheber, einen Ersatzreifen, die kleine Kühltasche und einen Koffer, den er mit einem etwas schlechten Gewissen öffnete. Denn er kroste nicht gern in Sachen von anderen herum! Darin fand er nur ein dunkelgrünes Handtuch, das um einen länglichen Gegenstand in Geschenkpapier gewickelt war. Also nichts Brauchbares für seine Zwecke! Er seufzte und packte das Geschenk wieder sorgfältig in das Handtuch. Eine Krähe beobachtete ihn von einem nahestehenden Baum und stieß einen klagenden Laut aus. Die Sonne stieg höher, doch das Auto blieb im Schatten. Tony war wieder bewusstlos.

Es dauerte etwa eine halbe Stunde, bis der Rettungstrupp oben auf der Straße ankam, und danach über eine Stunde, bis Tony endlich in einen Krankenwagen verfrachtet werden konnte. Als die schwitzenden und atemlosen Helfer ihn zum Schluss auf der Bahre an einem dicken Hund vorbeitrugen, glaubte Tony, er würde halluzinieren. War Ernie zu seiner Rettung gekommen? Hatte der freundliche Hund, den sein Schwager so oft betreute, ihn hier gefunden? „Lieber Ernie!", krächzte er dankbar.

Bill und Wayne schauten ihn völlig perplex an. Woher kannte der Verletzte den Hund?

Tony wurde ins Krankenhaus nach Nambour gebracht. Er litt an Dehydration, hatte einen gebrochenen Arm, einige Prellungen, Beulen und Kratzer, war aber insgesamt in einem erstaunlich guten Zustand. Wayne hatte sich beim Hochklettern des Abhanges an einer Glasscherbe geschnitten und musste von einem Sanitäter behandelt werden. Doch er strahlte vor Freude über die gelungene Rettung und umarmte nacheinander überschwänglich seinen Vater, Ernie und den Fremden mit dem Schlapphut.

Abends brachte Bill seinem Sohn ein Kartenspiel bei, mit dem er und Geoff sich die Zeit vertrieben hatten, als sie am Straßenrand gewartet hatten. Die beiden Alten hatten sich prächtig verstanden.

* * *

Am selben Abend kamen Yolanda, Debbie, Mark und ihre Kinder zu Besuch ins Krankenhaus. Sie standen um Tonys Bett herum und waren überglücklich, ihn wiederzusehen.

„Wir haben uns solche Sorgen gemacht! Schon am Sonntagmorgen habe ich es nicht mehr ausgehalten und die Polizei verständigt", sagte Debbie. „Und Mark hat direkt verschiedene Krankenhäuser angerufen, doch niemand wusste etwas über dich. Was für ein Segen, dass die beiden Männer heute die Unfallstelle entdeckt und dich gefunden haben! Mitten im Wald!"

Sie und Yolanda lächelten ihren Bruder liebevoll an.

Tony erwiderte: „Ja, und gut, dass der dritte Mann den Rettungstrupp angefordert hat und ich so einen robusten alten Holden habe! Sonst wäre es garantiert schlimmer ausgegangen. Und zum Glück ist auch das Känguru davongekommen!" Dann richtete er sich an Kim: „Es tut mir leid, dass ich nicht zu deiner Geburtstagsparty kommen konnte, aber das holen wir irgendwann nach, okay? Und dein Geschenk ist immer noch im Auto. O je, es ist bestimmt zerbrochen! Dabei hatte ich es extra sorgfältig in deinen alten Koffer gepackt, Mark, und sogar noch ein Handtuch darumgewickelt!"

„Was ist es denn?", fragte Kim neugierig und griff spontan nach der Hand ihres Onkels.

„Autsch, vorsichtig!", warnte Tony und zog seine verbundene Hand zurück.

„Hier!" Mark grinste breit und überreichte seiner Tochter Tonys Geschenk, das er in einer großen Tasche verborgen hatte. „Dein Auto ist bereits abgeschleppt worden, Tony, und steht nun bei unserem Mechaniker in der Werkstatt. Bob wird mir morgen einen Kostenvoranschlag für die Reparatur geben. Doch es sieht gar nicht so übel aus, wenn du nicht unbedingt alle Blechschäden beheben lassen willst. Jedenfalls hat er sich gewundert, dass es trotz der wilden Rutschfahrt kein Totalschaden ist. Und auch wenn dein Sicherheitsgurt blockiert war, so hat er dir doch das Leben gerettet, meint er."

Kim packte vorsichtig ihr Geschenk aus. Es war ein Laptop, der nagelneu und unzerkratzt aussah. „Danke, Onkel Tony!" Ganz sanft, da sie von seinen Prellungen wusste, umarmte sie ihn.

„Er ist gar nicht kaputt gegangen!", staunte Tony.

Seine Kehle schmerzte immer noch vom vielen Schreien, da er bei jedem Geräusch eines Autos versucht hatte, sich bemerkbar zu machen. Es erschien ihm wie ein Wunder, dass er da draußen im Busch nicht gestorben war!

* * *

Am Dienstag Vormittag wurde John aus dem Krankenhaus entlassen, und er staunte, als Wayne und Bill ihm von dem Drama in seiner Nachbarschaft und ihrem spannenden Ausflug ins Grüne berichteten. Ernie freute sich, wieder nach Hause zurückzukehren und sein Herrchen bei sich zu haben, und rollte sich zufrieden auf seinem Bett zusammen. Am Donnerstag fand John zwei Briefe im Briefkasten. Einer war von Hannah, den sie in der Untersuchungshaft an ihn geschrieben hatte. Sie entschuldigte sich für ihren verrückten Angriff und gab zu, dass sie fälschlicherweise angenommen habe, er hätte Maureen auf dem Gewissen. Sie hatte ihre Schwester geliebt und war untröstlich, dass die Kripo den Fall nicht aufklären konnte. Monatelang hatte sie Nachforschungen betrieben, um herauszufinden, mit wem Maureen sich kurz vor ihrem Tod getroffen haben könnte. Doch niemand aus dem ihr bekannten Freundeskreis hatte eine Ahnung. Es war so deprimierend!

Hannah war bei ihrem Vater zu Besuch, als sie ein altes Adressbuch ihrer Schwester in ihrem früheren Kinderzimmer fand. Dort entdeckte sie den Namen eines Schulfreundes, an den sie noch gar nicht gedacht hatte. Sie rief ihn sofort an, und zu ihrer Verwunderung hatte er eine Neuigkeit, die ihr Blut in Wallungen brachte: Maureen hatte ihm am Telefon von ihrer Absicht erzählt, sich in einer bestimmten Straße in Marcoola als Haussitterin vorzustellen. Und zwar genau an dem Abend, bevor sie leblos in dem Park gefunden wurde! Hannah konnte es gar nicht begreifen, dass dieser Freund sein Wissen nicht sofort der Polizei gemeldet hatte. Als sie ihn deswegen anschnauzte, berichtete er ihr von einem üblen Erlebnis. Vor einiger Zeit hätte es eine Messerstecherei vor einem Hotel in Mooloolaba gegeben, und die Polizisten hätten sogar ihn brutal behandelt und beinahe verhaftet, obwohl er nur zufällig in der Gegend gewesen wäre. Nee, mit der Polizei wollte er nichts zu tun haben!

Sollte sie sich nun an die Kripo wenden? Doch würde die sich nach so langer Zeit überhaupt noch dafür interessieren oder sie bloß auslachen? Nein, sie selbst müsste mehr herausfinden! Von neuer Energie beflügelt, begann sie, im Internet nach Annoncen von Leuten in Marcoola zu stöbern, und sie fand eine Anzeige von John, der nach einem tierlieben und verantwortungsvollen Haus- und Hundehüter suchte. Hannah war so aufgeregt, dass sie kaum noch klar denken konnte. Sie musste diesen Mann unbedingt ausfindig machen! Sie hatte keine Probleme, seine Adresse herauszufinden, und ihre Wut steigerte sich. Er wohnte genau in der Straße! Sie hatte den Mörder gefunden!, so dachte sie mit einer explosiven Mischung aus Triumph, Trauer, Hass und Rachegelüsten.

Zum Schluss des langen, etwas wirren Briefes schrieb Hannah an John:

„Und so habe ich heimlich den Schrank meines Vaters aufgeschlossen, das Gewehr und Munition entwendet und wieder abgesperrt, so dass mein Vater den Diebstahl nicht so schnell bemerken würde. Dann bin ich zu dir gefahren, um dich zur Rede zu stellen. Es war ganz leicht, durchs Fenster in dein Schlafzimmer zu klettern, aber ich zitterte vor Angst und Aufregung. Plötzlich verließ mich der Mut, und ich wollte schon wieder abhauen. Schließlich wäre es falsch, selbst das Gesetz in die Hand zu nehmen! Doch dann hörte ich Stimmen. Zufällig war gerade diese junge Frau bei dir, und ich belauschte euer Gespräch. Als ich merkte, dass sie immer beschwipster wurde, während deine Stimme weiterhin normal klang, bestärkte das nur noch meine Wahnvorstellung, dass du gerne Frauen abmurksen würdest und auch meine Schwester auf dem Gewissen hattest. Und den Rest kennst du ja! Ich Trottel bin gar nicht auf die Idee gekommen, dass damals jemand anders in derselben Straße jemanden zum

Haushüten gesucht haben könnte. Ich war von solch einem blinden Hass erfüllt! Außerdem bildete ich mir jetzt ein, ich müsste Arya unbedingt vor dir retten, und daher habe ich auf dich geschossen.

Inzwischen habe ich erfahren, wer Maureen umgebracht hat, und dass du unschuldig warst! Ach, es tut mir so leid, John! Nun muss ich sicher eine lange Haftstrafe für versuchten Mord absitzen, doch ich freue mich so sehr, dass du überlebt hast! Ich werde nie wieder ein Gewehr in die Hand nehmen! Selbstverständlich werde ich für alle Schäden in deinem Haus aufkommen und hoffe, dass du und auch Arya gut über den Schock hinwegkommen werdet. Bitte verzeiht mir! Ich mag gar nicht an meine Eltern und an meinen lieben Stiefvater denken. Sie haben bereits so viel durchgemacht, und nun habe ich ihnen zusätzlichen Kummer bereitet! Leider kann ich den schrecklichen Tag nicht mehr rückgängig machen, so sehr ich mir das auch wünsche. Doch mit diesem Brief möchte ich dir zeigen, dass ich meine hirnlose Tat zutiefst bereue. Ich wünsche dir gute Besserung (für Körper und Seele)!

Hannah

P.S. Ich bin kein besserer Mensch als Philipp, der anscheinend genau wie ich von irrsinniger Wut und Vergeltungssucht überwältigt wurde! Und sogar wenn ich auf ihn und nicht auf dich geschossen hätte, würde ich mich nun dafür schämen. Ich glaube, Rache kann höchstens kurzzeitig Befriedigung verschaffen. Im Endeffekt verschlimmert sie bloß die ganze Situation, die intensiven Gefühle von Trauer, innerer Leere, Schmerz und Sinnlosigkeit, statt irgendetwas zu verbessern. Philipp muss jedenfalls sehr unglücklich gewesen sein, da er sich ja selbst umgebracht hat, obwohl niemand herausfand, dass er Maureen getötet hatte. Meine arme Schwester! Sie wollte immer allen helfen und ist daher auch Krankenschwester geworden. Sie war untröstlich über den furchtbaren Unfall mit dem E-Scooter, der zum Tod von Philipps Kind führte. Danach war sie lange in psychischer Behandlung, um mit ihren Schuldgefühlen fertigzuwerden. Ich glaube, ihr Gesang und das Gitarrenspielen haben ihr ebenfalls ein bisschen geholfen, wieder fröhlicher zu werden. Ach, ich vermisse Maureen so sehr!

Nachdenklich legte John Hannahs Brief zur Seite. Was für eine tragische Geschichte! Aber er wunderte sich, warum die Leute in seiner Straße offenbar verheimlicht hatten, dass Maureen sich so kurz vor ihrem Tod bei ihnen zum Haushüten vorgestellt hatte. Wollten sie auch nichts mit der Polizei zu tun haben oder hatten sie Angst, sich einzumischen? Er kannte sie nur flüchtig vom Sehen. Ob er sie mal daraufhin ansprechen sollte?

Der andere Brief war von Mark. Er erklärte ihm ausführlich, was es mit der Gitarre auf sich hatte, die er so lange in seiner Garage aufbewahrt und angeblich für Kim gekauft hatte. Mark bat ihn ebenfalls um Verzeihung und gleichzeitig um Stillschweigen. John führte abends ein langes Telefongespräch mit ihm und versprach, niemandem etwas zu verraten. Er sei ja sein bester Freund, und es würde schließlich auch Maureen nicht mehr helfen, wenn die ganze Wahrheit ans Licht kommen würde. Erst viel später musste John plötzlich laut darüber lachen, dass ausgerechnet Marks eigene Kinder dieses Musikinstrument aus dem Sperrmüll gefischt hatten. Was für eine verrückte Welt! Doch wie gut, dass Hannah die Gitarre ihrer Schwester nicht in seiner Garage gesehen hatte!

49

Manchmal habe ich geglaubt, mein Leben wäre langweilig, manchmal war ich traurig oder gar verzweifelt, manchmal wütend und enttäuscht. Und sicher hätte ich einiges besser machen können. Hinterher ist man oft schlauer! Jedoch fragte mich Lukas letztens, ob ich gern noch einmal ganz von vorne beginnen würde und wieder ein Kind sein wollte, und zu meiner Verwunderung erwiderte ich sofort inbrünstig: „Auf keinen Fall!"

Am selben Abend füllte ich direkt mehrere Tagebuchseiten mit meiner krakeligen Handschrift:

Bevor ich alles vergesse, schreibe ich lieber rasch auf, was mich so beschäftigt. Denn in der letzten Zeit ist so viel in meiner eigenen kleinen Umwelt passiert! Das Leben kommt mir wie ein riesiges, buntes Puzzle vor: Manche Teile fügen sich erstaunlich leicht zusammen, andere bilden ein schwieriges Rätsel, manche wollen nicht passen, so sehr man sich auch anstrengt.

Ich war erleichtert, als der vermisste Tony wieder auftauchte. Er ist ein netter Kerl, und ich mag auch seine Geschwister. Sogar Mark scheint gar nicht so übel zu sein, und letztens hat er Sylvie und mich überraschend zu einer Party eingeladen. Auch Katja und Sam haben sich total gefreut, dass Tonys Unfall einigermaßen glimpflich ausgegangen ist, obwohl er tagelang im Auto feststeckte. Gut, dass es im schattigen Wald geschah und die Fenster nicht geschlossen waren, sonst hätte er die Hitze bestimmt nicht überlebt. Tony wird noch länger bei ihnen wohnen bleiben, bis er sich richtig auskuriert hat und wieder zur Arbeit gehen kann. Katja wird ihn garantiert bemuttern – so was tut sie gern! Vielleicht werde ich mich demnächst mal von Tony zahnärztlich behandeln lassen.

Endlich ist Maureens tragisches Ende aufgeklärt worden, obwohl die Polizei (soweit ich weiß) nie herausgefunden hat, wer die tote junge Frau nach Coolum Beach gebracht hat.

Nach Philipps Tod war Tina völlig verzweifelt, und sie ist furchtbar dünn geworden, weil sie eine Zeitlang kaum etwas essen konnte. Ich habe mir wochenlang große Sorgen um sie gemacht! Sie hat Philipp geliebt und hätte nie gedacht, dass er zu einem Totschlag fähig wäre. Sein Selbstmord war solch ein Schock für sie! Aber sie ist auf dem Weg der Genesung. Und sie hat sich mit dem Mann angefreundet, der zufällig bei ihr war, als sie Philipp in seinem Schuppen fand. Ich habe das Gefühl, dass Wayne ihr neuer Traummann werden könnte. Er scheint ein sehr lieber Mensch zu sein, und noch dazu sieht er klasse aus. Übrigens wurde seine Heldentat im Fernsehen gelobt, weil er den steilen Abhang zu Tonys verunglücktem Wagen heruntergekraxelt war. Wayne meinte jedoch ganz bescheiden, man solle lieber seinem Vater danken, der die Bremsspuren entdeckt hatte, und Geoff, der sofort geistesgegenwärtig den Notruf angerufen hatte.

Die Krankheit meiner Mutter schreitet unaufhaltsam voran. Seit einiger Zeit kann sie gar nicht mehr laufen und muss im Rollstuhl herumgeschoben werden, und sie erkennt mich nur noch äußerst selten als ihren Sohn. Ich besuche sie so oft wie möglich und mache kleine Ausflüge mit ihr. Vor Kurzem waren wir an einem Aussichtspunkt am Meer, wo wir die frische Brise, den Anblick der weiß gekrönten Wellen und der mächtig geballten Wolken genossen. Mamas Augen leuchteten, als sie einen Rochen unter uns im Wasser schwimmen sah und später einen Raubvogel in der Luft entdeckte, der mit sichtlicher Mühe einen Fisch im Schnabel trug.

Sie erkennt auch Patrick und Sarah nicht mehr, doch sie scheint sich immer über deren Besuch zu freuen. Ich bin so froh und dankbar, dass ich mich nicht allein um Mama kümmern muss und mich so toll mit den beiden verstehe!

Die Kommunikation mit Mama kann schwierig sein, da sie oft in ihrer eigenen Welt lebt und wir nicht wissen, was sie denkt, was sie fühlt und was sie von uns mitbekommt. Gelegentlich, besonders an regnerischen Tagen, lesen wir ihr eine nette Geschichte vor, und es ist schön, sie lächeln zu sehen. Wir versuchen, uns an kleinen Dingen zu erfreuen.

Natürlich sind wir auch oft furchtbar traurig. An manchen Tagen ist Mama so apathisch, dass wir einfach nicht zu ihr vordringen können. Es kann deprimierend sein, wenn sie uns etwas mitteilen möchte, wir sie jedoch nicht verstehen.

Zudem ist sie inkontinent und insgesamt immer mehr auf Hilfe angewiesen. Auch das Essen bereitet ihr Schwierigkeiten. Ab und zu hat sie schlimme Schluckbeschwerden, und sie ist ebenfalls arg dünn geworden (noch dünner als Tina).

Diese Demenz ist wirklich keinem zu wünschen! Ob es jemals ein richtiges Heilmittel gegen die Alzheimer Krankheit geben wird?

Aber meine Mutter wird gut im Puzzlehaus verpflegt, und alle Mitarbeiter behandeln sie sehr liebevoll und voller Respekt. Vor allem Sylvie und Yolanda sind unglaublich sanft und fürsorglich. Patrick und ich umarmen unsere Mutter viel öfter und zärtlicher als früher. Wir lieben sie, und unsere enge Verbindung bleibt bestehen, selbst wenn sie nicht mehr weiß, dass wir ihre Kinder sind.

Ab und zu kommt eine ehrenamtliche ältere Dame namens Katharina (die immer total schick angezogen, sorgfältig frisiert und übertrieben geschminkt ist) mit einem wuscheligen Hund zu ihr, der mich an Bella erinnert und genauso verschmust wie Nellie ist. Mama freut sich jedes Mal, ihn zu streicheln. Mit Hunden kann die Kommunikation auch ohne Worte klappen!

Katharina hat vor einigen Monaten damit begonnen, Spanisch zu lernen. Denn ein Heimbewohner, den sie besonders ins Herz geschlossen hat, kommt ursprünglich aus Spanien und fällt mit fortschreitender Demenz immer häufiger in seine Muttersprache zurück. Obwohl Katharina noch große Mühe hat, Spanisch zu reden und zu verstehen, hört man die beiden öfters vergnügt miteinander kichern.

Vielleicht sollte ich auch eine Fremdsprache lernen!

Lesley, die Managerin, hat dem inbrünstigen Flehen von Hazel nachgegeben und bei der Heimleitung ein gutes Wort für Ann eingelegt. Nun darf Ann ihre Schwester wieder mit der kleinen Bella im Heim besuchen. Aber es ist ihr strengstens untersagt, andere Zimmer zu betreten. Einmal traf ich sie auf dem Gang, und da wirkte sie ganz kleinlaut. Gelegentlich statte ich Hazel ebenfalls einen Besuch ab und finde es immer wieder bemerkenswert, wie gut ihr Gehirn noch funktioniert. Sie spricht gern über aktuelle Politik, erzählt aber auch viel von ihrer Vergangenheit. Es ist schade, dass ich nicht mehr von meiner eigenen Familiengeschichte weiß und Mama nun nicht mehr fragen kann.

Bryan, der alte Freund meines Vaters, geht immer noch täglich im Meer schwimmen. Überhaupt versuchen er und seine Frau Julie, sich möglichst fit zu halten, und sie haben eine winzige ältere Pudeldame namens Rosie adoptiert, mit der sie viel spazierengehen. Hin und wieder schieben sie Mama im Rollstuhl durch den Park, wobei es sich Rosie meist auf ihrem Schoß bequem macht. Julie hat sich endlich ein Hörgerät angeschafft. Auch Bryan ist froh, dass man nun weiß, wer Maureen getötet hat. Doch er ist über ihren Tod betrübt, da sie mit ihrem Gitarrenspiel so schöne Erinnerungen in ihm selbst ausgelöst hatte, und geschockt, dass es ausgerechnet Philipp, Tinas Geliebter, war, der erst Maureen und später sich selbst umgebracht hat.

Yolanda hat seit circa einem Monat einen neuen Freund, nämlich den sympathischen Sänger aus Fidschi, der mit seiner samtigen Stimme schon so manche Tränen der Freude und Rührung bei den Senioren im Altersheim ausgelöst hat (und offenbar auch Yolanda verzaubert hat). Die Kinder von Debbie und Mark nehmen inzwischen Gitarrenunterricht, und beide haben neue Gitarren geschenkt gekriegt. Die Gitarre, die sie im Sperrmüll gefunden hatten, hat Mark verschenkt.

Vor drei Wochen bin ich zu Sylvie gezogen. Ich liebe sie und kann es immer noch kaum glauben, so eine wunderbare Freundin gefunden zu haben!
Auch ihre beiden Töchter habe ich auf Anhieb ins Herz geschlossen. Sie sind offene, natürliche und humorvolle Menschen, die mich ganz schnell als den Freund ihrer Mutter akzeptiert haben. So bin ich also theoretisch doch noch im hohen Alter ein „Vater" (beziehungsweise „Stiefvater") geworden! Ich weiß zwar nicht, ob Sylvie und ich irgendwann heiraten werden, aber jedenfalls möchte ich mit ihr alt werden!

Wir haben uns mit unseren neuen Nachbarn angefreundet und spielen oft Brändi Dog mit ihnen. Und ich treffe mich regelmäßig mit einer Gruppe von anderen Spielern (jung und alt) zum Pickleball, was mir großen Spaß macht. Insgesamt unternehme ich recht viel und scheine häufiger als früher zu lachen! Irgendwie habe ich auch das Gefühl, aufmerksamer und offener geworden zu sein und immer mehr warmherzige, hilfsbereite Menschen kennenzulernen.
Mein Bruder und Sara verstehen sich auch ausgezeichnet mit Sylvie. Übrigens haben wir Mama doch nie erzählt, dass Simon, ihr Enkel, nun in ihrer früheren Wohnung in Brisbane lebt und sich dort sehr wohl fühlt. Aber sie hat auch kein einziges Mal danach gefragt, und wir wollen sie nicht traurig machen. Manchmal ist es schwer zu wissen, wie ehrlich man sein soll.

Vor Kurzem hat Sylvie zufällig Noelene beim Einkaufen getroffen. Noelene erzähl-
te ihr im Wisperton, dass der fiese Möpp, der ihre Mutter in dem Altersheim in
Brisbane sexuell belästigt hatte, vor einer Woche an einem Schlaganfall gestor-
ben sei und sie und ihr Mann – und bestimmt noch einige andere in dem Heim –
sich richtig darüber gefreut hätten. Sie gab zu, den Kerl abgrundtief gehasst zu
haben. Am liebsten hätte sie ihm eigenhändig den Hals umgedreht!

Tja, ein böses Ende für einen kann eine Erleichterung für andere bedeuten.
Gleichzeitig frage ich mich, wie viele wohl zu einem Totschlag fähig sein können,
denen man so etwas niemals zutrauen würde. Kann jeder Mensch zu einem bru-
talen Monster werden? Wenn man Kriegsberichte sieht, glaubt man das schnell.
Ich selbst habe allerdings schon Schwierigkeiten und Schuldgefühle dabei, nur
eine Fliege zu töten, und Patrick und ich haben auch als Kinder niemals irgend-
welche Tiere gequält. Soweit ich mich erinnern kann, haben wir uns nur selten mal
mit anderen Jungs geprügelt. Liegt das an unserer Erziehung oder sind wir von
Natur aus bessere Menschen?

Meine innig geliebte Nellie beglückt mich weiterhin jeden Tag und bringt auch
Mama oft zum Schmunzeln. Und obwohl Nellie schon ziemlich alt ist, hat sie ganz
schnell bestimmte neue Handsignale gelernt. Seitdem sie schwerhörig geworden
ist, fürchtet sie sich nicht mehr vor Gewitter. Doch jedes Mal, wenn Sylvie laut
niest, nimmt sie erschrocken Reißaus!

Das Leben nimmt seinen Lauf – lassen wir uns überraschen und machen das
Beste daraus!

Anmerkung der Autorin

Da sich in Australien alle duzen, wird in diesem Roman auf die förmliche Anrede mit „Sie" verzichtet.

Die kurzen Tagebuchnotizen des Protagonisten Michael über den wahren Arzt und Psychiater Alzheimer und Michaels Gedanken über die Alzheimer Krankheit stammen zum Teil aus dem Internet. (Ich habe die Informationen dazu im Jahr 2021 gesammelt und bitte um Verzeihung, falls es inzwischen neue Erkenntnisse geben sollte und Michaels Überlegungen zu diesem Thema nicht mehr stimmen mögen.)

Die folgende Liste nennt einige Organisationen in Australien, die im wahren Leben Rat und Unterstützung bezüglich der Betreuung von Senioren geben beziehungsweise bei Krisen, Selbstmordgedanken, sexuellen Übergriffen, Vernachlässigung oder Missbrauch helfen könnten.

Hilfsorganisationen in Australien

Beyond Blue
BlueCare
Dementia Australia
Lifeline
National Aged Care Advocacy Program
National Domestic Violence and Sexual Assault Helpline
Older Persons Advocacy Network (OPAN)
RUOK
The Elder Abuse helpline
The Salvation Army
The Seniors Legal and Support Service (SLASS)

Notruf: 000 (Telefonnummer für lebensbedrohliche Fälle)

Weitere Bücher von Marion Birkenbeil

Der Mann mit den gelben Turnschuhen

Ein australischer Krimi für Hundefreunde (ab 15 Jahre)

ISBN: 9783750413825 und 9783750474970 Books on Demand GmbH

Die deutsche Familie Kuhlmann lebt seit einiger Zeit in Coolum Beach, einem Küstenort in Australien. Trotz gelegentlichen Heimwehs fühlen sie sich dort sehr wohl, insbesondere seitdem sie neue Freunde gefunden und einen Hund adoptiert haben. Aber dann geschieht ein Mord, der sie alle erschüttert. Bei dem Toten handelt es sich um einen siebzehnjährigen Veganer, der sich für Tier- und Umweltschutz engagierte. Warum wurde er ermordet? Und warum trug er eine Schwimmflosse am rechten Fuß?

Sebastian findet heraus, dass er der Cousin einer Mitschülerin war, und Anna und er beschließen, zusammen mit ihren Freunden bei der Aufklärung des Mordes zu helfen. Doch schon bald werden die Kuhlmanns immer mehr in gefährliche Ereignisse verstrickt, und sogar in ihrer direkten Nachbarschaft treiben sich unheimliche Gestalten herum.

(Eine englische Übersetzung wurde in   umgeänderter und leicht gekürzter Fassung mit dem Titel: 'The man with the yellow sneakers' veröffentlicht.)

Bake a Cake – Backe einen Kuchen

Marion's recipes in English & Marions Rezepte auf Deutsch

ISBN 9783750440937 & ISBN 9783751946940

Dieses Backbuch ist eine zweisprachige Sammlung von köstlichen Rezepten in Deutsch und Englisch. Die Autorin Marion Birkenbeil wuchs in Deutschland auf und lebt seit vielen Jahren in Australien. Im Andenken an ihre Mutter, die ihre Gäste immer königlich bewirtet hatte, stellt Marion Ihnen nun einige traditionelle Kuchenrezepte ihrer Mutter sowie ihre eigenen Lieblingsrezepte vor. In diesem Buch finden Sie altbewährte und moderne Rezepte, die anschaulich erklärt und mit Fotos von Marions Kuchen und Muffins ergänzt werden. Außer Anleitungen für allgemein beliebte Kuchen wie zum Beispiel Apfelstreusel-, Kirsch- und Käsekuchen, Schokoladen- und Nusskuchen gibt Marion Ihnen Ideen für einige nahrhafte Vegane Leckereien. Sie hofft, dass auch Sie entdecken, wie viel Freude und Erfüllung Backen für Freunde und Familie bringen kann.

Siehe auch: https://m-birkenbeil-autorin.jimdofree.com

Englische Bücher von Marion Birkenbeil

Bra over Jumper – My Mum has Alzheimer's

ISBN 9780645981803 (Paperback)

ISBN 9780645981810 (EPUB)

Deadly Datura

ISBN 9780645981827 (Paperback)

ISBN 9780645981834 (EPUB)

The man with the yellow sneakers

ISBN 9780645981841 (Paperback)

ISBN 9780645981858 (EPUB)